스파게티 신드롬

마리 바레이유 지음

최윤정 옮김

바람의아이들

『스파게티 신드롬』을 읽고 - 독자 한 줄 평

주인공이 느끼는 감정, 하는 생각 등이 전부 **제가 직접 겪은 것 마냥 느껴졌어요.** 익숙한 것과의 익숙치 않은 이별이 제게도 다가올까 생각하게 되었네요.

_김민서(중학교 1학년)

'언제나 달을 겨냥해야 한다, 그러면 실패를 하더라도 별에는 도착한다'. 나는 평소에 어떤 일에 도전하는 것을 어려워하는 편인데, 책을 읽고 실패하더라도 괜찮다는 생각이 들었다.

_구채원(중학교 1학년)

우리도 지금 때로는 망한 일들이 몰려오고, 그 당장은, 모든 일이 너무 커 보인다. 하지만 어쩌면 우리의 긴긴 인생에서 그런 일들은 조금 작을지도 모른다는 생각이 들었다.

_임지윤(중학교 2학년)

자신을 위해 사는 사람들을 위해 인생에 전부였던 꿈을 끝내 포기하지만, 낯선 새로운 길을 향해 도전한다는 것이 의미있게 느껴졌다.

_임서현(중학교 2학년)

영화 한 편을 본 듯했다. 책을 읽고 운 적도 처음이다. 나와 비슷한 또래여서 그런지 주인공인 레아를 보면서 레아의 입장이 더 잘 이해되었고 그래서 그런지 주인공의 감정이 더 확실히 와닿았다.

_장원지(중학교 3학년)

우리 모두는 스파게티가 아닐까? 각양각색의 재료가 모여 하나의 맛난 스파게티를 만드는 것처럼 레아도 레아의 멋진 삶을 이룰 수 있을까?

_이솔우(중학교 2학년)

우리의 삶이 지치고 힘들 때 위로를 얻을 수 있을 것이다. 특히 무언가를 잃고 누군가를 잃고서 갈피를 잡지 못하고 갈팡질팡하는 이들에게 큰 위로가 될 것이라 생각한다. _윤민정(중학교 3학년)

이 책은 정말 재밌다. 난 아직 삶 속에서 간절한 목표도 없고 그걸 잃어본 경험도 없지만 만약 삶의 길을 잃었거나 목표가 희미해진 청소년이 있다면 더 추천해주고 싶다. _임태윤(17세)

소녀는 칠흑의 우주 속으로 빠져버렸다. 하지만 그녀를 사랑하는 사람들이 그녀를 잡고 함께 우주를 헤매어 주었다. 그러다 소녀는 한 별을 발견했다. 그 별은 달 옆에 있던 작은 별이었다. _임서영(고등학교 2학년)

언제나 우리를 선택의 갈림길 까지만 데려다준다. 선택은 우리의 몫이다. 그 게 바로 10대의 임무이다. 선택의 갈림길에서 선택을 해야지만 온전한 '나'로 거듭날 수 있는 것이다. _윤서희(초등 6학년)

스파게티처럼 얽혀 있는, 그래서 더욱 의미 있는 레아의 인생이 맛있는 소스까지 더해져서 레아만의 최고의 스파게티가 되었으면 좋겠다. 레아의 모습이 많은 친구들에게 힘이 돼 줄 거라 믿는다. _곽은진(중학교 1학년)

'스파게티는 익으라고 있는 거야 그러면 섞이고, 부서지고, 어떤 때는 망치기도 하지만 대체로는 맛이 있지.' **이 문장을 나는 무언가를 이겨낼 힘이 없을 때, 혹은 버거울 때마다 생각일 깃 같디.** _전다예(25세)

불씨가 약한 나에게 레아는 자신의 이야기를 풀어가며 그 힘을 전해 주었다. 덕분에 **나는 책을 읽으며 나도 모르게 레아에게 빠져있었고, 그녀는 어느샌가 나의 둘도 없는 친구가 되었다.** _읽음(고등 3학년)

인생은 스파게티라는 걸 잊지 않고, 예기치 못한 아름다움을 발견할 수 있는 삶을 살기로 했다. 그러다 보면 나의 세상에서 멋지게 하늘을 누비는 날이 오지 않을까. _원채연(18세)

상당히 재밌었고, 긴장을 놓을 수 없었다. 새로운 길로 한 발 한 발 힘겹게 내딛는 주인공을 응원하고 싶었다. _조지은(40대)

내 인생의 어려움은 어떻게 나타나고 플랜B는 무엇일까? 플랜B를 함께 같이 할 주변 사람은 누구일까? 누가 되든지 굉장히 좋은 사람일 것이다. _조은별(중학교 1학년)

시련 속에서도 결국 인생은 흘러가 예기치 못한 아름다움으로 이끈다. 갑작스러운 일들에 발등을 찍혔을 때, 모든 것을 걸었지만 포기해야만 할 때, 이 책을 읽어보라고 권하고 싶다. _이윤지(중학교 3학년)

제목의 '스파게티'가 주인공과 연관된 꽤 많은 것들을 연상시키게 해 한편으론 마음이 짠하기도 하면서 잘 극복해나가는 엔딩으로 끝을 맺어 응원의 박수도 보내주고 싶었다. _윤예진(중학교 3학년)

레아가 현실을 직시하고 농구를 과감히 포기한뒤 새로운 꿈을 꾸며 노력하는 모습이 참 대단했다. 살아가는 데는 여러 방법이 있다는 생각이 들었다. 굳이 한 우물만 팔 필요는 없다.　　　　　　　　　　　_하재경(중학교 3학년)

삶은 꼭 자신의 계획처럼 진행되지 않는다. 언제나 예외는 존재한다. 하지만 그 예외를 어떻게 받아들이고 이겨내는지가 중요하다는 생각이 들었다.

_이소명(중학교 2학년)

'주께서는 한쪽 문을 닫을 때, 다른 창문을 열어 놓으신다'라는 말이 생각났습니다. 이 책은 청소년들이 자신의 가능성을 찾고 변장한 축복을 기회로 삼도록 도와줄 것입니다.　　　　　　　　　　　　_옥현진(중학교 2학년)

책을 읽는 내내 레아보다 많이 운 거 같다. 슬퍼서 그리고 감동적이어서. 레아와 그 주변 사람들의 이야기 하나하나가 날 울렸다. 그리고 위로도 받았다.

_윤다영(중학교 3학년)

복합적으로 얽혀있는 문제에 대해서 그것을 풀려는 '나의 노력도 필요하겠지만 시간과 때가 해결해 줄 때도 있으니 함부로 행동하지 말고 더 슬퍼하지 말자'라는 것이 기억에 남았다.　　　　　　　　　　_이수아(중학교 2학년)

아픈 상처로 남을 수도 있던 일들은 소중한 사람들 덕분에 성장의 계기가 되었고, 지금 나에게 주어진 시련은 먼 훗날 돌이켜보면 추억이 될 수 있다는 것을 깨닫게 되었다.　　　　　　　　　　　　　_석희준(중학교 2학년)

"항상 달을 겨냥해야 한다. 그러면 실패를 하더라도 별에는 도착한다"

– 오스카 와일드

"인생이란, 당신이 다른 계획을 세우느라 바쁜 동안에 들이닥치는 무엇이다."

– 존 레논

*일러두기

본문의 각주는 모두 옮긴이의 것이다.

안녕,

나야.

우리 못 본 지 좀 됐네. 정확히 말하면 102일. 내가 끔찍하게 보고 싶기를 바라. 그럼 알게 되는 게 있을 거야. 그렇다고 나는 보고 싶어 하지 않는다고, 혹은 요즘 내 인생이 되어 버린 우주적 혼돈 때문에 보고 싶어 할 시간이 없다고 생각하진 말아 줘. 난 하루에 대략 이천 번쯤 보고 싶다는 생각을 해. 나뭇잎이나 소금통, 자동차, 비누 같은 것만 봐도 보고 싶어. 내 힘으로 어쩔 수가 없어. 우리가 주고받은 문자도 거의 매일 밤 다시 읽어 보고…… 어떨 땐, 교문이나 버스 정류장에서 스치는 누군가의 뒷모습에 혹시, 할 때도 있어. 물론 그 사람이 뒤돌아보자마자 헛된 기대가 흩어져 버리지만. 말이 안 되지. 그럴 수는 없지.

문제는 인생이란 게 무너져 내릴 때는 도대체 예고가 없다는 거야. "적색경보! 지금까지 당신 인생은 정상이었지만, 이제부터는 엉망진창 구렁텅이 속으로 굴러떨어질 거 같으니 안전벨트를 꽉 매시라." 이렇게 자막이 뜨거나 편지나 왓츠앱 메시지, 아니면 비둘기 다리에 매단 전보 같은 거라도 받을 수 있다면 나름 괜찮을 텐데 말이지 이쯤 해 두고…… 사실은, 욕조에서 아델의 노래를 크게 틀어 놓고 천장만 바라보면서 우는 건 장기적으로 볼 때(아멜은 그러라고 했지만) 지속가능한 방법이 아니야. 딴 얘기 해야겠다. 어떻게? 나도 모르겠어. 구글도 몰라. 모르겠다고 그러더라. 중고 사이트, 인터넷 쇼핑몰 다 찾아봤지만 마음 충전지 같은 건 없어.

웃고 있는 게 여기서도 보이는 거 같아. "레아가 이제 편지를 다 쓰네." 솔직히 말하면 평균 잡아 언어 점수 7,80점을 넘겨 본 적이 없는 사람으로서 이건 엄청난 시도야. 하지만 다른 방법은 아무것도 없더라고…… 벌써 오래전에 내가 보러 갔어야 했다는 걸, 가서 상황을 제대로 설명했어야 했다는 걸 알아. 그런데 그럴 수 없어. 실망시킬까 봐 너무 두려워.

내가 너무 조용해서 걱정했다면 미안해. 전에는 사람이 자기 인생을 결정할 수 있는 줄, 자기 미래는 자기한테 달려 있는 줄 알았어. 그런데 인생은 해피 엔딩으로 끝나는 멍청한 할리우드 영화 같은 게 아니더라고. 현실이란, 눈이 멀었거나 취했거나 죽은 거 같은, 완전 엉터리 변태 같은 운명에 의해서 행복과 불행이 아무렇게나 분배되는 거더라고.

어쩔 땐 한꺼번에 이 모든 게 다.

오늘의 일 분 철학이었어. 고마워할 건 없어. 그 사건들 이후로 나한테 생각할 시간이 진짜 많았다는 말은 해 둬야겠네.

안녕. 조만간 또 쓸게, 아마도.

레아로부터

1쿼터

충격

1

내가 열두 살 때였다. 피자 집에 갔는데 건장하게 생긴 남자가 엄마 아빠에게 다가왔다. 나는 그 사람이 레스토랑 매니저인 줄 알았다. 우리한테 치즈나 뭐 더 갖다줄까 물어보려는 줄 알았다. 그런데 그 남자는 엄마한테로 가서 단도직입적으로 물었다. 나를 모델로 만들 생각이 있느냐고. 허를 찔린 듯(우리 엄마는 가볍게라도 그런 식으로 놀라는 사람이 아니다) 엄마는 핫소스 병을 손에 든 채로 한 대 맞은 사람처럼 굳어 버렸다. 반응이 없자 남자는 지갑에서 명함을 꺼내 테이블 위에 놓았다. 바로 내 앞에.

"전화 주세요. 다음 주에 테스트를 해 보고 싶군요."

나는 쳐다보지도 않고 입을 벌려 웃음을 지으면서(아마도 이 사이에 버섯 조각이 끼어 있었을 확률이 높다) 명함을 그 사람에게 돌려주었다.

"감사합니다. 그런 데 관심 없어요. 저는 거지 같은 잡지에 노출 심한 옷을 입고 찍은 사진을 보정해서 싣는 거 말고 다른 인생 계획이 있거든요."

13

남자는 입을 크게 벌렸다 닫더니 명함을 주머니에 집어넣고 레스토랑을 나갔다. 이 모든 일이 벌어지는 내내 내 동생 아나이스는 곁눈질을 하면서 피자 토핑을 손가락으로 떼어 내서 더럽게 빨아먹고 있었는데 그게 너무 웃겼다.

내가 눈에 띄게 섹시하게 생겼다거나 잘난 척을 하려고 이 이야기를 하는 거라고는 생각하지 마시라. 솔직히 말하자. 나를 조금이라도 아는 사람이라면 누구라도, 내가 모델이 되느니 차라리 인생 종칠 때까지 매일 점심 시간에 아르테 카페에서 싸구려 음식이나 먹으리라는 걸 알고 있다. 그냥 단순히 내가 키가 너무 크고 너무 마른 아이라서 이런 일이 일어나는 것 같다. 현재 나는 열여섯 살이다. 키 179센티에 52.5킬로그램 나간다. 정확하게 해 두자. 나는 콩알 반쪽이라도 먹으면 화장실에 가서 억지로 토하는 사람도 아니고, 우리 엄마처럼 무슨무슨 뿌리 끓인 거랑 요상한 곡물에 기반한 기적의 다이어트도 하지 않는다. 오히려 나는 다섯 쌍둥이를 임신한 코끼리가 먹을 것 같은 칼로리를 매일매일 섭취한다. 도대체 살이 찌지 않는다. 그냥 체질이다. 그 피자 집 남자는 거기에 관심이 있었던 거다. 이거 말고는, 나는 그럭저럭 보통 여자아이이다. 공주풍 드레스, 아니 원피스 같은 것도 좋아하지 않는다는 점만 빼면. 나는 인형 놀이나 소꿉놀이를 해 본 기억이 없다. 분홍색이랑 반짝거리는 거랑 하늘하늘거리는 것을 끔찍하게 싫어한다. 화장도 안 한다, 할 줄 모른다. 나는 대체로 찢어진 청바지에 후드 티를 입고 다니고 내 옷장에서 가장 여성적인 아이템이라면 작년 할아버지 생일 파티에 입고 가야 한다면서 엄마가 자라에서 사다 놓은, 보기도 싫은 원피스랑 못생긴 검정 발레구두 한 켤레뿐이다.

내가 왜 이런 생각을 하고 있는지 모르겠다. 아마도 거의 한 시간
째 산부인과 대기실에서 죽은 쥐처럼 지겹게 기다리고 있기 때문인
것 같다. 아니면 인스타그램에 피드를 너무 많이 올리느라 엄지손가
락에 건염이 생길 지경이라 그런 건지도.

여기서 유일한 남자인 아빠는 내 옆 이케아 의자에 앉아서 조용
히 스포츠 잡지를 들춰 보고 있는데 이상하게도 산부인과 대기실에
앉아 있는 게 우리 집 거실에 앉아 있는 것만큼이나 편안해 보인다.
나는 일부러 크게 소리를 내어 한숨을 쉬어 보지만 반응이 없자 아
빠 어깨에 기대어 본다. 나도 안다. 아빠를 하늘같이 생각하던 여덟
살 때처럼 바보 같은 여자애로 보일 거다. 하지만 그러고 싶은 마음
이 너무 크니 어쩔 수 없다. 아빠가 싫을 때조차도 나는 아빠를 너
무너무 사랑한다.

"지겨워……."

"이제 곧 우리 차례야, 똥강아지."

"'똥강아지' 같은 거 좀 고만해. 내가 무슨 푸들이냐고."

"알았어, 똥강아지."

"그냥 가 버리면 안 돼? 산부인과에서 내 인생 낭비하는 거 지겨
워 죽겠어."

"그 정도야?"

아빠는 잡지에서 눈을 떼더니 나를 빤히 쳐다본다. 마치 지금까지
는 산부인과 예약이 리한나 콘서트 VIP석 티켓 같은 거라고 믿고 있
었다는 듯이.

15

나는 의자에 주저앉으며, 다시 한숨을 쉬고, 이어폰을 끼고, 플레이리스트 중에 아무거나 고른다.

나는 이 예약들이 진절머리 난다. 18개월 만에 세 번째다. 지난주에는 엄마가 내 방에 갑자기 들이닥쳤다. 매번 그런 식이다. 아무 때고 불시에 들이닥친다. 엄마는 별일 아니라는 듯이 아멜과 니코가 어떻게 지내느냐, 오늘 하루는 어땠냐 하고 묻는다……. 그리고 3분쯤 지나면 고개도 들지 않은 채 재빨리 한마디 던진다.

"음, 그럼 남자애들 관련은? 새로운 소식 없어?"

"그런 말 좀 고만해!"

"만약에 계획이 생기면…… 엄마한테 말해……. 음…… 그러니까…… 무슨 말인지 알지……."

나는 토마토처럼 얼굴이 빨개져서 퉁명스레 내뱉는다.

"아무 계획도 없어. 좀 그만하라니까!"

물론 내가 만약에…… "음…… 그러니까……" 계획을 하게 되면 엄마한테 절대 아무 말도 안 할 거다.

엄마는 스무 살에 사고를 쳐서 나를 임신했다. 엄마 아빠는 내가 태어난 날이 자기들 인생에서 가장 멋진 날이었다고 말하지만 그래봐야 소용없다. 똑같은 일이 내게도 일어날 수 있다는 생각이 엄마 아빠한테는 최악의 공포다. 다행히 나는 그런 데 별로 예민하지 않다. 안 그랬으면 내가 그걸 안 좋게 받아들일 수도 있었을 거다. 우리 엄마처럼, 딸이 열 살 반이 되자마자 피임약에 대해 알려 줘야 한다고 생각하는 엄마는 아마 이 세상에 또 없을 거다. 나는 생리를 시작한 이래로 일 년에 두 번은 산부인과에 가야 한다. 보통은 가는 길에 엄마가 '의학적 비밀'이라는 표현이 무슨 의미인지 설명해 준다. 궁금한 게 있으면 뭐든지 다 의사한테 물어보라고, 의사는 엄마한테 그 내용을 절대 말하지 않을 거라고 강조한다. 심지어 언젠가는 엄마가 자동차에서 기다리는 게 낫겠냐고 내게 물어본 적도 있다. 내가 진찰실에서 나오면 엄마는 매번 같은 말을 한다.

"처방전 받은 거 있으면 약국에 들렀다 가자."

처방전을 받은 적이 한 번도 없으므로 우리는 바로 집으로 돌아간다.

"레아 마르텡?"

아빠랑 내가 동시에 일어난다. 나는 좀 놀라서 아빠를 째려본다.

"아빠는 들어오면 안 돼."

"알아, 그냥 의사한테 얼른 한마디만 하려고 그래. 괜찮지?"

못 들어오게 하니 나는 의자에 다시 앉는다. 맞은편에 앉은 임산부는 아빠가 내 대신 진료실에 들어가자 놀라서 쳐다본다. 누가 봐도 아빠가 레아 마르텡일 수는 없으니까. 아빠는 금방 도로 나오더니 나한테 눈짓을 하면서 의사와 악수를 한다. 의사는 웃으면서 말한다.

"이제 레아 네 차례."

등 뒤에서 문이 닫히고 나는 의사 선생님 책상 앞에 앉는다. 선생님은 늘 하던 질문을 하고는(아니요, 남자 친구 없어요. 저는 성관계를 해본 적이 없어요) 옷을 벗으라고 한다. 기분은 나쁘지만 청바지와 팬티를 벗고 진찰대 위에 누워 다리를 벌린다. 이거 진짜 싫다. 다행히 의사 선생님은 여자다. 남자 의사 앞에서는 죽어도 이렇게 못 할 것 같다. 옷을 다시 입고 나니 선생님이 이렇게 묻는다.

"레아, 피임약 처방해 주면 좋겠니? 그러면 네가 언젠가 남자 친구랑 성관계를 갖고 싶어질 때 부모님한테 말할 필요가 없을 테니까 말이야. 혹시 피임약 복용에 문제가 없는지 잠깐 피검사만 해 보면 되는데, 오케이?"

가방을 무릎 위에 올려놓고 나는 잠시 그럴까 말까 생각을 저울질한다. 그러면 좋은 건 다시는 여기에 올 필요가 없다는 거다. 싫은 건 내가 피 뽑는 주사 같은 걸 무서워한다는 거다.

엄청나게 불편한 미소를 지으면서 나는 이렇게 말한다.

"그래 주셔도 좋고요."

선생님은 고개를 끄덕거리고 슥슥 처방전을 쓰면서 말한다. 매우 조심해야 한다, 피임으로 성병에 안 걸리는 게 아니다, 이건 중요한 일이다 기타 등등, 기타 등등. 나는 처방전을 두 번 접어 지갑에 넣는다. 거북하다.

자동차에 타서 아빠가 열쇠를 집어넣어 시동을 걸자 내가 묻는다.

"아빠가 나한테 처방전 써 주라고 했어?"

"응, 그러면 네가 거기 그렇게 자주 갈 필요 없고 너네 엄마도 안심할 거 같아서. 그러니까 확실하게 해 두자면, 아빠는 네가 남자애랑 뭐가 됐든 해 보려면 한 육십 년은 기다려야 한다고 생각해."

웃음이 터져 나온다. 세상에 엄마보다 아빠랑 산부인과에 가는 걸 더 좋아하는 여자아이는 나 하나밖에 없을 거다.

"어쨌든 내가 그런 것까지 할 시간이 없다는 건 아빠가 알잖아."

아빠는 한 손으로 내 머리카락을 부드럽게 쓸어 주고는 운전을 시작한다.

"네가, 불행히도, 괜찮은 남자애를 만나면 없던 시간도 생기겠지…… 너한테 뭐 하나 물어봐도 돼?"

"어쨌든 물어볼 거잖아. 물어봐."

"너 언제부터 니코 좋아했어? 한 10년 됐나?"

나는 아빠가 나더러 인터넷에 내 순결을 팔 생각이 있는지 물어보기라도 한 것 같은 표정을 지었다. 너무 기가 막혀서 한정판 나이키 에어 맥스 운동화 위로 턱이 떨어져 내릴 지경이었다. 나는 벌어진 입을 수습하고서야 말도 안 되게 기분이 상해서 대답했다.

"아빠 어떻게 된 거 아냐! 걔 내 절친이라고!"

나는 아빠한테 (거의) 절대로 거짓말을 하지 않는다. 그럴 필요가 없다. 아빠가 나를 야단치는 일은 (거의) 없기 때문이다. 하지만 아빠한테 니코 이야기를 할 수는 없다. 니코는 내 절친이다. 물론 아멜이랑 동등하게 절친이다. 그런데 사실대로 말하자면, 내가 걔를 좋아하는 건 하나도 이상한 일이 아니다. 왜냐하면 학교 여자애들 백 퍼센트가 다 걔한테 미쳐 있기 때문이며 니코는 완벽의 절대 화신이기 때문이다. 나는 니콜라 루셀을 '좋아하는' 게 아니다. '좋아하는'이라는 말은 내가 걔한테 느끼는 감정에 티끌만큼도 못 미친다. 아멜이 정기적으로 설명해 주는데(아멜은 내가 어떤 얼굴을 하든 별로 상관 안 한다) 나는 타오르고 있다고, 그것도 니콜라 루셀을 향한 사랑으로, 지옥의 바비큐 위에 올려놓은 치폴라타 소시지처럼 나 자신을 절망적으로 소모하고 있다고 말하는 게 훨씬 더 적절한 것 같다고 한다. 그리고 그선 타르니 체육관에서 땀 냄새랑 데오도란트 냄새가 나는 남자 탈의실(거기에 발을 들여놓은 적이 한 번도 없는 아멜의 말이다) 앞에서 우리가 만났던 날부터였다고 한다. 아빠 물음에 대답하자면 그러니까, 6년 2개월 3주 하고도 나흘 전부터다.

치폴라타 소시지가 살짝 타고도 남을 시간이다.

6년 2개월 3주 하고도 나흘 동안 니코는 3미터도 안 되는 가까운 거리에서 자기 앞을 스쳐 가는 여자아이들을 백 퍼센트 꼬실 수 있다고(물론 아멜이랑 나만 빼고) 떠들어 댄 거다. 그럴 때 지구상의 여자애들과 몽땅 자 보는 가장 좋은 방법에 대해 조언을 해 주지 않는다면 절친을 뭐에 쓰겠는가?

하지만 절망하지 않는다. 나는 안다, 언젠가는 걔도 자기가 찾던 여자애가 바로 자기 앞에 있었다는 걸 이해할 거라는 걸. 결국 나는 할리우드 영화에서처럼 해피 엔딩을 맞이하게 되는 거다. 그러니까 걔가 정신을 차릴 때까지 나는 다른 남자애들한테 관심 둘 시간이 진짜 없다. 피자 집에서 그 남자에게 설명했던 것처럼 나는 거대한 인생 계획이 있기 때문이다.

아빠는 고개를 끄덕였다. 도무지 알 수 없는 태도로.

"네가 그러면 다행이고……."

나는 이 '다행이고'의 의미에 집중하지 않으려 한다.

아빠는 나를 집에 내려 주고 다시 일하러 간다.

나는 내리면서 아빠한테 툭 한마디 한다.

"아빠, 고마워."

"고맙긴, 우리 똥강아지. 그리고, 라라 파비앙*식으로 말하자면, 사랑해!"

나는 웃는 걸 감추려고 눈을 위로 치켜뜨면서 문을 닫는다. 뭐가 제일 나쁜 건지 모르겠다. 벌써 몇 년째 계속하고 있는 저 재미없는 농담이랑 형편없는 음악 취향이랑 벌써 162만 번쯤 되풀이한 문장이 아직도 나를 웃게 만든다는 것 중에서.

---

* 벨기에 태생 캐나다의 싱어송 라이터. 90년대에 수많은 히트곡을 남긴 가수로, 신세계직으로고 2천만 장이 앨범을 판매했다. 대표곡으로 <Je T'aime>가 있다.

2

어쩌면 내가 너무 빨리 출발해 버린 건지 모르겠다. 전후좌우 맥락을 좀 보면서 시작했어야 했나. 내 이름은 레아 마르텡, 왼손잡이다. 캘리포니아식 금발머리는 길고(나는 벌써 몇 년 전부터 짧게 자르고 싶지만 엄마 아빠가 반대한다) 눈동자는 초록색(자세히 쳐다보면 좀 푸른색)이다. 오를리 공항에서 그리 멀지 않은 타르니 쉬르 센에서 태어났다. 어쩌면 농구팀 때문에 다들 알지도 모르겠다. 하긴 여기서 10 킬로쯤 떨어진 데서 태어난 아멜은 우리가 무슨 챔피언인지도 모른다. 농군지, 축군지, 공원에 인형 던지기인지……. 우리는 자그마치 아홉 번이나 우승을 했고, 세 번이나 국가 대표가 되었었는데 말이다. 어쩌면 여자 농구는 부르주만 못하고 남자 농구는 리모주만 못해서 그러는지도 모르겠다. 그래도 나는 그들이 우리한테 질까 봐 조금이라도 불안해한다고 생각하면 기분이 좋다. 새가 곧장 날아온다고 치면 타르니는 파리 중심에서 15킬로미터쯤 된다. 근데 우리는 새가 아니니까 뭐, 하여튼 타르니, 그중에서도 1구는 밤낮 없이 돌아간다. 그래서 일에 치이는 직업을 가진 우리 엄마는 돈을 많이 벌고, 아빠는 반나절 근무를 하면서 동생이랑 나를 돌본다. 우리는 부자 동네에 있는 큰 집에 산다. 로터리에는 제라늄이 피어 있고, 집집마다 정원이 있는 동네다. '우리'란 엄마, 아빠 그리고 나랑 닮은 데가 하나도 없는 걸 보면 입양했을 게 분명한 내 동생 아나이스를 말한다. 어렸을 땐 동생을 좋아했다. 그런데 얼마 전부터는 우리 사이의 대화가 8초만 넘어가도 이차 세계대전(분명히 해 두자면, 동생이 독일 나치 쪽이고 나는 용감한 레지스탕스 쪽이다)이 되고 만다. 도대체 왜 그런지 모르겠다. 어쩌면 관심사가 근본적으로 달라서 그럴 수도 있겠다. 동생은 책, 화장, 패션, 나는 책, 화장, 패션을 제외한 모든 것.

전반적으로 보면 우리는 별로 싸우는 일이 없고 일요일 저녁마다 볼로냐 스파게티를 먹는 부류의 그냥 정상적인 가족이다.

여기까지가 가족 이야기다.

계단 쪽 벽에는 아기 때 내 사진이 걸려 있다. 태어난 지 이틀째라 시카고 불스 운동복 주름 속에 푹 잠겨 있다(번호 23, 물론 마이클 조던, 시대를 통틀어 최고의 선수인 에어 조던의 등 번호다). 나의 벤자멩 대부(우리끼리는 벤 삼촌이라고 부른다)가 출생 선물로 준 거다. 진짜 삼촌은 아니고 우리 아빠의 절친이다.

아빠는 이렇게 말할 때가 많다. "레아는 손에 공을 들고 태어났어." 공은 아빠가 쥐어 준 거지만. 정확히 하자면, 아빠는 농구 코치이고 키가 198센티이다. 나는 열 살부터 클럽 농구를 시작했고 일주일에 네 번 훈련을 받고 거의 매 주말 시합에 나간다. 타르니 여자 농구부는 훌륭하다. 하지만 아빠는 내가 남자애들과 훈련하기를 원했다. 농구 판에서 아빠는 모르는 사람이 없었으므로 시합 때에도 사람들은 예외를 인정해 줬다. 그 때문에 짜증을 내는 남자애들도 여자애들도 있다는 건 나도 알고 있다. 체육관 복도에 가면 내 등 뒤에서 애들이 뭐라뭐라 한다. 내가 여자애들이랑 같이 뛰기에는 실력이 아깝다고 생각한다느니, 남자 팀에서는 내가 핸디캡이라느니, 여자 팀에 가만히 있으면 얼마나 좋겠냐느니……. 내가 여자 팀을 떠날 때 애들이 나를 탈의실 구석으로 몰아넣고는 배반자 취급을 하고 비겁하다며 욕을 했지만 나는 그냥 넘겼다. 팀에서 두 번째로 뛰어난 선수인 살로메는 나를 때리기라도 할 기세였다. 그 정도로 화가 나 있었다. 나는 언제나처럼 영리하게 굴었다. 다 속에다 꼭꼭 눌러 넣고 내색하지 않았다. 하지만 진짜로 무서웠다. 팀을 버리고 떠나다니, 팀 스포츠에서 할 수 있는 가장 나쁜 짓이라는 걸 나는 잘 알고 있었다.

그날, 아빠가 벤 삼촌에게 설명하는 걸 들었다. "내가 다른 걸 바라는 것도 아니고, 너도 알고 있잖아. 타르니가 언젠가 큰 선수를 길러 낸다면 최고의 기회는 바로 레아라는 걸. 그러니까 레아에게 모든 기회를 다 줘야 한다는 걸." 아빠는, 어떤 분야든 성공하려면 모든 사람들 마음에 다 들려고 해서는 안 된다고 했다. 아빠는 툭하면 별로 재미없는 미국 인용문을 들이댄다. "그걸 해냈을 때, 그들은 그게 불가능한 일이었다는 걸 몰랐다"라든지 "혼자서는 빨리 가지만 팀으로는 멀리 간다"라든지 어쩌고저쩌고, 어쩌고저쩌고. 나는 쓸데없이 떠드는 걸 단번에 그만두는 법을 배웠다. 그리고 다른 모든 애들보다 네 배 더 훈련했다. 최고가 되는 것만이 팀이 어떻든 경기가 어떻든 내가 제자리에 있다는 걸 증명할 수 있는 유일한 방법이라고 생각했기 때문이다. 도저히 안 되겠다 싶을 때면 아빠의 말을 떠올렸다. "인생은 투쟁이야." 그러면 다시 일어나서 싸울 기운이 난다. 그것만이 이기는 유일한 길이다. 나는 속에 다 쌓아 두고 자기 빙이를 하는 방법을 알아 갔다. 내게는 절대 원칙이 하나 있다. 결코 울지 않기. 열한 살 때 운동장에서 넘어져 무릎이 깨졌을 때도 나는 눈물 한 방울 흘리지 않았다. 생리통이 심해도 진통제 두 알 삼키고 이를 악물고 운동장에서 뛴다. 무릎 뼈를 다쳤을 때 딱 한 번 빼고는 훈련을 빼먹은 적도 없다. 겉으로 티를 낸 적은 없지만 남자애들 세계에서 유일한 여자아이라는 게 매일매일 난감하다. 다행히도 니코가 있지만.

니코는 언제나 내 편이다. 오로지 니코만 내가 자기들과 같이 뛰는 게 완전히 정상이라고 생각한다. 다른 애들이 내가 '코치 딸'이라서가 아니라 전적으로 팀의 일원이 될 만해서 자기들과 함께 있다고 생각하게 된 건, 많은 부분 니코 덕분이다. 이제는, 우리 수준에서 내가 남자 여자 통틀어 클럽 최고의 농구 선수이며 내가 내 목표에 도달하는 것이 팀 전체에 이익이라는 것을 아무도 의심하지 않는다. 나는 아주 어릴 때부터 그걸 알고 있었다. 나 레아 마르텡은 미국에 있는 세계 최고의 농구 선수들이 모인 WNBA(Women's National Basketball Association 전미여자농구협회)에 들어갈 열네 번째, 역사적인 프랑스 선수가 될 거라는 걸. 그건 나의 궁극적인 목표이며 내가 아침마다 일어나는 이유이며 내가 항상 소망해 온 것의 전부다.

아빠랑 같이 목표를 이루기 위해 구체적인 계획을 세웠다. 내 인생에 들어온 이래로 니코도 거기에 동참했다. 올해 우리는 둘 다 INSEP 시험을 치렀다. INSEP은 전문적인 운동 선수를 위한 국립 스포츠센터다. 프랑스 스포츠의 최고 유망주들이 가는 곳이다. INSEP은 가고 싶다고 지원할 수 있는 곳이 아니다. 스포츠 연맹이 와서 '잠재능력 수준이 아주 높다'고 여겨지는 선수들에게 자기 소개를 할 기회를 준다. 아직 결과가 나오지는 않았다. 최악의 경우, 니코만 들어가고 나는 떨어지면 다른 학교에 갈 수도 있다. 그렇게 되면 나를 '눈에 띄게' 만들어서 빼어난 클럽에 들어간 다음, 언젠가는 미국 스카우터의 주목을 받을 것이다. 아빠랑 니코랑 비행기 타고 뉴욕으로 날아가서 노란 택시를 타고 브루클린에 있는 버클리 센터까지 가야지. 거기서 우리는 신인 '드래프트'될 거다. 다시 말해서, NBA와 WNBA 선수단에 들어가는 것이다.

이게 우리 계획이다. 아니, 아빠도 니코도 나도 영어는 빵점이지만 우리 셋이 신나게 들여다보는 '지도'다. '지도'의 다음은, 아직은 나 혼자만 간직하고 있는 거지만 니코랑 결혼하는 거다. 우리는 샌프란시스코에 가서 살고 아이들은 미국인이 될 거다. 아직 완전히 공식적인 건 아니다. 왜냐하면 아직 니코가 우리가 천생연분이라는 걸 깨닫지 못했기 때문이다. 하루 빨리 해결되어야 할 사소한 장애물이랄까. 지금까지는 내 계획을 항상 다 이루어 왔다. 성공한다는 건 사실, 그다지 복잡한 일이 아니다. 아빠 말처럼, 아침 일찍 일어나고 잘될 때까지 쉬지 않고 하면 된다.

3

급식실 아주머니가 접시를 내민다. 입구에 적혀 있는 메뉴에 따르면 '송아지고기와 버섯'이다. 눅눅한 감자튀김과 송아지 고기 튀김인지 고무 조각인지 알 수 없는 덩어리가 소스에 적셔져 있는 것을 보니 한숨이 난다. 그래도 웃으면서 아주머니께 고맙다고 인사한다. 어쨌든 저 아주머니가 메뉴를 고른 건 아니니까. 나는 눈으로 여자애들 사이에서 숱 많은 갈색 곱슬머리의 아멜을 찾는다. 식판을 들고 아멜 쪽으로 가려는데 익숙한 목소리가 나를 부른다.

"레아!"

나는 몸을 돌려 몇 미터 뒤에 보이는 니코에게 자동적으로 웃어 보인다. 애가 십 미터 이내로 가까워지면 나는 그 매끈하고 잘생긴 뺨이나 딱 보기 좋을 만큼 헝클어진 머리카락을 내 손으로 만져 보지 않으면 당장 죽어 버릴 것 같은 느낌이 든다. 물론 나는 정신병자가 아니기 때문에(아니면 적어도 몇 년 동안은 더 이런 마음을 숨기고 싶기 때문에), 아무렇지도 않은 척 니코기 네게 볼인사를 하는 동안 잠시 눈을 감고 그 애 냄새를 깊이 들이마시는 것으로 만족한다. 니코는 시끌벅적한 평상시 자기 자리 쪽을 흘낏 본다. 얼마 전에 헤어진 여친 비르지니가 손짓하며 이쁜 척하는 게 보인다. 얘네들은 일주일 전에 깨졌다. 하지만 여자애는 끝낼 생각이 없는 게 분명하다. 니코가 눈치를 보며 묻는다.

"나, 너네랑 먹어도 돼?"

나는 안 내킨다는 듯 눈썹을 찌푸린다.

"그러니까 전 여친을 피하기 위해서 걔한테 앞으로 어떻게 할지 솔직하고 정직하게 설명하는 대신 치사하게 나를 핑계로 사용하시겠다?"

"걱정할 거 없어. 쟨 금세 괜찮아질 거야."

니코가 등을 돌리자 비르지니는 풀이 죽고 나는 마음이 좀 아프다. 쟤가 내 인생에서 사랑을 가로챘다는 사실만 빼놓고 보면, 대부분의 니코 전 여친들과는 달리 나는 쟤를 좋아했다.

니코는 언제나 인기가 많았다. 유치원 때부터 그랬다. 아마 프로 수준의 농구 선수라는 지위 덕분이었을 거다. 여자애한테는 어째서 같은 효과가 없는지 모르겠다. 하긴 니코가 까무라치게 잘생겼다는 것도 밝혀 둬야 한다. 194센티의 키에 운동선수답게 어깨는 딱 벌어졌다. 헝클어진 금발의 앞머리에다, 말로 표현하기 어려운 맑고 푸른 눈동자는 우리 미술 선생님까지 황홀하게 만든다. 니코가 교실에 들어서면 선생님은 얼굴이 발개져서 말을 더듬기 시작한다.

나는 친구가 많지 않다. 중학교 들어온 이후로 아멜이 있고, 얘, 니코가 있다. 우리는 결속력 있는 한 팀이다. 그거면 됐다. 하긴 아무도 이해를 못 한다. 니코처럼 멋진 남자애가 어째서 나처럼 별 볼일 없는 여자애랑 그렇게도 죽이 잘 맞는지.

나는 테이블에 식판을 내려놓으며 아멜 맞은편에 앉는다. 가방을 발치에 내려놓자마자 핸드폰이 울린다. 클로드 프랑수아*의 '알렉상드리 알렉상드라'다. 내 취향은 전혀 아니고 내 플레이리스트에 있는 아빠가 좋아하는 노래다. 이게 전화벨 소리니까 내가 좋아하는 사람들은 다 이 노래를 듣게 되어 있다. 아멜 전화는 시아Sia가 부른 '캘리포니아 드리밍(분위기가 좀 가라앉는다)'이다. 전에는 토이 스토리에 나오는 '나는 너의 친구'였다. 한때 우리 둘 다 완전 두 영화에 빠져 있었다. 고등학교에 들어오면서부터 노래를 바꿨다. 어린애 티가 나는 게 별로였다. 니코 벨소리는 호지어Hozier의 '테이크 미 투 처치'다. 비츠바이드레 광고에 클리블랜드로 돌아오는 르브론 제임스LeBron James의 영상이 나온 적이 있는데 그때 이 노래가 깔렸고, 우리 둘은 지치지도 않고 광고를 보고 또 봤다. 니코같이 멋진 남자애가 나같이 매력 없는 여자애랑 이렇게나 죽이 잘 맞는 건 무엇보다도 우리 둘 다 이런 종류의 이상한 강박 같은 게 있기 때문이다. 우리에겐 같은 열정, 같은 야망이 있다. 서로를 이해한다.

전화를 받았다.

"여보세요, 아빠?"

"레아, 너 됐어!"

---

* 클로드 프랑수아 Claude François. 1960~70년대 프랑스에서 가장 인기가 높았던 아티스트 중 한 명.

"뭐가?"

나는 아빠가 두 번이나 되풀이해서 말하게 했다. 구내식당이 시끄러워서라기보다는 혹시 내가 잘못 들었을까 봐 겁이 났기 때문이다.

"너 INSEP 됐다고, 성공했다고!" 아빠가 핸드폰 속에서 되풀이해서 말했다.

"오……."

아빠는 농구계에 아는 사람이 워낙 많아서 공식 발표 이전에 이런 정보를 얻는 게 하나도 놀랍지 않았다. 뭔가가 목구멍에 차올랐다. 자만심, 감동, 뭔지 잘 모르겠다. 토니 파커**가 INSEP에 들어갔다. 그리고 이제 레아 마르텡이 들어간다. 내 옆에서 니코는 아멜의 접시에서 소금이 너무 많이 뿌려진 데다가 눅눅한 감자튀김을 하나 뺏어 먹으려고 테이블 위로 몸을 굽히고 있다. 내 얼굴이 이상했는지 니코는 감자튀김을 놓쳤고, 아멜은 니코 손등을 한 대 때려 주려다가 멈췄다. 둘 다 무슨 일이냐는 표정으로 내 쪽을 쳐다봤다. 생각도 안 하고 나는 핸드폰에 대고 물었다.

"니코도?"

핸드폰 저쪽에서는 침묵.

"우리 똥강아지, 미안하네, 니코는 잘 안 됐어."

목구멍에는 여전히 뭐가 걸려 있다. 그런데 갑자기 내가 느끼는 게 뭔지 도무지 알 수가 없어졌다. 맥플러리 오레오 아이스크림을(아

** 토니 파커 Tony Parker. NBA 샌안토니오 스퍼스에서 뛰었던 프랑스의 농구 선수.

멜이 뭐라고 하든 말든 단연 최고다) 한 숟가락 입에 넣은 거랑 비슷하달까, 이 완벽한 맛을 음미하기 위해서 눈을 살짝 감으려는 순간에 똥바가지가 내 머리 위에 쏟아진 기분이었다.

이런 생각은 해 본 적이 없었다. 니코는 당연히 되어야 한다. 같이 가야 한다. 그게 나의 지도다. 아빠는 실수했다는 걸 알아차렸다.

"니코랑 같이 있니?"

"나 가 봐야 돼. 이따 전화할게, 안녕."

"오케이, 안녕, 근데 라라 파비앙식으로 말하면……."

나는 아빠가 또 쓸데없는 소리를 늘어놓기 전에 얼른 끊어 버렸다. 그러자 곧바로 문자가 들어왔다.

아빠
우리 똥강아지 스트레스 금지.
니코한텐 아빠가 직접 말할 거야.
오늘 저녁 훈련 시간에.

고개를 들어 보니 아멜과 니코가 나를 빤히 쳐다보면서 설명을 해 주길 기다리고 있다.

"너네 아빠야?

손목을 세 번 두른 가느다란 금팔찌를 만지작거리며 아멜이 물었다. 다른 인생을 살겠다며 알제리로 떠난 자기 아빠가 이별 선물로 준 거다.

"응."

나는 니코의 눈을 똑바로 쳐다본다. 반쯤은 아무 말도 하지 않고 얘가 다른 방식으로 소식을 듣게 되기를 기다리고 싶다. 하지만 그건 불가능하다는 걸 알고 있다. 우린 뭐든 다 함께 했다. 훈련도, 경기도, 챔피언도, 실망과 성공도. 어려울 때는 팀이 단단하게 뭉치고 모든 게 다 좋을 때는 그렇지가 않다는 건 안다. 니코는 우리 팀이다. 그래서 나는 붕대를 확 풀어 버리듯 얘한테 알린다.

"너는 INSEP에 안 됐대."

니코는 믿을 수 없다는 듯이, 내 말이 무슨 뜻인지 모르겠다는 듯이 뚫어져라 내 얼굴을 쳐다보더니 금발 머리카락을 감싸 쥐었다.

"미안해, 니코. 다른 학교도 있고, 다른 과정도 있고, 내가……."

절대 울지 않는 내 눈에 눈물이 차오르는 것 같다. 그러나 단박에 내 절친의 표정이 어두워지고 웃음기가 사라졌다.

얘 팔에 손을 얹고 싶다. 그러나 니코는 벌떡 일어나 골든스테이트 워리어스 후드 티의 모자를 뒤집어쓰더니 뚜벅뚜벅 걸어 나가 버렸다.

내가 따라 일어나는데 아멜이 말린다.

"괜찮아, 자기가 소화하게 냅두자."

나는 다시 앉았다. 좀 충격을 받았다. 아멜은 나를 찬찬히 뜯어보면서 감자튀김을 깨물었다.

"너는? 너는 됐어?"

"응."

"깜짝 놀랐잖아, 레아!!!!!!"

아멜은 테이블 위로 몸을 날려 내 목을 껴안으려다가 물컵만 엎었다. 아멜이 내 어깨를 붙들고 흔들기 시작한다. 함께 열광하는 느낌이 든다.

"네가 정말 자랑스러워! 너 정말 굉장하다! 레아는 마이클 비둘레만큼이나 강하다니까!"

"조던…… 마이클 조던이겠지……. 그리고 INSEP에 들어간 건 토니 파커야."

아멜은 신이 나서 의자를 박차고 일어나 혼자 뱅글뱅글 트위스트인지 뭔지 모를 춤을 추면서 리듬을 주어 "예스, 예스, 예스!"를 외쳤다. 6개월 전 2학년에 올라오면서 우리 타르니 쉬르 센 샤를마뉴 고등학교의 명성을 봐서라도 다시는 안 하기로 했던 딱 그런 짓이었다.

아멜을 보면, 언어 숙제의 동글동글하고 가지런한 글씨부터 깔끔하게 빗고 무스와 젤을 잔뜩 발라 흐트러지지 않게 한 다음에 느슨하게 묶은 숱이 많은 갈색 머리까지 모든 게 다 정성스럽고 우아하다. 그런데 얘는 남들이 자기에 대해 어떻게 생각하는지 전혀 관심이 없고 가끔씩 누가 봐도 주책이다 싶게 흥분할 때가 있다. 사실 나는 그래서 얘가 좋다. 하지만 그 기쁨을 함께 나누지 못한다. 벌써 몇 년째 이 순간을 기다리고 있었는데 지금은 공황 상태다. 니코 없이 INSEP에 들어간다는 생각은 결코 해 본 적이 없다. 걔랑 떨어진다는 계획은 있을 수가 없다.

"그래도 좀 그렇네……. 니코 쟤, 너한테 합격했는지 물어볼 수도 있잖아." 내 생각을 읽기라도 한 듯이 아멜이 한마디 한다.

"넌 몰라. 이게 얼마나 끔찍한 사태인시. 쟤는 INSEP 갈바이 있단 말이야. 여섯 살 때부터 거기 들어가려고 했다고."

"너도 그렇지 않아?"

"그렇긴 하지만……."

"뭐가 하지만이야. 그냥 쟤가 너무한 거야."

더 이상 식욕이 없다. 식판을 밀어내고 가방에서 트윅스를 꺼냈다. 아멜한테 한 쪽을 내밀었다. 알고 지낸 이래로 결코 변하지 않는 우리만의 의식이다. 아멜이 한 입 가득 베어 물고 말한다.

"어휴, 넌 왜 맨날 트윅스만 사냐, 리옹이 훨씬 맛있는데 말이야."

나는 초콜릿바 마지막 한 입을 삼키면서 눈웃음을 날린다.

"트윅스는 둘로 딱 나눠지니까. 중학교 때부터 내 간식은 다 너랑 나눠 먹잖아."

아멜은 무슨 말을 하려는 것처럼 입을 열더니 그냥 내 어깨만 한 번 툭 치고 만다.

"우리, 진짜 잘 만나지 않았냐."

"당연하지. 근데 오늘 학교 끝나고 너네 집에 가도 돼? 깜박하고 열쇠를 안 가지고 나왔는데 아빠가 할머니한테 가야 돼서 늦는다고 했거든."

아멜은 깜짝 놀라서 눈썹이 찌그러진다.

"너 항상 아빠랑 같이 가는 거 아니었어?"

"저녁에 갈 때는 같이 안 가."

나는 할머니를 너무너무 좋아한다. 그런데 아빠를 따라 처음 할머니가 계신 요양원에 갔을 때 충격을 받았다. 전자레인지에 데운 진공포장 음식이랑 싸구려 세제 냄새가 나는 이 끔찍한 공간에서 할머니를 당장 빼내 오고 싶었다. 물론 불가능한 일이었다. 대신 주말마다 거기 가려고 노력한다. 할머니한테 초콜릿이랑 잡지도 가져다 드리고 사진도 프린트해 가서 침대맡에 붙여 드리고 요새 하는 시합 얘기도 해 드린다……. 근데 항상 아침 10시 이전에 간다. 오후에는 할머니가 피곤한 나머지 시대를 착각하고 나를 할머니 동생이나 내가 모르는 사람이랑 헷갈리기도 하고 어떤 때는 막 무섭게 변하기도 한다. 그러면 나는 가슴이 찢어지는 것 같다. 그래서 아빠가 저녁에 방문할 때면 나는 따라가지 않는다.

아멜은 망설인다.

"우리 집 불편한 건 너도 알지……."

"도서관 문 닫았잖아, 사서 선생님이 휴직이라서……."

"알았어, 알았다고." 아멜은 한숨을 쉬었다.

4

아멜은 초등학교 1학년을 건너뛰었다. 유치원 마지막 학기 무렵에 자기 혼자 읽고 쓰는 걸 다 익혀 버렸기 때문이다. "나중에 커서 뭐 할래?" 물으면 아멜은 "백만장자." 하고 대답했는데 선생님들은 얘가 장난치는 거라고 (잘못) 생각하고 웃었다. 우린 중학교 1학년 때 같은 반이었지만 서로 말을 걸어 본 적은 없다. 아멜은 체육만 빼고 항상 모든 과목에서 일등이었는데 걔 말을 그대로 인용하자면 "체육은 써먹을 데가 없"기 때문이다. 하긴, 이번 1학기에는 물리에서 2등을 했다. 아멜한테는 거의, '헝거 게임' 참가자로 뽑힌 것만큼이나 비극적인 일이다. 중학교 1학년이 끝나갈 무렵에, 내가 일주일에 네 번씩 훈련을 하느라 성적이 곤두박질치자 선생님은 우리 엄마 아빠를 불렀다. 그리고 아멜처럼 '보기 드물게 똑똑하고 우수한 학생'을 일요일 오후와 농구연습이 없는 날 저녁 집으로 초대해서 숙제를 같이 하게 하면 어떻겠냐고 제안을 했다.

우리는 금방 공통점을 찾아냈다. 우린 학비가 비싼 사립 학교이

자 바칼로레아 성적이 뛰어나기로 유명한 샤를마뉴 고등학교에서 둘
다 소외감을 느끼고 있었다. 아멜은 '가난한 동네 출신'이라서, 나는
공부가 엉망이라서. 아멜은 거의 천재라서 장학금을 받았고 나로 말
할 것 같으면, 비록 성적은 형편없지만 나를 받아들여 주도록 엄마
가 교장 선생님(운 좋게도 니코의 아버지 되신다)과 협상을 했다. 엄마는
항상, 나의 미래를 위해서는 플랜B가 필요하다는 확신을 갖고 있다.
결과적으로 나는 샤를마뉴에 와서 훨씬 더 공부 못하는 애가 되었
다. WNBA에서 뛰기 위해서 수학 천재일 필요가 없다는 게 다행이
라면 다행이다…….

　그날부터 아멜은 일주일에 두세 번 우리 집에 온다. 우리 집은 학
교에서 걸어서 7분 거리에 있다는 걸 말해 둬야겠다. 아멜네 집은
자전거로 달리면 삼십 분, 버스로 한 시간이 걸리는 발 플뢰리시에
있다. '발 플뢰리'는 꽃이 핀 계곡이란 뜻이지만 그 동네에는 계곡은
커녕 임대주택들의 낡은 베란다에 늘어진 빨랫줄과 건조대에 널린
옷가지들뿐이다. 걔네 집에는 항상 티브이 소리가 왕왕 울리고 하루
에도 몇 차례씩 건물 위로 비행기가 지나간다. 동생이랑 같이 쓰는
방에는 책상이 없어서 아멜은 코딱지만 한 부엌에서 숙제를 한다.
그래도 아멜은 자기네 동네가 한 가족이라도 되는 듯 너무너무 좋아
하고 자기 처지에 대해 불평하는 적이 없다. 여러 가지로 미루어 보
아, 선생님이 우리 엄마 아빠에게 아멜이 우리 집에서 숙제를 함께
하도록 한 건 나뿐만 아니라 아멜에게도 도움을 주려고 했던 것 같
다.

　나는 내 절친의 자전거 짐칸에 올라앉아 아멜네 집으로 간다. 두

착하자마자 가방을 내려놓을 새도 없이 아멜네 엄마가 초콜릿 케이크를 커다랗게 두 조각 잘라 우리 앞에 놓는다. 나는 한 숟갈 푹 떠서 입에 넣고 초콜릿 맛이 혓바닥에 번져 가는 걸 느낀다. 케이크 속은 아직도 따뜻하다. 아멜 엄마는 금박 무늬가 있는 작은 잔에 김이 모락모락 나는 뜨거운 민트 차를 따라 주면서 앞 동에 사는 사람 집에 경찰이 들이닥쳤었다는 이야기를 해 준다.

"경찰이 풀떼기를 찾아냈고 큰 애를 잡아갔어. 걔가 공원에서 마약 파는 게 눈에 선하더라. 하지만 걔네 동생은 개입되지 않았을 거야. 어휴, 너네들한테 쓸데없는 얘기를 하네……. 레아, 여기서 한 백 미터만 가면, 그 사회복귀센터 바로 뒤에 농구장 있는 거 아니?"

입안이 한가득이라서 대답은 할 수 없지만 나는 얘네 엄마 얘기 듣는 걸 좋아한다. 아멜 엄마는 말이 많다. 이 얘기 했다가 저 얘기 했다가, 그런 것 같다고 했다가 아닌 것 같다고 했다가……. 숙제는 겨우 반밖에 못 했는데 아멜 엄마가 저녁 먹고 가겠냐고 물어봐서 그제야 벌써 7시가 되어 간다는 걸 알아차린다.

"감사하지만 가 봐야 해요. 아빠한테 데리러 오라고 전화할게요."

전화를 했지만 자동응답으로 넘어간다. 잠시 후, 문자가 온다.

아빠

할머니가 좀 안 좋으셔서 병원으로 옮겨야겠다.
심각한 건 절대 아니고.
그래도 검사는 해야 하니까
아빠가 할머니 옆에 있어야 해.

별일 없지?

석정이 돼서 좀더 자세히 알아보려고 곧장 아빠한테 전화를 했다. 열쇠가 없어서 집에 못 간 얘기도 해야 하는데 아빠는 전화를 받지 않는다. 입안의 초콜릿 케이크는 이제 쓴맛이 났다. 아빠를 따라갔어야 했다. 할머니가 만약에 오늘 돌아가신다면……. 겁에 질려서 나는 손짓으로 이런 생각을 흩어 버린다. 아빠는 "심각한 건 절대 아니"라고 분명히 말했다. 엄마한테 전화를 할까 말까 망설여진다. 엄마는 아마 운전 중일 거다. 퇴근하면서 나를 데리러 들를 수 있을 거다. 하지만 아멜이 사는 곳을 보고 나면 다시는 얘네 집에 못 오게 할까 봐 걱정된다.

"버스 타고 갈래." 아멜에게 내 상황을 설명하고 나서 말했다.

"이 시간에 너 혼자서 버스 타고 갈 수 있는 방법은 없어. 두 번이나 갈아타야 하는데 위험한 일이 일어날 수도 있거든……. 내 자전거 타고 가. 나는 내일 아침 버스 타면 돼."

"진짜 그래도 돼?"

"응, 걱정하지 마. 아침에는 위험할 게 하나도 없어. 내일 자전거 가지고 오는 거나 잊지 마."

아멜은 자기 자전거를 매우 특별하게 생각한다. 중고로 산 거고 좀 녹이 슬었는데 얘는 이 자전거를 자기 눈동자만큼 소중하게 생각하고 애지중지한다. 자전거는 아멜이 하루에 두 시간씩 허비하지 않을 수 있게 해 준다. 이 자전거가 아니었으면 아멜에게는 학교에서 주는 장학금도 소용없었을지 모른다. 나는 아멜의 볼에 입을 맞춰

39

다.

"고마워. 꼭 엄마 같다니까. 응, 엄청 조심할게."

아멜이 농담을 던지는 동안 나는 아빠한테 답문을 보낸다.

레아 마르텡
별일 없음.
할머니 괜찮으셨으면 좋겠네 :'(

잠시 후, 나는 타르니를 향해서 페달을 밟고 있다. 시멘트 빌딩 사이로, 4월이라고 보기에는 좀 따뜻한 초저녁의 바람이 불어온다. 나는 아멜이 가르쳐 준 대로 파란 머리 여자애 그림이 있는 데서 좌회전한다. 그러자 걔네 엄마가 말한 농구장이 보인다. 골대에 바구니는 없고 미국 영화에나 나올 것 같은 높은 철책이 있다. 네 명이서 시합을 하고 있다. 나는 속도를 늦추지 않을 수가 없다. 그들은 너무나도 아무 생각이 없어 보인다. 그냥 재미로 저렇게 뛰어 본 게 언제였더라? 눈살이 찌푸려졌다. 뭔가가 내 안에서 띵 울렸다……. 나는 브레이크를 밟고 그들을 지켜보기 위해 멈춘다.

뭐가 잘못되었는지 이해하는 데는 몇 초간의 시간이 필요했다. 그들은 1 대 3으로 시합을 하고 있었다. 세 명은 아마추어치고는 그닥 나쁘지 않은 솜씨였다. 그리고 혼자 맞서는 네 번째 남자. 눈짐작으로 보면 아마 최대 191, 92센티는 될 것이다. 농구 선수로는 그렇게 큰 건 아니다. 딱 봐도 여기 말고는 세상 어디에도 자기 자리가 있을 것 같지 않다. 혼혈이고 검은 반바지에 밝은 회색 민소매 티셔츠를 입고 있다. 캐러멜 빛 피부 밑 팔 근육이 움직이는 게 보인다. 그의 움직임은 완벽하게 자연스러워 보인다. 힘 하나 안 들이고 보란 듯이 요리조리 드리블을 하더니 비교적 간단한 중거리 슛에 실패하고는 마치 쓰레기통에 종이 뭉치라도 던지듯이 아무렇지도 않게 기가 막힌 3점짜리 슛을 네 개나 연달아 집어넣는다. 공이 마치 그에게 속한 듯, 자석에 이끌리듯, 그의 손바닥으로 돌아가고 또 돌아갔다. 나는 천천히 내려서 자전거를 철책에 기대어 놓았다. 상대편 선수가 갑자기 밀치고 공을 뺏으려고 하자 그는 좀 전의 3점짜리 슛을 던지던 지점보다 1미터는 뒤에서 또다시 골을 넣으려 한다. 화를 내기는커녕 즐거워하는 것 같다.

"반칙!"

나는 생각할 틈도 없이 반사적으로, 누가 들어도 깜짝 놀랄 큰 소리를 냈다. 경기는 멈췄고 모두들 나를 쳐다봤다. 농구하던 남자애들은 그제야 철책 뒤에 있는 나의 존재를 알아차린 것 같았다. 블루진 점퍼 속에 있는 내 두 손이 뻣뻣해지고 갑자기 나는 내가 어디에 있는 건지 알아차렸다. 아멜에게 곧장 집으로 돌아가겠다고 약속했는데. 불편해진 채로 나는 또 한 번 말했다.

"반칙이라고. 쟤가 널 밀쳤을 뿐만 아니라, 걸었잖아……."

회색 티셔츠 선수에게서 뭔가 지지를 얻어 내고 싶었다. 어쨌든 나는 지금 그를 방어해 주고 있는 거니까. 나의 갑작스러운 개입으로 놀랐을 텐데 그의 얼굴에는 뭔가 좀 비웃는 듯한 표정이 떠올랐다, 시합을 진지하게 생각하는 것 같지 않았다. 그의 눈동자는 피부색에 비하면 좀 밝은 편이었다. 마치 폭풍이 불어닥치기 전의 하늘처럼 다양한 빛깔의 회색들이 섞여 있는 것 같달까.

그는 눈썹 하나 까딱하지 않고 내 눈길을 받아 낸다. 왜 그런지는 모르겠지만 나는 눈을 돌릴 수가 없다.

"토니, 너, 쟤 알아?" 선수들 중 하나가 묻는다.

토니라고 불린 남자는 알 수 없는 미소를 띠고 있다. 아무 말도 없이 그는 내게 다가와 공을 내 발치로 굴려 보냈다. 그는 나를 가만히 뜯어보았다. 우리를 갈라 놓고 있는 철책이 있음에도 불구하고 나는 그 순간 아스팔트 속으로 사라지고 싶었다.

"우리가 아는 사이던가?" 그가 물었다.

장난기 어린 눈빛에도 불구하고 그의 목소리에는 어떤 차가움이 있었다. 본능적으로 나는 한 발 뒤로 물러나면서 고개를 저었다.

"쟤가 너랑 같이 뛰고 싶은 거 같은데……." 남자애들 중 하나가 재밌다는 듯이 말하자 나머지 친구들이 웃음을 터뜨렸다.

"쟤가 그럴 수준이 되겠냐." 다른 남자애가 말했다.

그 순간 화가 난 나머지 불편함도 잊어버렸다. 다시 한번 열 살 때로 돌아가서 저 멍청이들에게 내가 여자이기 때문에 자기들보다 못하지 않는다는 것을 증명해야 할 것 같았다.

보란 듯이, 나는 머리카락을 뒤로 쓸어서 묶었다.

"그래, 해 보자. 내가 수준이 되는지 아닌지 보라고……."

"농담이야. 얼른 집에 들어가야지. 여긴 여자애들이 올 데가 못 돼." 내가 철책 문을 밀고 들어서자 토니가 말했다.

"질까 봐 무서워?"

나머지 남자애들이 휘파람을 불고 놀리기 시작했다.

"그래, 토니. 쟤랑 같이 편먹어 봐, 재밌겠는데."

"너, 이름이 뭐냐?" 토니가 한숨을 쉬었다.

"레아."

잠깐 새에 으스대던 태도가 누그러지더니 그는 내게서 눈길을 떼지 않고 자기 친구들에게 말했다.

"그래, 너네가 할 수만 있다면 얼마든지 내게 핸디캡을 갖다 붙여 봐라. 그런다고 너네가 이길 거 같냐……."

핸디캡. 나는 욕을 해 주고 싶은 걸 참는다. 운동장으로 뛰어든다. 그는 신호 하나 없이 갑자기 내게 공을 넘긴다. 그래, 이제 간다. 경기가 시작되자 나는 내 감정을 잊는다. 내가 어디에 있는지 잊는다. 내가 정말 할 줄 아는 단 한 가지를 한다. 플레이. 내게 날개를 달아 주는 상처 난 자존심과 충격 효과 사이에서 나는 보통 때보다도 더 잘한다. 첫 번째 골에는 놀라움의 감탄사, 두 번째 골에는 경탄의 휘파람, 세 번째 골에는 다시 에어 레아의 명예를 회복했다. 7분이 지나자, 상대편 선수들은 내가 자기네 쪽으로 오기를 요청했다. 나는 그러자고 하고는 점수를 따려는 안토니(대화를 통해서 이게 그의 진짜 이름이라는 걸 알게 되었다)의 모든 시도를 무력화시켜 버리는 즐거움을 맛본다. 이쪽 점수가 다시 올라간다. 3점짜리 슛을 두 번 연달아 성공하자 나를 데려간 편에서 감탄의 휘파람이 마구마구 쏟아진다. 나는 영리하게 뛴다. 하지만 1 대 4로도 안토니는 굉장한 적수다. 그에게는 테크닉이라고 할 만한 것은 아무것도 없다. 한눈에도 코치의 욕설과 호루라기 소리에 마룻바닥을 뛰면서 배워 본 적이 없는 줄 알겠다. 하지만 그는 어떻게 해야 하는지 일고 있다.

나는, 아무런 압력도 느끼지 않고 뛰어 본다. 이기지 않아도 되고, 완벽하게 집중하지 않아도 되고, 시합 같은 거 생각 없이 가만히 서 있어도 괜찮았던 어린 시절처럼. 같이 뛰면서 내 곁에 있는 선수들의 이름을 알게 된다. 가만 보니 이 친구들, 착해 보인다. 열일곱이나 열여덟 살쯤 되었을 것 같다. 키는 작지만 예민해 보이는, 윌 스미스처럼 생긴 지브릴은 '루저'라고 써 있는 노란 모자를 쓰고 있다. 커다란 매부리코의 로메오는 눈이 매혹적인 푸른색이고 금 목걸이를 하고 있다. 키가 190센티는 충분히 되어 보이고 젤을 잔뜩 바른 머리카락을 뒤로 빗어 넘겼다. 테디는 냉장고처럼 딱 벌어진 어깨에, 양쪽 귀에 금색 고리를 걸고, 길게 땋아 내린 스타일의 머리를 형광 분홍색 고무줄로 묶어서 해적 같은 분위기를 풍긴다. 토니와 거의 같은 점수가 되었을 때 이들은 내 등을 두드리면서 열광적으로 칭찬한다.

　"자, 이제 그만하자. 안토니랑 맞붙으려면 우리 편에는 에어 레아가 있어야 된다는 히스토리는 잘 간직하기로 하고……." 지브릴이 말했다.

　"다시는 그럴 일 없어." 토니가 받아쳤다.

　"넌 왜 그래? 에어 레아, 언제든지 같이 뛰고 싶으면 와도 돼." 지브릴은 이렇게 말하고 가 버렸다.

　테디와 로메오도 차례로 다가와 칭찬을 하고 웃으며 운동장에서 빠져나갔다. 안토니는 그들을 따라가지 않고 철책 옆으로 가서 바닥에 떨어져 있는 가방을 챙겼다. 나는 여기에 절대 다시 오지 않을 거고 이 친구를 다시 볼 일이 없다는 건 분명하다. 하지만 그는 진짜 재능이 있다. 참을 수가 없다. 그와 얘기를 해 보고 싶다. 어디서 농구를 배웠는지 물어보고 싶다. 망설임은 1초를 넘기지 못하고 나는 그가 있는 쪽으로 걸어간다. 그는 내가 거기 없는 것처럼 더러운 티셔츠를 훌렁 벗는다. 미끈한 그의 상체를 보는 게 민망해서 나는 눈을 돌린다. 그의 복근은 포토샵을 한 광고 사진에 나오는 것 같다.

한마디 던져 본다.

"너는 너무 혼자 뛰더라. 그게 네 약점이야. 혼자서만 잘나면 아무 소용이 없어. 중요한 건 팀이 잘하는 거야."

말을 해 놓고 나서 나는 이 문장이 내가 의도한 것보다 좀 불친절했다는 걸 깨닫는다. 그는 아무 감정 없는 눈길로 나를 한 번 쳐다보고는 가방에서 깨끗한 티셔츠를 꺼내 뒤집어쓰면서 무심한 말투로 대답했다.

"너는 너무 심각하게 뛰더라. 그렇게 잘하면서 재미를 못 느끼면 뭐 하겠냐……."

내 인생이 한 경기 한 경기 완벽하게 해내는 데 달려 있지 않았다면 나도 느긋해졌을 거라고 말하려는데 그의 가방 옆에 놓인 핸드폰 액정에 눈이 간다. 8시 47분. 엄마는 벌써 집에 도착했을 거다. 이제 나는 죽었다. 인사도 없이 황급히 운동장을 벗어나다가 딱 멈춘다.

"아, 어떡해, 어떡해!"

아멜의 자전거가 없다. 패닉 상태가 된 채로 주변을 둘러본다. 군데군데 녹이 슨 노란색 자전거 핸들이 행여나 눈에 띌까 하고. 아무 데도 없다.

"무슨 문제 있니?"

토니는 스웨터를 껴입으면서 미친 듯이 철책과 보도블록 사이를 왔다 갔다 하는 나를 찬찬히 살피고 있다.

"내 자전거 못 봤어? 노란색이고 녹이 좀 슬었는데……."

"바퀴 잠갔어?"

"아니, 깜박 잊었어!"

아멜의 자전거를 훔쳐 가도록 내버려 두다니 어떻게 이렇게 바보 같을 수가 있을까! 이렇게 부주의하다니 너무 부끄럽다. 아멜한테 너무나 소중한 자전거인데…….

얼른 핸드폰을 꺼내서 엄마한테 문자를 보낸다.

레아 마르텡

니코네 집이야.

밧데리가 없어.

곧 들어갈게.

"버스를 타야 돼. 타르니 시내로 돌아가야 하거든."

"이 시간에? 버스는 끊겼어. 솔직하게 말하자면, 네가 온전하게 타르니에 도착할 거라는 생각이 안 드는데……."

그는 나한테 말하면서 동시에 문자를 보내고 있다. 누군가와 약속이 있는지도 모른다. 잠시 망설이다가 그가 내게 제안을 한다.

"전철역까지 같이 갈 수 있어. 나도 거기서 뭐가 좀 있거든. 이십 분쯤 걸어야 되는데 그래도 그게 가장 덜 위험한 방법이야."

잠시 후에야 나는 그게 나를 데려다주겠다는 말이라는 걸 깨달았다.

"그럴 필요 없고 어딘지만 말해 주면 내가 알아서 갈게."

그의 입가에 살짝 비웃는 듯한 미소가 스치는데 상황이 상황인 만큼 엄청나게 거슬린다.

"네가 잘 모르는 것 같아서 하는 말인데, 여기는 샹젤리제 같은 데가 아냐……."

"그렇겠지……." 이 지경이 되도록 만든 나 자신에게 화가 치민 채 중얼거렸다.

"자, 얼른 결정해. 나는 여기서 밤샐 생각은 아니거든." 앞장서면 서 그가 말했다.

아멜네 집 근처로 데리러 오라고 해도 됐을 텐데 엄마한테 그런 문자를 보낸 게 후회가 되었다. 그랬으면 야단은 맞았겠지만 적어도 안전하기는 했을 텐데 말이다. 안토니는 내 생각을 읽었는지 이렇게 말했다.

"걱정할 거 없어. 너한텐 아무 일도 안 일어날 거야. 안심하라고 말해 주는 건데 나는 아직 전과도 없고 금발이나 부르주아에는 관심 없어."

이상하게도 안심이 되기보다는 더 화가 났다. 하지만 다른 대안이 없다. 어쩔 도리가 없으니 그를 따라 발걸음을 옮긴다.

5

안토니는 내 옆에서 말없이 걷는다. 두 손은 주머니에 넣고 무슨 생각인지 골똘하게 하고 있다. 나는 곁눈질로 그를 관찰하면서 내가 걱정을 해야 하나, 안 해도 되나 알아내려고 노력한다. 체구로 봐서 누가 덤벼도 쉽게 당할 것 같지는 않다. 그가 나를 바래다주는 게 그렇게 나쁘지는 않다는 결론이 난다. 물론, 그가 나를 무참히 살해하거나 전기톱으로 토막 낼 계획만 세우지 않는다면 말이다. 다행히도 그는 미치광이 살인자 같지는 않아 보인다. 오히려 겁을 주기보다는 마음을 놓게 할 만큼 차분한 분위기를 풍기는 편이었다.

그가 내 쪽으로 고개를 돌리는데 나는 생각을 들키기라도 할 듯 딴 데를 쳐다본다.

"너, 농구 어디서 배웠어?" 그가 묻는다.

"우리 아빠가 코치야. 나는 아주 어릴 때부터 농구를 했어. 너는?"

"여기서, 그냥……."

"발 플뢰리 재밌네, 모르긴 하지만……. 축구 팬들이 많을 거 같은데."

야간 냉소적이 미소가 그의 입가에 떠오른다.

"변두리에 사는 남자애들은 몽땅 음바페가 되는 꿈을 꿀 거라고 상상하다니 너무 진부한데……."

"그런 뜻은 아닌데…… 미안."

그는 어깨를 으쓱했다.

"어쨌거나, 음바페든 마이클 조던이든, 마찬가지지 뭐……. 발 플뢰리에서는 모두가 꿈꾸기를 멈춘 지 오래니까. 그게 현실이야."

그의 목소리에는 자조가 섞여 있고 나는 마음이 아프다.

뭔가 힘내라는 말을 해 주려고 나는 아빠가 내 핸드폰 액정에 띄워 놓은 미국 인용문들을 생각해 낸다. 인생은 전투이며 노력하고 인내하면 불가능은 없다, 뭐든지 할 수 있다, 어쩌고저쩌고 등등. 발 플뢰리를 벗어난 적이 한 번도 없지만 분명히 유엔 변호사나 뭐 그 비슷한 게 되고야 말 아멜 얘기를 해 줄 수도 있을 것이다. 하지만 그가 기분 나쁘게 생각하거나 나의 낙관주의를 비웃지 않을까 겁이 났다. 내가 그의 인생에 대해 뭘 안다고 참견을 하나.

결국 나는 이렇게 말했다.

"어쨌든 너는 진짜 농구를 잘해. 그것도 '여기서 그냥' 배웠다니, 더 그렇지. 만약에 우리 아빠가 널 봤다면 나랑 똑같은 말을 할 거야……. 어쨌거나 플레이오프 오프닝 볼 거지?"

다시 침묵이 시작되고 서로 할 말이 하나도 없어질까 봐 신경이 날카로워져서, 나는 쉴 새 없이 이야기를 늘어놓기 시작했다; 매년 아빠랑 같이 NBA 플레이오프 오프닝(챔피언 결승전)을 보는 게 우리 가족의 전통이다. 진짜 황당한 맛의 감자칩들이랑 누텔라, 레드불과 오랑지나(단연코 내가 제일 좋아하는 음료수)를 잔뜩 사다 놓는다. 미국 하고는 시차가 있으니까 한밤중 경기가 시작되기 직전에 일어난다. 각자 좋아하는 선수의 유니폼을 입고 본다. 아빠는 항상 마이클 조던이지만, 나는 누구 한 사람에게 충성하는 팬은 아니어서 양말짝 바꾸듯이 좋아하는 선수를 바꾼다. 올해는 스테판 커리(내 동생이 '스테판 치킨 카레'라고 부르는……)다.

얼마나 걸었을까, 벌써 전철역에 도착했다. 한 20분쯤을 눈 깜빡할 새에 걸어온 것 같다. 사실 나는 평소에는 그렇게 수다스러운 애가 아닌데…….

"미안……. 나 때문에 너는 한 마디도 못 했네."

"나는 듣는 거 좋아해(그는 턱으로 시간표가 쓰여 있는 전광판을 가리켰다). 너, 운 좋다. 4분 뒤에 열차 도착이네."

"오…… 다행이다."

"어쨌거나 아빠랑 많이 친한가 보네. 귀엽다."

비웃으려고 한 것 같지는 않았지만 그래도 '귀엽다'는 말은 좀 화가 났다. 나를 어린애 취급하는 거 아닌가.

"맞아……. 아빠랑 엄청 친해, 엄마보다 훨씬 더. 너는 너네 아빠랑 안 친해?"

"그 사람은 육 년 전에 우리를 떠났어. 우리 집에서 세 블록 건너면 있는 데다가 새 가정을 꾸린다고."

안토니는 주변을 둘러본다. 누구를 기다리는 모양이다.

"미안해, 그럴 의도는 아니었는데……."

"미안할 게 뭐 있어. 그냥 형편없는 인간인걸."

여전히 평온하고 너무나 무심한 말투라서 나는 뭐라고 대답을 해야 할지 몰라 얼른 말을 돌렸다.

"넌 몇 학년이야?"

"쥘-페리 고등학교 3학년. 너는?"

아멜이 샤를마뉴에서 장학금을 받지 못했다면 갔을 학교다. 공부 잘하는 애들이 가는 좋은 학교로 알려져 있다.

"타르니에 있는 샤를마뉴 고등학교 2학년."

안토니는 가볍게 휘파람을 날린다.

"굉장한 학교네……."

"아냐, 나는 성적이 엉망이야. 우리 엄마가 아는 사람이 있어서 들어간 거야."

안토니는 마치 무슨 말을 하려는 것처럼 내 얼굴을 빤히 쳐다보다가 어깨를 으쓱한다.

"글쎄, 그렇게 엉망일 거 같지는 않은데……."

나는 미처 반박을 하지 못한다. 때마침 어딘가 미심쩍어 보이는 남자 둘이 우리 앞에 와서 딱 섰기 때문이다.

"리암은 또 걸렸냐?" 첫 번째 남자가 묻는다.

"형은 올 수가 없었어. 걱정 마, 네 돈은 내가 가지고 왔으니까. 잠깐만 기다려." 안토니가 차갑게 대답한다.

전철이 플랫폼으로 들어서는 소리 때문에 상대방이 뭐라고 하는지 들리지 않고, 나는 거기서 그런 대화를 들어서는 안 된다는 생각으로 겁에 질린 채 전철이 미끄러져 들어오는 것을 바라본다. 분명히 언짢아졌을 안토니가 내 팔을 붙들고 두 남자로부터 멀리 데려가더니 첫번째 칸에 타게 만든다. 나는 너무 놀라서 고분고분 따랐다.

"그런데, 네 자전거 어떻게 생겼는데?"

"형광 노랑, 낡고 녹슬고, 바구니에 투르 드 프랑스 스티커가 붙어 있어."

"오케이, 잘 가."

전철이 출발한다는 안내음이 울렸다. 나는 기계적으로 손을 흔들었고, 무슨 말을 해야 할지 모른 채 우리 둘 다 서로의 얼굴을 뚫어지게 쳐다봤다. 그의 눈길에는 비밀을 감추고 있는 듯 위험하면서도 매혹적인 무언가가 있었다. 그는 "다음에 보자"라든가 "또 보자"라고 인사하지 않았다. 우린 둘 다 다시 만날 일이 없을 거라는 걸 알고 있다. 전철 문이 닫히고 나서야 나는 그에게 고맙다고 했어야 했다는 생각이 들었다.

나는 창가로 다가가 눈으로 그를 쫓았다. 안토니는 그 사람들 쪽으로 돌아가서 크라프트지로 된 봉투를 내밀었고 둘 중 키 작은 남자가 받아서 외투 안주머니 속에 집어넣었다. 전철에 속도가 붙고 안토니는 내 시야에서 사라졌다.

나는 거의 초현실적인 저녁을 보낸 충격으로 전철 의자에 털썩 주저앉았다. 분명 불법적일 거래의 증인이 된 셈이지만 걱정할 필요는 없을 것이다. 신경이 쓰이는 건 그게 아니다. 텔레비전 말고 다른 데서 나만큼 농구를 잘하는 사람을 만난 건 처음이라는 생각이 들었다. 그런 일이 생기면 참기 어려울 것 같았는데 이상하게도 그냥 웃음이 나려고 했다.

6

매일 아침 그렇듯이 7시 3분에 알람이 울리고, 매일 아침 그렇듯이 나는 좀비마냥 기운 없이 욕실로 걸어간다. 어제 집에 들어왔을 때는 11시가 넘었고, 엄마는 내가 어디 있는지 알아내려고 니코에게 전화를 몇 번이나 했지만 소용이 없었다. 엄마는 미친 듯이 화를 냈다. 나는 다음 날 발표 준비를 하느라 늦었다고 핑계를 댔지만 엄마는 믿는 것 같지 않았다. 다행히 아빠가 곧이어 병원에서 돌아왔고, 할머니는 큰일 없이 괜찮으시다고 했다. 나는 마음 놓고 자러 갈 수 있었다. 할머니 때문에 엄청 겁이 났다.

욕실 문이 잠겨 있다. 나는 소리를 지르며 두드렸다.

"아나이스, 문 열어!"

열네 살 아나이스는 학교 갈 준비를 하면서 레이디 가가가 무대에 오를 준비를 하는 것보다 더 많은 시간을 쓴다. 이 아이는 어렸을 때부터 또래 친구들보다 머리 하나는 더 크고 삶지 않은 스파게티처럼 가느다란 팔다리 때문에 콤플렉스가 심하다. 어떤 때는 얘가 할머니네 정원 연못에 사는 기다란 나일론 실 같은 다리를 가진 물거미 같다는 생각이 들기도 한다. 어렸을 때는 그 거미들을 한참 동안 관찰하곤 했는데 나는 언제나 그 팔다리들이 엉킬까 봐 겁이 났었다. 내 동생은 너무 말라서 학교에서 거식증 환자라고 놀리는 애들도 있지만 천만의 말씀이다. 비쩍 마른 것만 아니라면 아무 문제도 없는 애다. 전에는 나한테 얘기도 잘 하고 저녁에 내 침대에 와서 울기도 하고 그랬지만 지금은 예전처럼 대화를 하지 않는다. 나는 동생을 도와주고 싶고, 남들이 뭐라고 하든 신경 쓸 거 없다고 말해 주고 싶다. 하지만 따지고 보면 남들 얘기에 신경을 안 쓰는 사람은 아무도 없을 거다. 어쨌거나 내가 복도에서 애들이 뭐라고 놀리는 걸 들었을 때 나서서 편을 들어주려고 했던 적이 딱 한 번 있는데, 아나이스는 나더러 참견하지 말라고 했다.

드디어 동생이 내게 자리를 내어 주고 나는 더운 물줄기를 맞으며 어제 저녁 일을 되새긴다. 나는 안토니랑 아무 부담 없이, 마치 놀이처럼 농구 얘기를 하는 게 좋았다. 내가 어떻게 살고 있는지 진짜로 아는 사람은 아무도 없다. 열여섯 살에 일주일에 20시간 훈련을 하고 고등학교 2학년 수업을 다 듣고, 엄마는 전과목 평균 점수는 받기를 바란다……. 나는 놀러 나가는 일이 거의 없고, 파티에 가지 않으며 담배도 피우지 않고 술도 마시지 않는다. 하루에 10분 정도 페이스북을 하고, 텔레비전 드라마도 거의 안 보며, 비디오 게임도 안 하고, 소설책도 안 읽는다. 텔레비전은 경기가 있을 때만 본다. 시험 공부나 숙제가 없는 날에는 농구 클럽에서 9시에 돌아와 그대로 쓰러져 잔다. 지금까지는 한 번도 이런 게 문제라는 생각을 해 본 적이 없다. 끊임없는 시합이 필요했고, 농구를 즐기고 싶다는 것 말고 다른 목적은 없었다.

핸드폰을 가방에 집어넣으면서 내가 막연하게 걱정을 하고 있다는 걸 깨달았다. 어제 점심 때부터 니코한테서 아무런 연락이 없다. 핸드폰이 생긴 이래로 이렇게 서로 연락을 안 하고 지냈던 적은 한 번도 없었다. 자전거를 가지러 주차장으로 갔다. 내 자전거를 아멜에게 주는 것 말고는 달리 방법을 찾을 수가 없다. 체육관에는 버스를 타거나 걸어가면 된다. 수학 수업에 가 보니 니코가 오지 않았다. 얼른 메시지를 보냈다.

레아 마르텡
니코, 괜찮아?
오늘 학교 올 거지?

그러고 나서 나는 아멜에게 가서 자전거 자물쇠 열쇠를 건네준다.

"철책 뒤 첫번째 랙에 있어. 미안해, 아멜. 네 자전거 누가 가져갔어."

아멜의 눈이 휘둥그레진다.

"너, 안 다쳤어?"

"아니, 아니…… 내가 잠깐 세워 놨는데…… 그게…… 그러면 안 됐는데…… 내 거 너 줄게."

아멜은 열쇠를 내게 돌려주려고 한다.

"네 자전거를 날 주면 어떻게 해. 거의 새 건데……."

"자우이 양, 조용히 하세요!"

하루가 흘러간다. 급식에 통닭이 나왔다는 것 빼고는 별다른 일이 아무것도 없다. 지구생명과학 수업 시간에 교장 선생님 비서인 코린 쁘띠 샘이 교실에 들어온다. 학급 전체를 훑어보던 눈길이 내게 멎는다.

"레아 마르텡, 나랑 같이 가자. 교장 선생님이 부르신다."

보통 이렇게 지목할 때면 딱딱한 톤으로 말한다. 그러나 목소리가 너무 부드러운 나머지 내 안에서는 막연한 불안이 일어난다. 마치 뭔가 미안하다는 태도다. 교실을 나설 때까지 기다렸다가 문을 닫고 나오면서 물었다.

"무슨 문제가 있나요?"

그녀는 대답 대신 다정한 손길로 내 어깨를 토닥거리고 나는 얼음 같은 손이 내 목을 조르는 느낌을 받는다. 분명 나쁜 소식이다.

제발 할머니 일만 아니게 해 주세요.

두 주먹을 꽉 쥐고 나는 이 말만 되뇌이면서 갑자기 끝이 없어 보이는 복도를 거슬러 올라간다. 어제 가서 뵀어야 했는데, 전화라도 할걸. 했어야 할 것들이 너무 많다······.

제발 할머니 일만 아니게 해 주세요.

하지만 마음 깊은 곳에서는 그것 말고 다른 일이 있을 리 없다는 걸 이미 알고 있다. 코린 쁘띠 샘은 끔찍한 연민의 태도로 교장실 문을 열려고 한다. 나는 숨을 깊이 들이마신다. 아빠의 절망한 얼굴을 마주할 준비를 한다. 아빠는 넋이 나갔을 것이다. 나는 무너지지 말아야 한다. 아빠를 지켜 줄 힘을 내야 한나.

비서 샘이 내 뒤에서 문을 닫자 내 눈앞에 펼쳐진 광경에 나는 갑자기 얼이 나가 버린다.

이해가 안 간다.

엄마는 오후 3시에 교장실에 있을 수가 없다. 엄마는 저녁 8시 전에 퇴근하는 일이 절대 없다. 엄마는 언제나 감정 절제를 잘하는 사람이다. 젖은 휴지를 구겨 가면서 어린애처럼 엉엉 울 수 있는 사람이 아니다. 핸드백과 어울리는 구두에서 화장에 이르기까지 엄마는 모든 걸 매일 아침 정성껏 다듬고 항상 완벽하다.

교장 선생님은 책상에 앉은 채로 공포에 질린 사람처럼 벌써 네 번째 안경을 벗었다 썼다 하고 있다. 엄마가 벌떡 일어나서 나를 있는 힘을 다해 껴안았다.

그래서 나는 생각한다.

제발 할머니 일만 아니게 해 주세요.

울음을 터뜨리면서 엄마가 말한다.

"레아, 아빠가……."

2쿼터
부정

7

나는 바닷속에 산다.

지금 며칠째다.

모든 소리가 솜으로 흡수되어 버린 것같이 잘 안 들리고, 움직임은 슬로우 비디오처럼 느려진 바닷속 세계에서 나는 진화한다.

나는 물 위에 떠 있다.

나는 헬륨 풍선이다.

물속에서는 울 수 없다. 그러니까 매일 밤 침대에서 옆방에 있는 나한테까지 들리도록 엉엉 우는 아나이스와는 달리 울지 않는다.

나는 둥둥 떠 있다. 아니, 흘러가고 있다는 게 맞겠다.

내가 학교 운동장에서 자전거를 세우고 있는 동안에, 한 번도 아파 본 적 없던 아빠가 극심한 가슴 통증을 호소했다. 굉장한 스포츠맨에다가 흠잡을 데 없이 위생 수칙을 철저하게 지키고 살았던 아빠는 체육관 바닥에 쓰러졌다. 벤 삼촌이 심장마비인 것 같다며 구급차를 불렀다. 내가 수학 수업을 틀으니 밍티니 공해 가장자리에 하트 모양 낙서나 끄적거리고 있는 동안 아빠는 타르니 병원 응급실로 실려 갔다. 문학 수업 시간 보들레르 시구들이 흐르는 동안, 아빠는 파리에 있는 피티에 살페트리에르 병원으로 이송됐다. 당장 수술을 해야 했는데 타르니 병원 심장센터에는 장비가 없었다.

아빠는 파리의 병원에 도착하기 전에 죽었다.

혼자서. 아마 아빠 이름도 몰랐을 낯선 두 사람과 함께 구급차를 탄 채. 그렇게 죽었다. 내가 급식실에서 닭고기에 감자퓌레와 감자튀김 중 뭘 곁들여 먹을지 생각하고 있을 때였다.

엄마는 핸드폰을 붙들고 울면서 이 이야기를 하고 또 한다. 이런저런 자세한 사항들을 많이도 덧붙인다.

그러면 뭐가 달라지기라도 하는 것처럼.

세상이 물속으로 침몰해 버리고 땅 위 모든 삶의 흔적이 사라져 버렸을 때 어쩌다가 그렇게 되었는지를 안다고 해서 뭐라도 이득이 되는 게 있을까?

내 생각엔 아니다.

다행히도 내가 가라앉아 있는 내면의 눈물바다 속에서는 낱말들이 떠다니는데 그 윤곽이 흐릿하다. 나는 충격 상태로, 눈앞에서 낱말들이 춤추는 걸 바라보고 있다. 흐릿한 색깔의 해초 같은 그것들은 언젠가는 죽을 수 있다는 걸 잊어버릴 만큼 예쁘다.

대동맥…… 내출혈…… 팽창…… 심장 압박…… 증후군…… 진단받은 적 없는…….

이제 절대 아무도 나를 '똥강아지'라고 부르지 않을 것이다.

아빠는 서른여섯 살이었다. 사람을 땅에 묻는 데 간 건 내 생애 처음이었다.

안녕,

나야.

봤는지 모르겠지만 아빠를 땅에 묻을 때 많은 사람들이 울었어. 나는 울 수가 없었어. 그렇다고 나를 나무라지는 말았으면 해. 만일 내가 울기 시작했다면 아마 나는 무너져 버렸을 거야. 나는 어떻게 내 심장이 계속해서 뛰고 있는지, 내 몸이 어떻게 계속해서 작동하고 있는지조차 모르겠어.

다른 사람들이 계속해서 살아가고, 해가 떠오르고, 하루하루가 흘러가고, 사소한 일에 짜증내는 사람들을 바라보면서 나는 아빠가 없는 이 세상에 아직도 내 자리가 있는 건지 생각해.

기억나지, 내가 어렸을 때 넘어지거나 무릎이 까지거나 실패를 하거나 다쳤을 때 아빠가 언제나 그랬잖아. "일어나, 우리 똥강아지, 별거 아냐, 하루, 한 달, 일 년 지나면 다 잊어버릴 거야."

내 인생에 이렇게 아팠던 적은 한 번도 없었는데, 아빠가 이제 내게 어른의 고통은 어떻게 헤쳐 나가야 하는지 가르쳐 줄 수 없을 거라니 말이 안 돼.

보고 싶어.

레아로부터

8

장례식이 지나고 사흘 동안 학교에 가지 않고 있다. 나는 침대에 늘어져 있다. 움직일 수도 먹을 수도 없다. 익사 중이다. 특히 잠이 들까 봐 무섭다. 왜냐하면 잠 깰 때 잠깐 동안 잊어버렸다가 곧이어 현실에 부딪혀 다시 산산조각이 나니까. 아빠는 매일 아침 새롭게 죽고 매번 그 고통은 조금씩 더 구체적이고 조금씩 더 격렬하다. 나는 아빠 없이 어떻게 살 수 있는지 알지 못한다. 결코 배울 수도 없을 것이다.

네 번째 날, 엄마가 내 방에 들어온다.

"레아, 힘들다는 건 알아. 하지만 오늘은 학교에 가야 해."

엄마 말투에는 이의를 제기할 여지가 전혀 없다. 엄마는 내 옷장을 열어서 아무거나 꺼낸다. 청바지, 티셔츠, 팬티, 브래지어를 베개에 되는대로 집어던진다. 엄마는 어떤 게 마음에 들고 멋있는지(엄마가 입는 옷), 어떤 게 그렇지 않은지(내가 입는 옷) 생각이 분명한 사람인데 처음으로, 자기 마음에 드는 걸 고를 생각조차 하지 않는다.

엄마는 침대 밑에서 내 스포츠 가방을 꺼낸다. 거기에 반바지와 운동 셔츠, 운동화와 깨끗한 수건을 집어넣는다.

"오늘 저녁에는 훈련이 있어. 너한테 도움이 될 거야." 엄마는 내 눈을 똑바로 쳐다보며 말한다.

"싫어……."

"아멜이랑 니코가 아래층에서 널 기다리고 있어. 우리 딸, 강해야지, 그렇게 가라앉아 버리면 안 돼." 엄마는 단호하게 내 말을 잘랐다.

가라앉아 버린다. 나는 엄마가 나의 익사를 의식하고 있는지 몰랐다. 엄마한테 말하고 싶은 갑작스러운 충동을 느낀다, 하지만 낱말을 찾을 수 없다. 엄마한테, 고통이 혀를 묶어 버리고 생각을 마비시키고 있다고, 속으로는 너무 아파서 울고 소리 지르고 있다고 설명하고 싶다. 하지만 바깥으로 나오는 건 아무것도 없다. 애써 폭발해 버리면, 그러면 엄마가 이해할지도 모른다. 혹시 엄마는 어떻게 견디고 있는지 말해 줄 수 있을지도 모른다. 아빠의 죽음을, 아빠 이름이 이제 다시는 우리 핸드폰 액정에 뜨지 않으리라는 걸 어떻게 견디는지를.

엄마는 내 베개를 끄집어내면서 억지로 나를 일어나게 만든다. 나는 저항할 힘도 없이 웅얼거린다.

"엄마는 다시 일 시작해서 좋겠네."

엄마는 여섯 살 때처럼 내가 씻는 걸 도와준다. 욕실은 물바다가 되고 잘 차려입은 엄마 옷은 흠뻑 젖는다. 밖으로 나오니 엄마가 수건으로 나를 감싸서 아주 잠깐 동안 꼭 안아 준다. 나는 꼼짝도 못

하고 뻣뻣하게 굳어 있다. 하지만 따뜻한 회복의 기운이 몰려든다. 세상에 혼자가 아니라는 아주 잠깐 동안의 느낌. 엄마는 곧 멀어지고 나는 다시 춥다.

"근데 내일 9시 15분에 시작하는 거 맞아?"

냉장고에 붙여 놓긴 했지만 엄마가 내 시간표를 그렇게 잘 알고 있는 게 놀랍다. 이런 종류의 일을 머릿속에 넣어 두는 건 아빠다.

"응."

"아나이스랑 너랑 피검사 해 봐야 해. 내일 아침 8시에 나가자. 그다음에 학교 앞에 내려 줄게."

나는 눈썹을 찌푸린다.

"왜?"

엄마는 갑자기 뒤로 돌아서 세면대 위에 놓아둔 치약 뚜껑을 집어서 닫는다. 뭔가를 감추려 한다는 느낌이 든다.

"별거 아니야. 그냥 검사."

니코와 아멜이 계단 밑에서 기다리고 있다. 장례식을 치른 후 애네들을 만나거나 문자에 답을 보낼 기운이 없었다.

아멜은 빵 오 쇼콜라와 트윅스를 하나씩 가져왔다. 그걸 건네주면서 내 손가락을 살짝 눌러 본다. 니코는 두 팔로 나를 안아 준다. 이 아이 냄새는 안정감을 준다. 잠깐, 나는 눈을 감는다. 그냥 이렇게 나를 내버려 두고 울 수 있다면······.

하루 종일 애네들은 나를 감싸고, 가는 데마다 따라다닌다. 애네들이 현실 세계를 마주하는 나의 무기다. 점심 시간, 급식실에서 나는 껍질 콩을 깨작거리고 있다. 배가 안 고프다.

"그러고 보니 내가 너 INSEP 합격한 거 축하도 안 했네……." 니코가 부드럽게 말한다.

나는 텅 빈 눈길로 고개를 든다. 잊고 있었다. 아무리 INSEP라고 해도 아빠 없이는 의미가 없다. 니코가 내 손을 잡아다가 자기 손에 깍지를 끼면서 꽉 쥔다. 눈물이 터져 나올 것만 같다. 하지만 눈물은 목구멍에서 꽉 막혀 있다. 수 년간 참고, 아무 내색도 안 하고, 강한 척하는 법을 배워 온 수 년 동안…… 반사적으로 그렇게 되어 버렸다. 어쩌면 나는 결코 다시는 울지 못하고 조금씩 조금씩 내 안에서 익사해 버릴지도 모른다.

하루가 끝나지 않을 것 같았지만 결국 나는 교문 앞에 다시 서 있다. 멍하니, 아멜이 우리 반 여자아이 앙브르와 기말 수학 시험에 대해서 얘기하는 걸 듣는 척하고 있다. 훈련에 가라는 엄마의 명령과 머리가 지끈지끈한 피로감 때문에 이불 속에 기어 들어가 다음 빙하기에나 깨어나고 싶은 욕망이 나를 반반씩 점령하고 있다.

"저 앞에 잘생긴 애 누구지, 새로 들어온 앤가?" 립글로스를 잔뜩 바른 입술을 감탄조로 삐죽이며 앙브르가 불쑥 물었다.

나는 고개를 돌릴 기운조차 없다. 아멜이 손을 들어 단칼에 말을 자르더니 놀람과 분노로 두 눈이 휘둥그레졌다.

"저거…… 내 자전거잖아!"

내가 무슨 일이 일어나고 있는 건지 알아차리는 동안 아멜은 아이들 틈을 헤치고 불도저처럼 달려 나갔다. 나의 눈길은 길 건너편 형광 노랑색 자전거에서, 앙브르가 잘생긴 애라고 했던 자전거 주인으로 옮겨 갔다. 안토니다. 그는 물 빠진 청바지 주머니에 두 손을 찔러 넣고 담벼락에 기대서 있다.

"쟤 왜 저러는지 모르지만 가서 도와주자." 니코가 내 손을 이끌고 아멜을 따라 뛰었다.

아멜은 안토니 앞에 가서 곱슬곱슬한 머리카락과 두 손을 마구 흔들어 대면서 고래고래 소리를 지르고 있었다. 안토니는 진정하라는 듯이 한 손을 들어올렸고 이어서 우리의 눈길이 마주쳤다.

"뭐야? 너 얘 자전거로 무슨 짓을 한 건데?" 니코가 물었다.

니코의 공격적인 말투에 안토니 턱에 보일 듯 말 듯 힘이 들어갔다가 눈길이 니코의 손과 얽혀 있는 나의 손으로 떨어졌다. 니코의 손길이 내 피부를 스치기만 해도 그걸 이만 번쯤 되새겼을 때가 있었다. 하지만 장례식 이후로 나는 전반적인 마비 상태 속에서 살고 있다.

"이거 네 자전거인 줄 알았는데." 안토니가 내게 말을 걸었다.

그의 목소리는 차분하고 힘이 있었다. 그는 마치 아멜과 니코가 존재하지 않는다는 듯이 내 얼굴을 가만히 뜯어봤다. 대답을 하기 위해서는 무감각에서 벗어나야 한다. 어떻게 해야 할지 모르겠다.

"레아, 이 자식 알아?" 니코가 눈살을 찌푸리면서 물었다.

다들 화를 내고 있는 이 상황을 멈추기 위해서는 내가 설명을 해야 할 것이다. 나는 입을 연다. 하지만 아무 소리도 나오지 않는다. 머리를 재가동시켜야 할 것이다. 그런데 어디서부터 시작을 해야 할지 몰라서 나는 고개를 흔든다.

"아니."

진실은 아니지만 그게 가장 간단한 대답이었다. 나는 거짓말 때문에 부끄러워져서 고개를 떨군다. 설명을 기대하며 나만 쳐다보고 있는 여섯 개의 눈동자를 견딜 수가 없다.

"이 자전거 내 거야. 얘가 레아한테서 훔쳐 갔나 보네!" 아멜이 분통을 터뜨리며 말한다.

"오케이, 너, 자전거 쟤한테 돌려주고 꺼져." 니코가 명령한다.

언쟁이 붙은 걸 보고 니코 친구 셋이 우리 쪽으로 와서 안토니 앞에 선다. 위협적이다. 안토니는 얘네들이 나타나도 불안해하는 기색이 없다. 눈썹을 살짝 찌푸린 채 계속해서 나를 지켜보고 있다. 그의 눈길은 진지하고 뭔가 묻는 듯하다. 이해를 하려고 노력하는 것 같다.

"레아 좀 그렇게 쳐다보지 마!"

그렇게 말한 건 니코였다. 그러더니 갑자기 안토니를 벽으로 밀어붙였다. 안토니는 순간적으로 몸을 바로 세우더니 화가 난 눈빛으로 주먹을 꽉 쥐고 내 절친에게 덤벼들 기세였다. 반사적으로 나는 그들 사이에 뛰어들어 말리려고 안토니의 손을 잡았다. 애원하듯이 안토니를 쳐다보면서 조용히 나는 "안 돼" 하고 입술 모양을 만들어 보였다. 그는 망설이더니 주먹을 풀었다. 한 마디 말 없이 등을 돌리고 가 버렸다.

"그렇지, 꺼지라니까!" 니코 패거리 중의 하나가 내지른다.

나는 죄책감과 안도감이 뒤섞인 느낌을 받는다. 그에게 고맙다는 말도 못 했을 뿐만 아니라 내 잘못으로 그가 맞을 뻔했다.

"가자, 저 멍청한 자식 때문에 훈련에 지각하겠다." 니코가 씩씩댄다.

니코가 다른 애들과 함께 멀어지자 아멜이 내 팔을 붙잡고 살짝 묻는다.

"방금 일어난 일이 어떻게 된 건지 설명해 줄래?"

"뭘?"

"쟤 어디서 알았어? 왜 쟤가 내 자전거를 가지고 있냐고."

나는 어깨를 으쓱한다.

"나, 쟤 몰라."

"나한텐 안 통해, 레아. 두 사람 아는 사이야. 훤히 다 보이더라."

"지난번에 너네 집에 갔다 올 때 우연히 한 번 봤어. 그게 다야. 자전거를 어디서 찾았나 보지."

"그래서 너한테 갖다주려고 여기까지 왔다고? 날 뭘로 보는 거야?"

나는 사람들 속에서 눈으로 니코를 찾는다.

"아, 그래서 뭐가 어쨌다고!"

"뭐가 어쨌다고? 너, 쟤가 누군지 알아?! 발 플뢰리에 사는 애야. 위험해, 쟤는……."

나는 아멜 말을 자른다.

"나 가 봐야 돼. 훈련 있거든……. 내일 보자!"

그렇게 아멜을 떼어 놓는다. 나는 안토니가 어떤 사람인지 알고 싶지 않다. 나는 그저 세상을 다 잊고 싶을 뿐이다.

9

하루하루가 지나고 일주일 또 일주일이 지난다. 도대체 얼마나 됐는지는 전혀 모르겠다. 나는 여전히 똑같이 아프다. 학교에 가면 정신이 완전히 딴 데 가 있다. 칠레의 이스터섬이 세상에서 가장 외딴 곳이라는데 그보다 더 고립되고 더 먼 데에 가 있다. 머릿속이 텅 빈 채로 창밖을 보고 있노라면 수업 시간이 다 지나간다. 아무도 나한테 뭐라고 하지 못한다. 어른들은 친절하다. 미안한 듯이 내게 애도를 표현한다. 나는 아멜, 니코랑만 말을 한다. 그것도 별로 많이는 아니다. 나는 여전히 물속에 있고 다른 사람들은 자유로운 공기 속에서 활개를 친다. 마치 세상이 무너진 적이 없다는 듯이. 나는 인생이 계속되는 걸 이해할 수가 없다. 아무리, 저녁 식탁에 네 개가 아니라 세 개의 접시만 놓여 있어도, 새 코치를 모집하는 공고가 체육관 로비에 붙어 있어도, NBA 플레이오프 시즌에 티브이가 꺼져 있어도, 계속 계속 '아빠 없음' 표시를 내 주는 이 무시무시한 침묵이 이어져도 나는 이해할 수 없다.

엄마 말이 옳기는 하다. 내가 물속에서 조금이라도 머리를 내민다는 느낌이 드는 순간은 오로지 경기를 할 때뿐이다. 내가 남자애들 속에서 혼자 싸우느라 갖가지 어려움을 겪고 불평을 할 때면 아빠는 늘 똑같은 말을 했다. 끊임없이 되풀이해 주었던 문장을 중얼거린다. "그런 거야. 여자애들은 항상 더 힘이 들거든. 하지만 너는 그걸 핑곗거리로 만들 수도 있고, 너만의 이야기로 만들 수도 있어." 이 말은 내가 앞으로 만나게 될 그 어떤 장애물에 대해서도 유효하다. 핑곗거리로 만들어서 관둘 수도 있고, 성공한 뒤 남들에게 들려줄 이야기로 만들 수도 있다. 나는 아빠의 죽음을 실패에 대한 핑계로 만들지는 않을 것이다. 그건 아빠가 내게 가르쳐 준 모든 것에 대한 모욕이 될 것이다. 그럼 아빠가 나를 용서할 리 없다. 그래서 나는 그 '지도'가 여전히 존재한다는 생각으로 얼마간 기운을 얻고 매일 밤 잠들기 전에 되뇐다. INSEP, WNBA, 니코랑 결혼. 아직 다 가능하다. 이 꿈이 아빠가 내게 남긴 전부다. 그거랑, 내가 매일 밤 침대에서 되풀이해서 듣고 있는 음성 메시지. 나 혼자서는 훨씬 더 어려울 거라는 건 안다. 그러니까 노력한다. 매일 저녁, 매 주말마다. 나는 실패할 권리가 없다. 아빠를 위해서 하는 거다. 그게 아빠가 나한테 기대하는 거니까. 그리고 나는 절대로 아빠를 실망시키는 나 자신을 받아들일 수 없을 것이다.

아빠를 대신할 누군가를 뽑기 전까지 벤 삼촌이 우리 팀을 맡았다. 이제 나는 타르니 체육관을 사용하는 모든 사람들을 안다. 선수들 대부분은 우리 아빠를 알고, 아빠한테 일어난 일도 안다. 아마추어 팀이든 프로 팀이든 다 나를 받아 주려고 한다. 방과 후나 주말에도 체육관 문이 열려 있으면 된다. 나는 항상 문 닫을 때까지 남아 있는다.

아멜한테는 훈련 때문에 당분간 같이 공부할 수 없다고 말해 뒀다. 아멜은 대답했다, 이해한다고, 언제든지 도움이 필요하거나 이야기하고 싶으면 자기가 있다고……. 나는 도움이나 대화가 아니라 경기가 필요하다. 벤 삼촌은 내 걱정을 한다. 삼촌은 내가 쓰러질 거라고 생각한다. 그래서 엄마한테 전화해서 내가 이런 식으로 계속하다가는 번 아웃이 되거나 지쳐 넘어져 다칠 거라고 말했다.

그러거나 말거나 나는 뛴다. 내게 남은 건 그게 다니까.

엄마는 다음 주말에 INSEP 캠퍼스에 가 보자고 제안했고 나는 받아들였다. 9월이 되어 거기에 가면, 나는 수면 위로 올라갈 수 있을지도 모른다. 엄마는 동생이랑 나한테 "아빠한테 일어난 일에 대해서 누군가에게 말을 해 보고" 싶은지도 물었다. 일 년 만에 처음으로, 아나이스와 내가 뭔가에 대해서 정식으로 의견의 일치를 보았다. 정신과 의사라니 어림없는 일이다. 엄마는 더 강요하지는 않았다. 대신 아침에는 좀 늦게 출근하고 저녁에는 좀 일찍 퇴근하기 시작했다. 요리에 서툴지만 저녁 식사 준비를 했고 한 끼에 겨우 한 입이나 먹을까 말까 한다. 우리한테 숙제를 했는지 물어보고, 우리가 2층으로 올라가면 다시 일하기 시작한다. 어떤 때는 새벽 2시까지도 컴퓨터 자판 두드리는 소리가 난다.

집에 들어오면서 현관문을 닫으면 엄마가 와인 잔을 앞에 두고 부엌에 앉아 있는 게 보인다. 병은 이미 삼 분의 이쯤 비어 있다. 엄마가 너무 늦게 퇴근할 때만 아니면 엄마랑 아빠는 롤이시 식견에 한 잔씩 마시곤 했었다. 부엌에서 엄마 아빠가 웃으면서 소근소근 말하는 소리가 들리곤 했었다.

우리 부모님은 서로 사랑했고, 함께 행복했었다. 아주 드물게 다툴 때는 농구 때문이었다. 좀더 정확하게는 나와 농구 때문이었다. 엄마는 처음부터 그 '지도'에 반대였다. (자기를 알면 남도 안다지만) 엄마는 열여섯 살 때부터 자기를 알았다는데 내 성격에 대해서는 전혀 파악하지 못했다. 계속해서 나한테 굽 높은 구두를 사 주고 쇼핑을 가자거나 로맨스 영화를 보러 가자고 한다……. 무엇보다도 엄마는 줄곧, 내가 스포츠를 전공하는 것에 단호하게 반대했다. 나는 그런 엄마를 받아들이는 게 쉽지 않았고, 엄마는 인생에는 항상 플랜 B가 있어야 한다면서 절대 포기하지 않았다. 공부도 소홀히 해서는 안 되고 바칼로레아도 통과해야 한다는 거다. 살다 보면 어떻게 될지 결코 알 수 없으며 만약에 다치기라도 하면 어쩌고저쩌고 이러쿵저러쿵……. 엄마는 주장을 내세우는 데 강하다. 당연하다, 엄마는 파리에서 MBA를 했고 그것도 모자라서 변호사가 되었으니까. 살인자나 소아성애자를 변호하는 그런 종류의 변호사는 아니고 대기업을 상대한다. 예를 들면 어떤 기업이 다른 기업을 사들이거나 합병하려고 할 때 필요한 변호사. 엄마는 파리에서 빅토르 위고 광장 근처에 자기 사무실을 냈다. 엄마는 항상 일을 하고 있고, 진짜로 성공을 했다. 신문에도 여러 번 이름이 났다. 아멜은 우리 엄마가 미셸 오바마라도 되는 듯이 거의 우상처럼 숭배를 한다.

엄마 아빠가 결혼하게 될 운명적인 요인은 아무것도 없었다. 엄마는 운동을 엄청 싫어하고, 아빠는 오로지 운동에만 관심이 있었다. 그런데도 두 사람은 바에서 만나 첫눈에 반했다. 벤 삼촌이 그러는데 그 당시 아빠는 프로 팀에서 뛸 수 있는 수준이었는데 스스로 포기해 버렸다고 한다. 아빠는, 나랑은 반대로 자기는 훈련도 못받았고, '불덩이'도 없었다고 주장한다. '불덩이', 그게 나한테는 있는 것 같다. 여덟 살 때부터, 일요일마다 비가 오건 아직 어두컴컴하건 말건 한 번도 거르지 않고 새벽 6시 반에 일어나서 주차장 앞 농구 골대에 200번씩 공을 집어넣었으니 말이다.

아빠의 프로 농구 선수 경력이 중단된 데에는 무엇보다도 내가 엄마 아빠 인생에 예정에도 없이 너무 일찍 도착했기 때문이라고 본다. 나는 2002년 2월 27일에 태어났는데 엄마 아빠가 만남을 기념하는 걸 보면 두 사람은 2001년 6월 2일에 처음으로 만났다. 알아서들 계산해 보시라. 전업으로 나를 돌보기 위해서 경력을 잠시 보류한 사람은 아빠다. 두 사람은 아빠의 농구 선수 경력과 엄마의 학업 사이에서 선택을 해야 했을 것이다. 엄마 아빠는 이 문제에 대해서 항상 애매하게 말한다. 왜 그러는지 잘 모르겠다. 나만 아니었으면 아빠가 수백만장자가 되어 에바 롱고리아*랑 결혼했을 텐데 하는 죄책감을 가질 거라고 생각해서인지, 아니면 두 사람이 첫날밤에 콘돔을 사용하지 않았다는 걸 내가 알게 될까 두려워서 그러는 건지. 엄마가 강박적으로 나를 산부인과에 보내는 걸 보면 두 번째 이유일 거라고 본다. 그리고도 2년 만에 내 동생이 또 태어났다. 엄마 아빠

---

* 에바 롱고리아 Eva Longoria. 미국의 배우, 감독. 미국 드라마 <위기의 주부들>로 유명하다.

는 적어도 한 가지 공통점은 있었던 거다. 두 사람 다 생물 시간에 출산에 관한 수업을 빼먹었던 거다.

지금 엄마는 혼자서 술을 마신다. 한 잔 아니고 세 잔. 그리고 농담도 안 하고 일만 한다. 손에 우편물을 들고 멍한 눈길을 고정한 채 충격을 받은 듯 계속해서 읽고 또 읽는 것 같다.

"엄마."

엄마는 깜짝 놀라서 책상 위에 서류를 황급히 뒤집어 놓더니 손을 그 위에 얹는다. 마치 내가 그걸 빼앗아 읽기라도 한다는 듯이. 엄마는 고급 옷, 굽 높은 구두, 손질된 머리, 그리고 화장까지 완벽한 모습을 빠르게 되찾았다. 하지만 아직도 결혼반지를 끼고 있고 손톱은 언제나처럼 매니큐어를 칠했지만 피가 나도록 뜯겨 있다. 엄마한테도 그렇게 쉽지는 않은가 보다. 엄마를 위로해 줄 말을 찾고 싶다. 하지만 나는 그런 건 존재하지 않는다는 걸 알고 있다. 책상 위에 있는 봉투로 내 눈길이 가 닿는다. 언제나 그러듯이 엄마는 봉투가 접힌 부분으로 페이퍼 나이프 대신 작은 세라믹 칼을 밀어 넣어서 깔끔하게 열었다. 엄마는 질서와 청결, 깔끔하고 반듯한 걸 좋아한다. 나는 엄마가 봉투나 시리얼 박스 개봉 부분을 북 찢는 것을 본 적이 한 번도 없다. 엄마는 내 눈길을 따라가더니 빈 봉투를 집어서 휴지통으로 던진다. 하지만 그사이 발신인 이름을 읽었다. "비샤 클로드 베르나르 병원". 이 이름을 어디서 들었는지 떠올리는 데 몇 초가 필요했다. 좀 지난 일이다. 아빠 돌아가시고 나서 바로 우리가 피검사를 했을 때 엄마는 검사실에다가 검사 결과를 이 병원으로 보내라고 했었다.

"파스타 만들려고 하는데 너도 먹을래?"

"배 안 고파."

나는 책가방과 운동 가방을 부엌 한구석에 던져 놓는다. 엄마가 올라가서 샤워하라고 말할 때를 기다리고 있다. 그런데 엄마는 아무 말 없다.

"우리 피검사 결과 나온 거야?

"응. 레아, 너 그렇게 안 먹고, 살이 빠져서……."

"나쁜 소식이야?"

엄마는 말을 삼키고 주저한다.

"모르겠어, 엄마가 의사는 아니니까."

엄마는 거짓말을 할 줄 모른다. 그런데 거짓말을 하고 있다. 저 문장의 두 번째 부분이 거짓일 수는 없으니까(엄마가 의사라면 그건 우리가 알 테니까), 앞부분이 거짓이라고 추측이 된다. 나쁜 소식이 온 것이다.

나는 냉장고 문을 열어 페리에 한 병을 꺼내서 병째로 두 모금 삼킨다. 보통 때 같으면 엄마는 컵에 따라 마시라고 한마디 했을 것이다. 그런데 엄마는, 내가 자신을 포함해서 지구를 파괴하러 온 외계인이라는 사실을 방금 알게 된 사람처럼, 나를 뚫어지게 쳐다보고 있을 뿐이다. 겁먹은 표정으로. 나는 물병을 싱크대 위에 올려놓는다.

"그래서, 뭐? 나, 죽는대?"

즉각적으로 엄마 얼굴이 공포에 질리더니 얼른 달려와 나를 껴안는다.

"아, 세상에 레아! 당연히 아니지, 넌 죽지 않아!"

이런 갑작스러운 애정 표현에 놀라서 몸이 굳었지만 나는 눈을 감는다. 엄마가 껴안으니 따뜻하고 안심이 되었다. 엄마한테서 풍기는 라벤더와 신선한 민트 향을 맡으니 어렸을 때 엄마가 내게 읽어 주던 이야기가 떠오른다. 엄마의 캐시미어 스웨터나 실크 블라우스 위에 뺨을 얹고 엄마 냄새를 맡으면서 엄마 목소리가 따뜻하게 흐르는 걸 들으면 나쁜 일은 결코 일어날 수 없을 거라는 느낌이 들곤 했었다. 그러자 갑자기 검사실이 생각나고 아나이스가 생각났다. 동생 소식을 물어볼 새가 없었던 것이다.

"그럼 아나이스는? 아나이스도 안 죽어?"

"아니, 아니, 우리 딸, 아무도 안 죽어! 엄마 말 믿어……. 아빠도…… 있지…… 아빠도 일찍 진단만 했으면 아직까지……."

엄마 목소리가 잦아들면서 나를 안고 있던 엄마 몸이 떨리기 시작하고 라벤더와 민트 향은 안전한 느낌을 잃었다. 엄마는 무너질 권리가 없다. 엄마는 우리에게 남은 전부다. 엄마가 없으면 우리는 안 된다. 나는 엄마 품에서 어렵게 빠져나와 페리에 병 뚜껑을 닫아서 냉장고에 집어넣는다.

"그럼 이미 우리에게 일어난 일보다 더 나쁜 일이 뭐가 있는지 모르겠네."

나는 뒤도 돌아보지 않고 나와 버린다. 엄마가 우는 걸 보는 건 너무 아프다.

10

월요일 아침. 좋은 소식은 내가 수업을 빼먹는다는 것, 나쁜 소식
은 파리에 있는 그놈의 비샤 클로드 베르나르 병원에 가야 한다는
것이다. 나는 귀에 이어폰을 꽂고 정체 때문에 외곽 순환도로에 늘
어서 있는 자동차들을 바라본다. 나는 철 지난 샹송을 듣는다. 아
빠와 아빠의 20세기 음악에 대한 강박을 생각나게 해 주기 때문에.
몇 주째 일주일에 20시간 넘게 운동을 하고 있다. 근육통이 심해서
편안한 자세를 취할 수가 없다. 유리창에 이마를 대고, 안개가 생
뚜앙 출구의 회색 풍경을 덮는 걸 본다.

병원은 여러 가지 크기의 유리 큐브가 쌓여 있는 모양의 건축물이
다. 아기 거인의 블록 장난감 같다. 거대한 로비에는 위에서 아래로
'병원 파업 중'이라고 쓰인 대형 현수막이 걸려 있다. 해가 나지만 나
는 춥다. 6층 엘리베이터에서 내리자마자 엄마는 곧장 '북쪽 건물 -
마르팡 진료'라는 팻말 쪽으로 간다. 나는 '마르팡 Marfan'이 도대체
무슨 뜻일까 생각한다. 희끄무레한 네온등 아래 90도찌리 알ㅋ올과

플라스틱을 섞어 놓은 죽음과 질병의 냄새가 난다. 나는 뛰어서 도망가고 싶은 걸 참느라 애를 쓴다.

왜 학교에 안 오느냐는 아멜의 문자에 감기 걸렸다고 거짓말로 답문을 보낸다. 창밖의 햇살을 보면서 좀 더 믿을 만한 핑곗거리를 댈수도 있었으리라는 생각이 들지만 나는 그저, 되도록 빨리 잊어버려야 할 괄호 같은 이 장소에 대해서 말하고 싶지 않았을 뿐이다. 가운을 입은 여자가 대기실로 들어온다. 그녀는 우리 두 사람의 이름을 부르고 우리를 사무실로 데리고 들어간다. 세 개의 플라스틱 의자가 놓여 있다.

의사가 문을 닫고 너그러운 웃음을 지어 보인다. 그녀는 먼저 우리 가족에게 지금이 아주 어려운 시기일 거라며 애도를 표한다. 엄마는 아무 말도 안 하고 기계적으로 고개를 끄덕인다.

"아버지께서는 마르팡 증후군이었어요." 의사는 말을 이어 갔다. "결합조직에 관계된 유전적인 병인데 그것 때문에 대동맥 박리 즉, 인간의 몸에서 가장 굵은 동맥이며 심장에서 온몸으로 피를 분배하는 역할을 하는 대동맥이 찢어진 거죠."

나는 갑자기 왈칵 토할 것 같다. 나는 이런 종류의 디테일에 대해서 알고 싶지 않다. 목구멍에서 뭐가 올라오는 걸 참는다. 의사가 설명을 이어 가자, 점점 더 힘들어져 실낱 같은 바람 한 자락이라도 있어야 숨을 쉴 수 있을 것 같다. 오백만 명 중에 한 사람이 이 증후군에 걸릴 수 있으며 유명한 사람 중에는 스타워즈에서 츄바카 역을 맡았던 배우, 아브라함 링컨, 샤를 드골이 걸렸었고…… 유전병이기 때문에 마르팡 증후군에 걸린 사람의 자녀가 진단받을 확률은

50%이다. 그게 아나이스와 내가 유전자 분석을 받았던 이유이다.

"운이 좋았어요. 이런 유전적인 연구는 여러 달 걸릴 수가 있는데 아버님 경우는 결과가 아주 빨리 나왔어요. 어머니는 이미 알고 계시지만 테스트 결과 두 사람 다 양성입니다. 두 사람 다 마르팡 증후군이에요."

아나이스는 고개를 들었다. 두꺼운 안경 뒤에서 눈썹이 찌푸려졌다.

"아니, 그럼…… 그거…… 걸렸으면…… 언니랑 저도 우리 아빠처럼 되는 거예요?"

우리 아빠. 왜 그런지 모르겠지만 나는 항상 아빠가 아나이스 아빠보다는 내 아빠라고 생각해 왔다. 이제 처음으로 나는 동생도 나만큼 고통스러울까 생각해 본다. 어쩌면 이 아이도 몇 주째 호흡 정지 상태로 물속에 있는지 모른다. 동생은 내가 필요할지도 모른다. 목구멍에서 공기를 빠져나가게 해 주던 마지막 실 같은 통로가 막혔다. 의사는 심각한 태도로 대답을 했다.

"어떤 환자들은 증상이 하나도 없고 그냥 살아가는데 어떤 환자들은 아버님 같은 일을 당하지 않기 위해서 수술을 해야 해요. 하지만 걱정할 건 없어요. 제 시간에 진단을 하고 적절한 조치를 취하면 전부 괜찮아지거든요."

의사는 웃음을 짓고, 나는 만약 제때 진단을 받고 적절한 조치를 취했더라면 생명을 구했을 아빠를 생각한다.

동생과 나는 예약 여러 개를 잡는다. 팔과 다리와 머리 둘레와 등 길이를 잰다. 엄지손가락을 손바닥에 접어 보라고 한다. 엄지손가락과 새끼손가락으로 손목을 쥐어 보라고 한다. 의사들은 고개를 끄덕이고 메모를 하고 컴퓨터에 여러 가지를 적어 넣는다. 고등학교에 들어온 다음부터 지금까지보다 오늘 반나절 만에 새로운 단어를 더 많이 알게 된다.

나는 이어서 심장 초음파와 심전도 검사를 한다. 아나이스는 엄마가 나를 데리고 다니는 동안 대기실에서 기다린다. 웃통을 다 벗으라고 한다. 불편하지만 가슴을 덮을 엄두는 나지 않는다. 해리 포터같이 동그란 안경을 쓴 젊은 남자 의사가 내 윗몸에 스티커를 붙이고 그 안에 전선을 집어넣고는 화면에 나타나는 파장을 들여다본다. 이 첫 번째 검사가 끝나고 나자 그는 내 가슴을 차갑고 끈적거리는 젤로 덮힌 감지 장치로 훑는다.

"어떤가요?" 엄마는 손에 힘을 주어 내 손가락을 주무르면서 묻는다.

"심장 전문의가 다 설명해 드릴 겁니다." 상반신에 묻은 젤을 닦으라고 종이 타월을 건네면서 그가 말한다.

엄마가 그 사람을 목 졸라 죽일 수도 있을 것 같은 느낌이 든다. 나는 브래지어와 티셔츠를 다시 입고, 다른 층으로 보내진다. 이번에는 눈 검사다. 그동안 엄마는 아나이스한테 간다.

오후 1시쯤 끝이 나고 우리는 다시 심장 전문의를 만나러 가야 한다. 의사는 아나이스를 먼저 보자고 한다. 나는 도대체 저 안에서 무슨 짓들을 하고 있는 건지 궁금해하면서 거의 한 시간을 기다린다. 나도 같이 들어가게 했어야 한다. 어쨌거나 내 동생이니까. 병이 걸렸거나 말거나 신경 안 쓴다, 이미 바닥을 쳤다, 하고 생각해 봤자 소용이 없다. 불안하고 초조하다. 우리 둘 중 하나가 정말 위험하면 어쩌지? 아나이스가 많이 아픈 거면? 의사는 치료, 수술 같은 말을 했다. 근데 그게 정확히 뭐지? 아빠가 이 병으로 죽었다면 우리한테도 그런 일이 일어날 수 있는 것 아닌가. 갑자기 후회가 밀려왔다. 함께 하는 게 나을 것 같다. 어렸을 때 한 팀에서 뛰던 것처럼 동생이랑 둘이서 나란히 결과를 마주하는 게 나을 것 같다.

드디어 아나이스가 다시 나타났다. 혼자다.

"이제 언니 차례야."

목소리엔 힘이 없고 얼굴은 굳어 있다.

"의사가 뭐래?"

"뭐 별거 없어." 아나이스가 투덜거렸다.

그러더니 종일 붙들고 있던 책을 다시 펼치고 어처구니없게도 나를 모른 체한다. 조금 풀이 죽은 채, 나는 진료실로 향한다. 엄마는 파운데이션을 발랐음에도 아주 창백한 얼굴로 핸드백이 구명 튜브라도 되는 듯이 부여잡고 있다. 내가 앉자마자 의사가 알린다.

"레아는 건강해요."

예기치 못했던 안도감이 나를 덮친다. 엄마가 질문을 하려고 입을 열지만 의사는 엄마가 말하게 두지 않고 자기 말을 잇는다.

"대동맥이 약간 팽창되어서 지켜봐야 하지만 그렇게 걱정할 건 아니에요."

"이해가 안 가요······. 나는 병에 걸린 건가요, 아닌가요?"

"레아, 이건 증후군이지 병이 아니에요. 증후군은 병의 출현을 알리는 증상들의 집합이죠. 마르팡 증후군을 가지고 있으면서도 건강에 전혀 문제가 없을 수도 있어요……. 레아에게서 감지된 신호는 대동맥이 평균치보다 약간 커져 있는 건데, 큰 의미는 없는 사소한 척추 변형이라서, 관절이 어긋나기 쉬워요. 엄지손가락을 접으면 손바닥을 넘어가는 것처럼……. 당장은 위급한 거 하나도 없어요."

나는 눈을 내리깔고 손바닥 속에서 엄지손가락을 접어 본다. 그렇다, 한 마디가 넘어간다. 이런 데 주의를 기울여 본 적은 전혀 없다.

"치료하고 적절하게 추적 관찰하면 수술할 필요는 절대 없을 거라고 봐요."

의사는 설명을 계속하지만 나는 그 정보들을 다 받아들이기가 어렵다. 의사 말이 끝났을 때 묻는다.

"알겠습니다……. 아나이스는요?"

의사는 잠시 망설이다가 대답을 한다.

"어머니께서 설명해 주실 거예요. 우선은 두 사람 다 베타선을 차단하는 약을 먹어야 해요. 심장이 뛰는 걸 조절하는 건데 매일 아침한 알만 먹으면 되니, 간단해요……. 다른 질문 있나요?"

다른 질문이 있어야 할 것 같지만 들어야 할 대답이 너무 무서워서 나는 질문을 하지 못하고 고개를 젓는다.

"좋아요, 어쨌든 얘기하고 싶으면 언제든지 오세요."

"감사합니다."

나는 백팩 어깨끈을 거머쥐면서 일어난다. 얼른 인사를 하고 나오려는데 처음으로 엄마가 입을 연다. 엄마가 말도 안 되는 너무 황당한 질문을 던져서 나는 웃음이 날 지경이다.

"얘, 운동해도 될까요?"

나는 깜짝 놀라서 돌아본다. 그거랑 무슨 상관인가?

"조심해서 해야죠. 격렬한 운동은 아무것도 해서는 안 됩니다. 다른 사람과 부딪히는 운동은 안 되고 체조 약간이랑 걷는 건 괜찮아요. 부딪히거나 힘을 줬다 뺐다 하는 운동은 절대 안 됩니다."

내 쪽은 쳐다보지도 않고 엄마가 물었다.

"농구는요?"

"안 됩니다. 농구는 우선 부딪히는 것도 그렇고 힘을 불규칙하게 쓰면 심장에 너무 큰 자극이 갑니다."

의사는 스프링 공책에 뭔가 계속 끄적거리면서 마치 누가 몇 시냐고 묻는데 대답하는 것처럼 아무렇지도 않은 목소리로 말했다. 이어지는 침묵 속에서 하늘이 내 머리 위로 무너져 내리려고 금이 가서 갈라지는 소리가 아주 분명하게 들린다.

11

"아니, 장난하세요?"

나는 충격을 받아서 백팩을 손에 든 채 진료실 한가운데 붙박이처럼 서 있다. 엄마는 머리를 두 손에 묻고 의자에 웅크리고 있다. 의사는 놀란 태도로 우리를 뚫어지게 쳐다본다.

"레아, 농구하나요?"

눈알이 튀어나오는 것 같다. 나는 엄마 쪽으로 몸을 돌린다. 아빠가 살아 있었으면 아빠한테 그랬을 것이다.

"엄마…… 뭐라고 말 좀 해 줘……"

"레아는 전문적으로 운동을 해요. 달리 무슨 수가 정말 없을까요?"

"농구, 특히 프로 선수처럼 하게 내버려 두는 건 따님을 불필요한 위험 속에 방치하시는 겁니다. 죄송합니다, 제가 몰랐네요……"

의사는 진심으로 미안해서 말을 맺지 못한다. 느닷없이 나는 너무나도 혼자인 느낌에 숨이 잘 쉬어지지 않는다.

돌아오는 길 내내 나는 엄마한테 한 마디도 하지 않는다. 엄마가 배신을 했다. 한 마디 반박도 안 하고 의사가 '스포츠 실행 부적격 승냥'에 사인하도록 내버려 뒀다. 이게 대체 뭔가. 나는 이어폰 볼륨을 보란 듯이 높인다. 아나이스한테는 무슨 진단이 내려졌는지 나는 모른다. '뭐 별거 없'다고 했다. 어쩌면 나랑 똑같은지도 모르겠다. 다 관점의 문제다. 아나이스는 운동을 너무 싫어한다. 그러니까 운동을 하지 못하게 하는 건 아마도 '뭐 별거 없'는 영역에 들어갈 수 있겠다. 나한테는 세상의 종말이다. 내가 더 이상 경기를 할 수 없으면 어떻게 그 지도의 끝까지 갈 것이며 어떻게 아빠의 꿈을 실현할 것인가? 나는 눈을 감는다. 무엇보다도 방금 일어났던 일에 대해서 생각하지 않는다. 머리가 텅 빈다. 악몽이다. 끔찍한 악몽이다. 자고 일어나면 아빠가 살아 있을 거고, 이 모든 이야기는 하루를 보내는 동안 내 머릿속에서 지워질 것이다.

차를 주차장에 대고 나서야 나는 겨우 눈을 뜬다. 차문의 잠금 장치가 풀리자 아나이스가 쏜살같이 뛰어내린다.

"레아, 너는 누군가 좀 만나 볼 필요가 있을 거 같아." 엄마가 차분하게 말한다.

"누구?"

"심리 상담사. 이 모든 것에 대해서 너는 말을 해야 해. 안에다 그냥 쌓아 두긴 너무 많아."

나는 빈정거린다.

"나는 아무도 만날 필요가 없어. 그냥 운동을 할 필요가 있을 뿐이라고!"

주차장의 노란 불빛 아래 엄마의 옆얼굴이 드러난다. 깔끔하게 묶은 머리, 섬세한 콧날, 오똑한 광대뼈. 엄마의 두 손은 아직 핸들 위에 있다. 앞 유리창 너머 금속 선반 위에 쌓여 있는 롤러와 정원 작업용 도구들을 넘어, 멀리 저 멀리에 두 눈을 고정한 채 그랜드캐니언이라도 감상하고 있는 분위기다.

"레아, 너만 그런 거 아니야. 엄마한테 말해도 돼, 함께 빠져나올 수 있어. 엄마는……."

나는 엄마가 말을 끝내게 내버려 두지 않는다. 안전벨트를 풀고 차 문을 열고 나와 쾅 닫아 버리기 전에 한마디 던진다.

"아빠 같았으면 내 편을 들어줬겠지!"

12

내 시계 알람은 7시 3분에 울린다. 나는 살금살금 욕실로 가서 샤워를 한다. 거울에 낀 수증기를 닦으며 나는 처음으로 나 자신을 유심히 관찰한다. 살이 빠졌다. 피부는 창백하고 턱에 뾰루지가 났다. 이상하게도 내 눈동자는 보랏빛 다크서클에 둘러싸이니 더 짙은 초록이 되어 있다. 아직 젖은 머리칼을 하나로 높이 묶어 올린다. 동생 화장품 파우치에서 발견한 파운데이션을 발라서 뾰루지랑 다크서클을 감춘다. '자기 스타일 재정비'를 위해서 지난여름을 화장법 튜토리얼 유튜브를 전부 다 훑어보는 데 보낸 아나이스와 달리 나는 화장품을 피한다. 하지만 오늘은 진심 정상적으로 보이고 싶다. 6학년 때 한 번, 니코랑 영화관에 가느라고 아이 섀도우를 발랐던 적이 있는데 걔가 나더러 눈에 한 방 맞은 광대 같다고 그랬다……. 그다음부터 포기했다. 나는 물 빠진 디젤 청바지와 검정색 민소매 티를 입고 발목까지 올라오는 하얀색 나이키 운동화를 신는다. 농구 용품을 운동 가방에 집어넣고 창문을 열어 바깥으로 휙 던진다. 그런 다음 책가방을 어깨에 걸치고 복도로 나온다. 엄마는 벌써 준비를 마치고 부엌에 있다. 아침 식탁을 차린다.

나는 얼른 한마디 한다.

"나, 간다!"

엄마는 고개를 돌려 나를 살핀다. 내가 운동 용품을 가지고 가는지 검사하는 거다.

"엄마 차 안 타고?"

"안 타. 아멜한테 좀 일찍 도서관에서 만나자고 했거든. 복습해야 돼."

"아침 먹었어?"

"시간 없어. 저녁에 봐!"

"그래, 좋은 하루! 오늘 엄마가 약국에 가서 너네들 약 받아 올게. 내일부터 먹기 시작할 수 있을 거야." 엄마가 부드럽게 대답한다.

나는 대답을 안 하고 문을 닫는다. 두 팔을 끼워 백팩 어깨끈을 제대로 메고 조금 아까 창문으로 던져 땅에 떨어진 운동 가방을 주워 들고 빠른 걸음으로 집에서 멀어진다. 어쨌거나 나는 저놈의 약은 안 먹을 거다. 16년 동안 필요하지 않았던 약인데 어째서 이제 와서 필요하다는 건지 모르겠다.

학교에 너무 일찍 도착했다. 운동장은 비어 있고 도서관은 문을 안 열었다. 나는 서서히 지구생명과학실 쪽으로 발걸음을 옮긴다. 텅 빈 복도에 책상다리를 하고 그 위에 책을 펼쳐 놓고 쭈그려 앉아 있는 아멜이 보인다.

"안녕!"

아멜은 나를 올려다보며 웃는다.

"네가 일찍 오다니……. 이거 환각인가?"

나는 어깨를 으쓱한다.

"너는? 수업 시작하려면 30분도 더 남았는데 너는 여기서 뭐 하는데?"

"복습. 시험 보잖아."

"아, 진짜?"

나는 완전히 잊어버리고 있었다. 한숨을 쉬면서 벽에 기댄 채 스르르 미끄러져 아멜 옆에 앉는다.

"집에서는 복습 못 해?"

"여기가 더 조용해."

아멜은 흰 셔츠에 베이지색 짧은 바지를 입고 샌들을 신어서 파란색 매니큐어를 칠한 발톱이 보인다. 왜인지는 모르겠지만 이런 모습을 보니 마음이 누그러져 나는 애 어깨에 머리를 기댄다. 갈색 곱슬머리에서는 머릿결을 유지하느라고 사용하는 무스의 익숙하고 산뜻한 냄새가 난다. 나는 외모를 가꿀 줄 모르는 부류에 속한다. 스웨터를 두 번만 입으면 마포 조각처럼 된다. 내가 건드리면 온통 보풀이 일고 올이 빠지고 뜯어지고 구겨지고 색깔이 바랜다. 아멜은 정확하게 그 반대다. 브랜드 옷을 안 입어도 괜찮다. 옷차림이 항상 완벽하다. 말도 못 하게 공을 들인다. 다림질도 하고, 파는 옷처럼 잘 개어 놓는다. 언니가 판매원으로 일하기 때문에 할인을 받을 수 있는 자라에서 베스트를 여러 개 사서 매일 다른 색으로 갈아입고, 항상 정성 들여 매칭하는 수많은 독특한 액세서리로 멋을 잔뜩 낸다.

아멜은 매일 꿈의 직업을 가지고 일하러 나가는 사람처럼 옷을 차려입어야 한다고 생각한다. 그 꿈의 직업이란 구글 사장으로 전향한 비욘세다.

내가 도저히 말할 수 없어도 아멜은 내 고통을 이해할 거라고 생각된다. 어쨌거나 애네 아빠도 떠났고, 애 옆에 있으면 외로운 느낌이 덜 든다. 아멜이 스프링 공책을 내민다. 단정한 글씨체, 중요도에 따라 다른 색깔로 소제목을 칠하는 방식, 너무나도 깔끔하게 적어놓은 메모는 거의 복습하고 싶은 마음을 불러일으킬 지경이다.

"한번 다시 읽어 볼래?"

나는 고개를 흔든다.

"아니, 괜찮아. 어쨌거나 죽음이야. 수업 시간에 하나도 안 들었는데 뭐."

아멜은 길고 검은 속눈썹 뒤의 눈동자로 나를 가만히 쳐다본다.

"레아, 괜찮아? 잘 지내는 거 같지 않아 보여."

"응응."

"너 매일 저녁 농구 연습을 그렇게 많이 해도 되는 거야? 하나도 쉬지를 않으니까 지쳐 보이지."

"걱정 마."

아멜은 가볍게 한숨을 내쉬고 내 팔에 손을 얹는다.

"내가 할 수 있는 게 있으면……."

내가 원하는 건 아빠를 살려 내고, 이 터무니없는 이야기들을 몽땅 사라지게 하고, 내 유전자를 바꾸는 거…….

"없어, 난 괜찮아……. 시험 공부나 해."

시험 시간 답안지는 백지를 냈다. 오후 늦게 체육관에 가서는 아무한테도 아무 얘기도 하지 않았다. 급식실에서 점심을 같이 먹었던 아멜한테도, 나랑 같은 길을 가는 니코한테도. 아무도 모르면 이게 현실이 아닐 수 있을 것 같은 마음이 든다. 나 자신도 이걸 믿고 있는 건지 확실하지 않으니까. 코트에 들어가니 벤 삼촌은 아직 안 왔다. 운동화 마찰음과 공이 마룻바닥에 튕기는 소리가 내게는 진정제 효과를 낸다. 즉각적으로 몸이 편안해진다. 여기가 내 자리다. 이건 엄마도, 어떤 의사도 문제 삼을 수 없는 명백한 진실이다. 운동은 나를 아프게 할 수 없다. 정확히 그 반대다. 운동은 나를 살아 있게 만드는 유일한 것이다. 나는 골을 하나 넣는다. 니코가 장난을 걸며 내 손바닥을 친다. 곁눈으로 보니 벤 삼촌이 왔다. 코트에 들어서면서 손가락을 입에 대고 크게 휘파람 소리를 낸다. 니코는 방금 내가 패스해 준 공을 붙잡았고 다들 코치 쪽으로 돌아선다. 벤 삼촌의 머리카락이나 수염은 아빠가 늘 놀리던 대로 "후추보다는 소금" 색깔이다. 거인처럼 벌어진 어깨가 인상적이지만 삼촌을 아는 사람들은 그가 공격적인 수비수보다는 커다란 곰인형에 더 가깝다는 걸 안다.

"코치님, 안녕하세요!"

"레아, 여기서 뭐 하니?"

나는 어깨를 으쓱한다.

"연습하죠……. 화요일이잖아요."

그는 고개를 살짝 젓는다.

"너 운동하면 안 된다는 거 알면서……."

코치의 목소리는 심각하다, 당연히 권위적이다. 어렸을 때는 벤 삼촌이 실베스터 스탤론 흉내를 똑같이 내는 걸 보고 웃겨서 죽는 줄 알았었는데. 내 주먹에 힘이 들어간다. 하지만 정신을 다잡고 미소를 짓는다. 코치가 어떻게 아는 거지? 엄마가? 그럴 리는 없을 거다. 두 사람은 사이가 별로다. 한번은 엄마가 벤 삼촌이 내 대부라는 게 유감이라고 말했을 정도니까.

"무슨 말인지 모르겠네. 니코, 공 나한테로 던져."

니코가 공을 들어올리자 코치가 딱 자르고 나선다.

"그 공 레아한테 던지는 거 금지다."

이번엔 말투가 차갑다. 모두 다 침묵. 니코는 신경이 날카로워져서 공을 들지 않은 한 손으로 금발 머리를 헝클어뜨린다.

"무슨 일인 거예요?"

"레아는 건강상의 이유로 운동을 해서는 안 된다."

"니코! 그 공 이리로 줘! 저거 다 말도 안 되는 헛소리야!"

나는 눈으로 니코에게 애원을 하지만 걔의 푸른 눈에 의심이 스치는 게 보인다. 갑자기 절망이 나를 휩싸는 게 느껴진다. 엄마가 전화를 한 거다. 엄마가 모든 사람에게 다 알린 거다. 니코는 마치 부모가 이혼할 거라는 소리를 들은 어린애처럼 벤 삼촌 얼굴을 뚫어지게 쳐다본다.

"그 공 이리 내라, 니코. 안 그러면 넌 9월까지 경기에서 제외다."

벤 삼촌이 차분하게 말한다.

니콜라는 망설이다가 팔을 들어 천천히 공을 코치에게 던진다……. 나는 내 안에서 뭔가가 깨지는 걸 느낀다.

"이게 뭐야, 건강상의 문제라니?" 완전히 정신 나간 사람처럼 니코가 묻는다.

나는 대답하지 않고 코트를 뛰쳐나간다. 벤 삼촌이 나를 부르지만 흔들리는 이중문이 내 뒤로 닫히면서 사람들의 말소리는 더 이상 들리지 않는다. 나는 여자 탈의실에 들어가 누가 놓고 간 양말한 짝과 데오도란트가 뒹구는 나무 벤치 위에 무너져 내린다. 나는 의지의 화신이다. 누구든 나를 쓰러뜨리게 놔둘 권리가 내게는 없다. 훈련을 계속할 방법을 찾아야 한다. 아빠를 위해서. 그 지도를 위해서. 우리의 꿈을 위해서.

체육관에서만 운동을 해야 하는 건 아니다. 타르니에는 야외 농구 코트가 있다. 여름에는 종종 거기서 연습을 한다. 아무도 엄마나 벤 삼촌에게 말만 안 하면 된다. 우리 팀이 일주일에 한두 번 정도 나랑 거기서 뛰어 주면 된다. 나머지는 나 혼자 연습하면 된다. 나는 진정하고 벤치에서 몸을 일으킨다. 재빨리 옷을 갈아입고 체육관 입구 화단 가장자리에 가서 앉는다. 하릴없이 유튜브를 이리저리 틀어 본다. 저 안에 들어가서 뛸 수만 있다면 뭐라도 달라는 대로 다 줄수 있을 것 같다.

시간이 좀 지나자 사람들 목소리가 들리고 나는 반사적으로 고개를 든다. 이 모든 난리 때문에 여자 팀이 우리보다 삼십 분 일찍 끝난다는 사실을 잊어버렸던 거다. 평소에는 이 아이들을 피하기 위해서 매우 조심을 한다. 나는 곧바로 살로메를 알아본다. 180센티의 키에 올림픽 수영 선수 같은 어깨, 저 풍성하고 잘 길들여진 레게 머리는 할머니가 한 달에 한 번 네 시간씩 들여서 땋아 준다고 한다.

아직 우리가 대화를 나누던 사이였을 때 내게 해 준 얘기다. 내가 남자애들 팀으로 옮겼을 때 나를 탈의실 구석으로 몰아붙이고 팀에 애착이 없다면서 나 같은 배신자랑 다시는 같이 뛰지 않을 수 있어서 다행이라고 내질렀던 게 바로 살로메다. 살로메가 결코 알 수 없었던 건, 아빠가 내게 팀을 옮기라고 했을 때 애한테도 예외를 한 번만 적용하자고 내가 부탁했었다는 사실이다. 어쨌거나 살로메도 실력이 나만큼 되고 내 친구니까. 아빠는 안 된다고 했다. 남자 팀에 여자 하나는 예외지만 여자 둘은 혼성 팀이 되는데 타르니 클럽에 혼성 팀은 없다면서. 살로메는 나를 결코 용서하지 않았다.

나는 입술을 깨물고 저 아이들의 호기심 어린 시선과 수군거리는 소리를 피하기 위해서 핸드폰으로 고개를 숙인다. 마치 화면에 갑자기 재미있는 게 나타났다는 듯이. 쟤네들은 벌써 내게 일어난 일을 알고 있는 걸까? 절대 고개를 들어서는 안 된다. 못 본 척해야 한다. 신경 안 쓰이는 척해야 한다. 애네들이 내 앞을 지나고 3미터쯤 멀어지고 나서야 나는 그쪽을 쳐다본다. 불행히도 그때 살로메가 멈춰서 내 쪽으로 몸을 돌린다. 그 애가 내 얼굴을 뚫어지게 쳐다보자 두려움이 내 목을 조르는 것만 같다. 이 정도로는 아직 내가 엉망진창 거지 같은 하루를 보냈다고 하기엔 부족하다는 듯이. 어쨌든 너무 늦었다. 살로메는 내가 자기를 알아봤다는 걸 안 거다. 나는 고개를 들고, 안간힘을 써서 침착을 가장하며 공격성은 안에다 쌓아두고 그 애의 시선을 견뎌 낸다. 살로메가 살인자로 보인다. 이 썩어 빠진 하루의 최후의 한 방……

"너네 아빠 일은 유감이야. 좋은 코치님이었는데 말이지." 살로메가 퉁명스럽게 말한다.

나는 굳어 버린다. 모든 걸 다 대비했다, 이것만 빼고. 이건 따귀를 맞거나 모욕을 삼켜 내는 것보다 힘들다. 가슴에서 내면의 눈물 바다가 갑자기 소용돌이치고, 분노의 둑에 빗장이 풀릴 때면 매번 그렇듯이, 나는 너무나도 파괴적인 슬픔으로 무너져 내릴 것 같은 감정 이외에 아무것도 느낄 수 없다. 초인적인 노력을 기울인 끝에 겨우 우물거린다.

"고마워."

그러나 살로메는 벌써 버스 정류장 쪽으로 멀어져 갔고, 내 말을 들었는지도 모르겠다. 나는 천천히 숨을 내쉬고 빗장을 원래대로 잘 걸고 아빠 얘기가 내 가슴속에 폭발시켰던 고통을 안으로 밀어 넣는다.

두 손이 떨리는 걸 멈추는 데는 30분도 넘게 걸렸다. 자동문이 다시 한번 열리고 니코가 발랑텡이랑 우리 팀의 다른 애들이랑 같이 나타났다.

"레아, 미안해……. 코치랑 얘기를 잘 해 보려고 했는데 별수가 없더라고." 니코가 나를 보자마자 말한다.

"그렇겠지……. 괜찮아. 뭐, 밖에서 뛰면 되지. 우체국 뒤에 운동장 있잖아……. 일요일 오후나 목요일 저녁에 너네들 어때?"

니코가 불편한 듯이 눈길을 돌리자 나는 눈살을 찌푸린다.

"뭔데?"

발랑텡이 대신 나서서 말을 한다.

"코치는 우리 중 누구라도 너랑 뛰면, 체육관 밖에서든 어디든 5

99

분만 뛰어도 예고 없이 팀에서 제외한대."

나는 화를 내지 않으려고 노력한다. 그런데 발랑텡은 미안하지도 거북하지도 않은 것 같다. 그 반대다. 완전히 무관심한 태도다.

"아무도 말을 안 하면 코치가 어떻게 알아……."

"무슨 말인지는 모르겠지만…… 그러면 너한테 진짜 위험한 거라던데." 니코가 눈길을 운동화 쪽에 박으면서 웅얼거렸다.

의심스럽고 신경질적인 웃음이 내 입에서 새어 나왔다.

"내가 언제부터 뛰었는데 그게 위험하면 벌써 나한테 문제가 생겼어야 한다는 생각은 안 하니? 이건 농구라고, 고무줄 놀이가 아니고!"

니코가 신경이 날카로워진 손짓으로 머리카락을 만지는 사이 발랑텡이 나서서 대답한다. 이번에는 딱 봐도 못된 웃음을 띠고 있다.

"됐어, 레아, 이제 그만해. 아무도 너랑 같이 안 뛸 거야. 농구, INSEP, 프로 경력……. 너는 이제 끝났어. 넌 정말 너네 아빠 도움 없이 WNBA에 스카우트될 수 있을 거라고 생각하는 거야? 너 혼자서는 어림없어."

발랑텡의 저 가벼운 웃음이 내 얼굴에 침을 뱉는 것 같다. 목소리에서 기쁨이 느껴진다. 나는 내가 틀렸을 거라고 생각한다. 저 웃음을 잘못 해석하는 거라고. 내가 당한 일 때문에 쟤가 행복할 수는 없는 거라고. 우리는 같은 팀에서 뛰었는데.

"발랑텡, 입 닥쳐. 우리 팀에 다른 누가 왔어도 레아가 온 것만큼 많이 승리할 수는 없었다고!" 니코가 말을 딱 자른다.

발랑텡은 보란 듯이 어깨를 으쓱한다.

"팀에 여자애가 있다는 건 우리를 바보로 보이게 만드는 일이라고. 우린 얘가 필요한 적 없었어."

그사이에 다른 선수들이 나와서 말없이 우리의 대화를 듣고 있다. 나는 손톱이 손바닥으로 파고들어 가는 걸 느낀다. 누 손이 부들부들 떨린다. 믿을 수가 없다. 몇 년 동안 여기 내 자리가 있다는 것을 증명하기 위해서 끊임없이 해 왔던 투쟁, 그 모든 노력. 나는 얘네들이 온전히 나를 받아들였다고 생각하고 있었다. 그런데 어쩌면 이들은 사실상 아빠 때문에, 아니면 니코 덕분에 나를 참아 주고 있었던 것인지도 모른다. 어쩌면 남자 팀에서 뛰는 여자애는 언제나 불청객인지도 모른다. 아무리 더 잘해도. 아니면, 여자건 남자건 어떤 애들은 항상 자기보다 잘하는 애들의 실패를 바라는지도 모르겠다. 믿을 수가 없어서, 나는 우리 팀이라고 믿어 왔고 그렇게나 많은 실패와 성공과 노력을 함께했던 이 남자애들을 하나하나 뜯어본다……. 내 편을 들어주는 애가 단 하나도 없다. 아무도 내 눈길을 받아내지 못한다.

"나는…… 나는 우리가 한 팀이라고 생각했어……. 힘든 일이 터지면 서로 지지해 줄 줄 알았어."

내가 불쌍한 처지라는 걸 의식한다. 하지만 이번만은 신경 안 쓰는 척, 이 모든 것을 내가 통제할 수 있는 척할 힘이 없다. 아니, 내게 어떻게 서 있을 에너지가 아직 남아 있는지도 모를 지경이다. 발랑텡이 시선을 돌리며 눈을 위로 치켜뜬다.

"내가 너 시간 좀 벌어 주지. 여기 있는 애들 중에 누가 클럽 밖에서 레아랑 뛰는 거 오케이냐?" 나머지 애들을 돌아보면서 발랑텡이 물었다.

다들 미안, 어쩌고 웅얼거리면서 고개를 떨궜다. 그러니까, 얘네들은 복잡해지기 싫은 거고, 내게 위험하고, 시간도 늦었으니 집에 가야 한다는 것이다. 발랑텡이 다시 한번 나를 유심히 살펴보면서 만족스러운 미소를 띠고 말한다.

"긍정적인 면을 봐야지, 레아. 이러면 INSEP에 누군가 진짜 자격이 있는 한 사람 자리가 나는 거야."

이렇게 말해 놓고 발랑텡은 버스 정류장 쪽으로 발길을 돌리고 나머지는 그 뒤를 따른다.

"냅둬, 형편없는 자식이네. 나쁜 놈이야. 저 녀석은 늘 네 실력과 연습량에 질투를 했거든." 니코가 위로하듯 한 손을 내 어깨에 얹으며 말했다.

나는 충격을 받은 채로 이 아이 얼굴을 올려다본다. 진심으로 미안해하는 푸른 눈동자를 들여다본다. 그렇게도 키스하는 꿈을 꾸었던 이 얼굴……. 내 인생에 단 한 번도 느껴 본 적 없었던 실망이 몰려든다. 니코는 내 편을 들어주지 않았다. 다른 애들을 설득하려는 노력도 하지 않았다. 혼자라도 나랑 같이 뛰겠다고 하지도 않았다. 나를 버린 거다. 불에 데이기라도 한 듯이 내 어깨 위에 얹힌 니코의 손을 거칠게 뿌리쳤다.

"이제부터 나랑 뛰지 않을 거면 나한테 말을 걸 필요도 없어."

저절로 말이 그렇게 나왔다, 본능적으로. 내 공격적인 태도에 어안이 벙벙해져서 니코는 나를 빤히 쳐다본다. 나는 백팩을 걸쳐 메고 빠른 걸음으로 도망친다. 니코가 부른다. 나는 돌아보지 않는다.

버스 정류장을 지나치면서 걷는 속도를 높인다. 그 애들의 시선, 불건전한 쾌감, 경멸을 참아 내느니 한 30분 걷는 게 훨씬 낫다. 전화가 울린다. 벤 삼촌이다. 탁 끊어 버린다. 세 번이나 다시 전화가 왔지만 나는 아이폰을 비행모드로 바꿔 버린다.

내 잘못이다. 그렇게 나이브해서는 안 되었다. 팀 정신이란 아빠가 해 주던 몽상가의 이상적인 연설에만, 자기 관리에 관한 인용문 속에만 존재한다는 걸 알았어야 했다. 여기선 아무도 내가 WNBA에 들어간다고 자랑스럽게 생각하지 않을 것이며, 아무도 나를 지지한 적이 없다. 다들 내가 코치의 딸이라서 참아 준 것뿐이다. 나랑 팀을 이루었던 이유는 단 하나, 아빠였는데 이제 나는 혼자다. 발랑 탱 말이 맞다. 이제 클럽 애들은 아무도 나랑 뛰지 않을 것이다. 그러나 그게 내가 두 손 놓고 있어야 할 이유는 아니다. 나를 뛰지 못하게 하는 사람이 없고, 내가 성공할 것인지 실패할 것인지, 내가 남자인지 여자인지에 아무도 관심이 없는 곳, 농구가 머리 싸움도 도전도 아닌, 결과와 상관없는 놀이가 되는 곳. 아무도 내게 일어난 일을 모르고 나를 찾으러 올 생각을 하지 않는 곳. 거기다, 나는 거기 가서 뛸 거다, 발 플뢰리 임대 아파트 콘크리트 건물 뒤.

13

엄마가 신문을 펼쳐 놓고 김이 오르는 찻잔을 두 손으로 감싼 채 아침 식탁에 앉아 있다.

"오늘 아침엔 엄마 차 안 타?"

"자전거 타고 갈 거야. 오늘 저녁 땐 아멜네 집에 가서 공부하고 올게."

엄마 얼굴이 홀쭉해진 것 같고 눈가엔 주름이 좀 늘었다.

"왜 걔가 안 오고?" 엄마가 찻잔을 입김으로 불면서 묻는다.

나는 눈을 위로 치켜뜬다.

"무슨 생각을 하는 건데? 내가 비밀 농구 클럽이라도 만들까 봐? 엄마가 온 동네에 다 알렸잖아. 걱정 마, 이제 나랑 뛰겠다는 애는 한 명도 없으니까!"

"레아, 너를 위해서 그러는 거야……. 8시는 넘지 않게 들어오면 좋겠다……. 베타선 차단제 먹었니?"

나는 대답 없이 문을 쾅 닫고 나온다. 나를 위하는 게 뭔지 엄마가 알기나 하나? 그리고 그 약 안 먹었다. 심장 전문의가 처방해 준 그 알약은 다시 한 번 더 변기 속으로 사라져 버렸다.

오늘은 수업이 3시에 끝난다. 열이 나는 것 같다. 흥분이 되는 동시에 스트레스를 받아서. 쉬는 시간에 나는 중학교 화장실에 가서 숨는다, 니코를 피하기 위해서. 걔의 배반을 결코 용서할 수 없다. 걔랑 말도 하기 싫고, 문자 메시지에 답도 보내기 싫다. 나랑 꼭 이야기를 해야 한다는 벤 삼촌도 마찬가지다. 어쨌든 지금은 아니다. 드디어 해방의 종이 울리고 나는 아멜에게 말한다.

"미안한데 내가 오늘 약속이 있어서 우리 집에서 같이 공부 못 하겠어."

삐져서 입이 비죽 나오는 걸 보니 죄책감이 몰려들지만 선택의 여지가 없다. 아멜이 먼저 떠나는 걸 보고 잠시 기다렸다가 나는 쉬지 않고 페달을 밟아 발 플뢰리로 향한다. 파란 머리 여자애 그림이 있는 데서 좌회전하면 바로 농구 코트다. 자전거를 광고판에 매어 놓고 철망문을 밀고 들어간다. 백팩을 열어서 전날 밤에 몰래 넣어 두었던 공을 꺼낸다. 운동화 끈을 단단히 매고 아빠가 경기 전에는 항상 하라고 했던 워밍업 루틴을 시작한다. 전에는 워밍업이 너무 싫었다. 지루했다. 곧장 경기를 뛰고 싶었고, 내 손 안에 공을 느끼고 싶었다. 뭔가 한다는 느낌을 원했다. 그런데 이제 아빠가 해 주던 말을 되새긴다. "뛰어난 선수가 되려면 쉬지 않고 연습을 해야 해, 매일. 특히, 하기 싫은 걸 해야 해. 차이를 만드는 건 재능이 아니라 연습이거든."

나는 이마에 맺힌 땀을 닦는다. 해는 아직 중천에 떠 있다. 너무 집중해서 누가 철망문을 열고 들어오는 소리도 듣지 못했나 보다.

"헤이, 에어 레아! 우리랑 뛰려고 다시 왔네!"

나는 깜짝 놀라서 공을 멈춘다. 지브릴이 내민 손에 나는 손바닥을 맞부딪치면서 웃어 준다. 지브릴은 여전히 '루저'라고 쓰인 노란 모자를 쓰고 있다. 테디, 로메오, 안토니가 따라 들어온다, 지난번처럼. 그들은 운동장 구석에 가방을 내려놓는다. 안토니가 내 앞에 딱 와서 선다. 그는 내 눈을 똑바로 들여다보고 나는 갑자기 내 티셔츠가 땀으로 젖고 묶은 머리가 헝클어져 머리카락이 삐져 나왔다는 걸 의식한다.

"안녕." 나는 불편하게 인사한다.

"너, 자전거랑 동시에 기억이 돌아온 거니?"

말투가 너무나 시니컬해서 나는 얼굴이 빨개진다.

"미안해……. 전에, 학교 앞에서……."

그는 알 수 없는 태도로 몇 초간 내 얼굴을 뚫어져라 쳐다보더니 등을 돌려 구석에 가서 가방을 내려놓는다. 검정색 민소매 티셔츠를 입었다. 내 눈길은 건장한 그의 어깨에서 머뭇거린다.

"레아, 같이 뛸 거야?" 로메오가 한 손에 공을 들고 묻는다.

내가 여기 온 건 이들을 다시 볼 수 있을 거라는 희망에서였지만 안토니의 태도에 기가 죽는다. 그는 여기에 내가 있는 걸 원하지 않는다. 어디서도 더 이상 나를 원하지 않는다. 나는 실망을 감추기 위해서 고개를 떨군다.

"글쎄, 나는 좀……."

"테디랑 나랑, 지브릴, 로메오, 레아랑 해서 붙는다." 내가 문장을 완성하기 전에 안토니가 자르고 나선다.

공이 벌써 나갔는지 정신을 차릴 시간이 없다. 그래, 나는 아무런 의문도 품지 않는다. 결국 뛴다.

안토니는 골을 넣을 때마다 반바지 주머니에서 핸드폰을 꺼낸다. 경기에 집중하지 못하고 여러 번 실수를 한다.

"난 가 봐야겠다. 형이 나왔대." 불쑥 그가 말한다.

그는 모두에게 간단히 손짓을 하고 뒤돌아보지 않고 운동장을 떠난다.

"오케이, 레아, 이쪽으로 와서 나랑 같이 뛰자." 테디가 딱 정하자 이런 급작스러운 출발에 아무도 놀라지 않고 경기가 다시 시작된다.

두 시간이 흐르고 나는 기진맥진해서 경기를 마치는 게 안도감이 느껴질 정도였다. 물론 갈아입을 옷을 가져오긴 했지만 다들 있는 데서 옷을 갈아입을 생각은 아니어서 백팩을 어깨에 걸치며 집에 돌아가려고 서두른다.

"토니네 집에서 파티 있다네. 걔네 형이 여는 거래." 로메오가 폰을 들여다보면서 말한다.

"레아, 너도 올래?" 로메오가 묻는다.

7시가 지났고, 나는 운동복을 입고 땀에 젖었으니 파티에 가기에 이상적인 복장은 분명히 아니다. 그리고 나는 8시 전에는 집에 가야 한다.

"나는 초대받지도 않은 거 같고, 입고 갈 옷도 안 가져왔는데."

지브릴이 웃음을 터뜨린다.

"괜찮아, 다 초대받았고, 영국 왕실 칵테일 파티가 아니니까 롱

드레스 입고 갈 필요도 없어."

"우리 집에 가서 샤워하고 가도 괜찮아. 토니랑 같은 층에 살거든." 로메오가 제안한다.

망설여진다. 아무리 봐도 안 간다고 해야 할 것 같다. 별로 잘 아는 사람들도 아니고 안토니가 자기네 파티에 내가 가기를 바라는지 의심스럽다……. 그러나 집에 들어가서 엄마의 온갖 질문을 참아 낼 생각을 하니 스트레스 덩어리가 목구멍에 차오르는 느낌이다. 몇 시간 동안 스트레스가 사라졌던 느낌이었는데.

"오케이, 자전거 타고 너네들 따라갈게……. 그런데 안토니네 형이 어디서 나온 건데?"

그러자 '슈퍼마켓에서'라고 하는 말투로 지브릴이 대답한다.

"감옥에서."

14

자기네 층에 도착하자 로메오는 열쇠를 꺼내서 문을 연다.

"내가 먼저 샤워하면 불편할 거 같니? 오 분이면 되는데."

"아니 아니, 문제 없음."

"우리 부모님은 늦게 들어오시니까 편하게 있어. 냉장고에 맥주 있다." 텔레비전을 켜고 리모콘을 소파에 휙 집어던지면서 로메오가 말한다.

몇 초 후, 욕실 문이 닫히는 소리, 물 흐르는 소리가 들린다. 나는 낯선 아파트에 주눅이 들어서 조심스럽게 백팩을 바닥에 내려놓는다. 거실을 한 바퀴 돌아보고 다시 부엌으로 온다. 식탁 위에는 빵 부스러기와 버터 덩어리가 있다. 나는 기계적으로 물컹해진 버터를 금박 포장지로 둘러싸서 집어넣으려고 냉장고를 연다. 아래칸에 맥주가 줄지어 놓여 있는 게 보인다. 냉장고 문짝에 손을 댄 채 망설인다. 술을 마셔 본 적이 없다. 작년 크리스마스 때 샴페인 반 잔, 아니면 가끔 엄마 아빠가 마시는 맥주나 와인을 힌 모금 맛본 게 전부

다. 진정한 스포츠맨은 술을 마시지 않는다, 담배를 피우지 않는다, 일찍 잔다, 그리고 매일 연습한다. 아빠 사례로 미루어 보아 분명한 건, 그 모든 게 서른여섯 살에 죽는 걸 막지는 못한다는 점이다. 이 렇게 생각하자 화가 치밀어 나는 하이네켄 한 캔을 집어 든다. 거실로 돌아와 인조가죽 소파에 앉아 맥주 캔을 딴다. 한 모금 마시니 하얀 거품이 부드럽게 입술을 적신다. 씁쓸하고도 순한 맛이다. 좋다. 텔레비전 화면에 멍청한 치즈 광고가 나오는 걸 보면서 계속 마신다. 로메오가 샤워를 하고 나오니 시간이 8시다. 엄마한테 문자를 보낸다.

레아 마르텡
아멜네 집에서 저녁 먹고 가.
10시까지 들어갈게.

그런 다음 핸드폰이 울리지 않게 해 놓는다.

박스 팬티와 분홍 셔츠 차림으로 욕실에서 막 나온 로메오가 깨 끗한 수건을 내민다.

"이리 와 봐. 내 동생 옷 입어도 돼. 눈치 못 챌 거야. 가게 하나는 열어도 될 만큼 옷이 많거든."

동생과 같이 쓴다는 방에서 나는 내 사이즈 같아 보이는 청바지 하나랑 그나마 심플해 보이는 탑 하나를 고른다. 로메오가 헤어 드라이어와 브러쉬를 손에 들고 나타난다. 그가 머리를 말리게 놔두고 나는 욕실로 간다. 문에 잠금 장치를 걸어 놓고 바로 샤워를 시작한다. 샤워젤이 많이도 널려 있다. 아무거나 하나 집어서 쓴다. 코코넛 향이다. 머리를 풀고 어깨 위에서 마르도록 그냥 놔두기로 한다. 빌린 옷을 걸쳐 입는다. 좀 작긴 하지만 청바지는 입을 만하다. 뒷주머니에 올이 풀린 게 꽤 멋진 바지다. 근데 탑은 너무 짧다. 배꼽 위까지 오고, 목이 너무 깊게 파였다.

"티셔츠, 네 거 빌려주면 안 돼?" 나는 거실로 나오면서 로메오에게 묻는다.

그는 눈썹을 찌푸리면서 나를 훑어보더니 들어가서 벽장을 뒤져 레이커스* 로고가 있는 보라색 줄무늬의 노란 저지를 가져온다.

"자, 이거 입어."

이 저지로 목이 파인 건 해결이 안 되지만 배에 맨살이 드러나는 문제는 해결된다. 나는 다시 욕실로 들어가서 내 모습을 빠르게 훑어본다. 저지 밑부분으로 매듭을 묶어서 허리 부분에 오게 하니 좀 낫다. 안에 입은 검은색 탑의 레이스가 살짝 보이면서 스타일이 상당히 괜찮아진다.

로메오는 전혀 준비가 안 됐다. 머리카락은 젤을 반 통이나 썼는지 딱딱하게 굳어 뒤로 넘어갔다. 이제 티셔츠 차림으로, 분홍색 셔츠를 벗고 다른 셔츠 두 개를 번갈아 허리띠 위쪽으로 대 보면서 한쪽 눈은 거의 감은 채 거울을 보고 있다.

"어때? 노랑? 보라?"

---

* NBA 로스앤젤레스 농구팀

노란색은 하와이풍 커다란 꽃무늬로 뒤덮여 있고, 보라색 새틴 원단은 얼굴을 칙칙하게 만들었다. 세상에서 제일 끔찍한 셔츠 두 개를 끄집어내려고 했다면 이보다 더 잘할 수는 없었을 거다.

"솔직하게?"

"솔직하게. 전 여친이 온다고 하니 오늘 저녁엔 빡세게 꾸며야 하거든."

논리는 좀 이상하지만, 나는 로메오가 쿨한 편이라고 생각한다. 그래서 도와주기로 한다.

"흰 셔츠에 청바지가 더 나을 거 같은데, 없어?"

그는 기가 막히다는 태도로, 마치 내가 쓰레기봉투를 뒤집어쓰라고 하기라도 한 듯이 나를 뜯어본다.

"흰색? 아니, 흰색을 입고 어떻게 눈에 띄기를 바랄 수 있다는 거야? 나는 남들이 쳐다보게 하고 싶다고! 장례식에 다녀왔나 보다 생각하지 않고!"

"눈에 띄는 게 목적이라면 보라색 입어. 그럼 디스코볼 같아 보일걸."

"오, 그거네."

그는 티셔츠 위로 보라색 셔츠를 입고 나서 내게 두 번째 맥주를 내민다. 나는 받아든다.

"내가 가면 토니가 싫어하지 않을 거라는 게 확실해?"

"당연히 아니지. 걱정도 많다."

"토니 형은 진짜 감옥에 있었던 거야?"

로메오는 웃음을 터뜨리고는 맥주를 한 모금 삼킨다.

"걱정 마……. 이틀간 구류되었던 거야. 여기저기서 마리화나를 팔고 다녔거든. 항상 잘 빠져나오고, 나쁜 사람 아냐."

나쁜 사람이 아니라는 말을 듣자 내가 범죄를 일삼는 강간범이 여는 파티에 가는 게 아니라는 생각에 조금 안심이 되기는 했지만 새로운 걱정이 생겼다. 거기 온 사람들은 모두 마약 딜러를 아무렇지도 않은 부업처럼 생각하는 게 아닐까. 방이 좀 흔들리는 것 같기도 하고 나는 기분 좋은 들뜬 느낌, 일종의 위로 같은 감정에 휩싸인다. 이런 감각이 없어질까 두려워 나는 남은 맥주를 다 마신다.

"하나 더 마셔도 돼?"

"진정하셔. 이런 리듬으로 가다가는 9시가 되기 전에 알코올 중독 혼수상태가 될걸. 이제 가야지."

나는 로메오를 따라 복도를 걷는다. 음악과 말소리가 뒤섞인 소음이 계단참으로 울려 퍼졌다. 로메오가 초인종을 누르고 나는 그에게, 아는 사람이 하나도 없으니 날 혼자 내버려 두지 말아 달라고 부탁하고 싶은 걸 참는다. 하긴, 말을 나눌 사람이 하나도 없는 게 더 무서운 건지, 위험한 딜러 갱단을 마주치는 게 더 무서운 건지 모르겠다. 거기에 답을 낼 시간도 없이 문이 열리고 안토니가 나타났다. 놀란 표정이 보일락 말락 스쳤지만 그는 이내 태연한 태도를 되찾았다. 안토니는 아직도 젖은 채 어깨 위에 어수선하게 흩어져 있는 내 머리카락과 새 옷을 살펴본다. 안토니는 무릎 부분이 찢어진 인디고 색 청바지와 자기 눈 색깔과 어울리는 밝은 회색 셔츠를 입고 있다.

"레아랑 같이 왔네."

확인이다, 질문이 아니고.

"응, 얘가 너네 집 어떻게 생겼는지 하도 보고 싶다고 해서." 로메오가 내게 눈을 끔뻑하면서 대답한다.

나는 뺨이 달아오르는 걸 느낀다. 뭐라고 해야 할지 모르겠다. 안토니는 별말 없이 들어오라는 사인을 주고 로메오는 얼른 안으로 들어선다. 문을 열고 들어가니 바로 거실이다. 별로 크지 않다. 한쪽 벽으로 밀어붙인 식탁엔 병, 플라스틱 컵, 샐러드 그릇과 몇 가지 스낵으로 가득하다. 사람들은 희미한 불빛 속에서 떠들고 있다. 음악 소리 때문에 다들 크게 말하고 있다. 제이지와 앨리샤 키스의 '엠파이어 스테이트 오브 마인드'다. 훈련 갔다가 집에 돌아갈 때 아빠랑 자동차에서 듣곤 하던 음악이다. 셀린 디옹이나 라라 파비앙 외에 아빠가 좋다고 하는 몇 안 되는 노래 중 하나다. 나는 모호한 감정에 휩싸인다.

"괜찮아? 어디 안 좋아 보이는데."

안토니의 목소리가 나를 현실로 데려온다. 그는 마치 내 안에 자리잡은 거대한 슬픔의 바다를 읽어 내기라도 한 듯이 나를 조심스레 관찰한다.

"어, 어. 그냥 뭐 좀 먹었으면 해서."

맥주를 두 캔이나 마셔서 그런 건지 모르겠지만 그의 목소리가 아름답다고, 차분하고 나직해서 믿음을 준다고 생각한다. 전에는 그렇게 주의를 기울이지 못했던 부분이다. 나는 방 안을 좀 걷는다. 목 뒤로 그의 시선이 느껴진다. 좀 멀어질 필요가 있다. 아무도 아는 사람이 없고 대부분이 스무 살은 된 것 같은 이 파티에 있는 내가 우스꽝스럽게 느껴진다. 스낵 그릇에 손을 넣어 한 줌 집어 먹는다. 먹으니까 좀 침착해진다. 입안이 가득한 채로 일회용 컵을 들어 옆에 있는 아무 병이나 집어서 따른다. 한 모금 마시자 목구멍이 타는 것 같고 속에서 넘어올 것 같지만 나는 계속 마신다. 뜨거운 느낌이 몸 안에 퍼지면서 마음이 놓인다. 음악이 바뀌고 심장박동이 누그러진다.

"에어 레아, 괜찮은 거야? 로메오가 너무 많이 마시게 한 거 아냐?"

실실 웃음을 흘리며 내 앞에 서 있는 지브릴이 눈에 들어온다. 곧 테디와 로메오가 와서 데리고 간다. 로메오는 전 여친이 듣도 보도 못한 놈한테 끼 부리는 걸 보고 화가 엄청 나 있다. 다른 친구들은 그 모습을 재미있어하고 나는 그의 등을 툭 치면서 말한다.

"내 잘못이야. 그 보라색 셔츠가 저 여자 눈에는 영 아닌가 보다."

15

그날 알게 된 것: 나는 알코올을 무척 좋아한다. 알코올은 모든 걸 재밌고 편안하고 쉽게 만들어 버린다. 그리고 사람들은 다 엄청 괜찮았다. 소파에서 테디와 로메오 사이에 앉아서 나는 얼마 전부터 스테판 커리가 토니 파커보다 더 잘한다고 주장을 하고 있다. 토니 파커를 숭배하는 테디한테 칼 맞을지도 모르는데 말이다. 이런 대화가 언제 시작되었는지 모르겠다. 세상은 흐릿하고 머리는 핑핑 돌고, 따뜻하고 편안한 이불 속에 폭 들어간 것처럼 사람들의 웅성거리는 소리에 파묻혀 있는 느낌이다. 한 잔 두 잔 늘어날수록 부풀어 오르는 가벼움의 감각에 나는 웃는다. 누군가 몇 시냐고 묻고 나는 청바지 뒷주머니에서 핸드폰을 꺼낸다. 흐릿하게 보이는 화면을 가만히 들여다본다. 무음 모드로 해 놓았던 걸 잊어버리고 있었다. 부재중 통화 11통, 문자 16개. 전부 다 엄마다. 시간은 11시 38분이다. 망했다.

폰을 손에 들고 나는 급하게 사람들 사이를 헤치고 나간다. 전화를 하려면 조용한 장소를 찾아야 한다. 나는 엄마를 안다. 엄마는 예고 없이 아멜네 집에 들이닥치고도 남을 사람이다. 경찰을 부를 수도 있다. 첫 번째로 보이는 문을 열고 들어가니 부엌이다. 문을 닫는다. 후드에 달린 램프만 켜져 있는 부엌은 희미한 어둠에 잠겨 있다. 부드럽지만 약간은 자극적인 냄새가 공기 중에 퍼져 있다. 머리를 돌려서 뒤를 보고 몇 초가 지나서야 나는 여기에 나 혼자가 아님을 깨닫는다. 한 쌍의 커플이 딥 키스를 하고 있다. 여자는 술병과 반쯤 비어 있는 스낵 상자들이 잔뜩 널려 있는 식탁 위에 앉아서 두 팔과 다리로 파트너에게 들러붙어 있는데 안토니 같아 보인다. 이상하게도 조금 전과 다른 옷을 입고 있다. 그리고 그의 손이 여자의 티셔츠 아래로 미끄러져 들어가는 걸 보니 불편하다. 그들은 너무 열중해 있느라 내가 나타났다는 걸 알아차리지 못한다. 내 핸드폰에서 진동음이 울린다.

'엄마'라고 화면에 뜬다. 생각 같은 거 할 새 없이 나는 곧바로 받는다.

"여보세요?"

"레아! 도대체 어디야? 밤 12시가 다 됐잖아. 경찰에 연락하려던 참이라고!"

"별일 없어. 시간을 못 봤네. 아멜네서 자고 갈게."

"안 돼. 집으로 와. 엄마가 데리러 갈게, 엄마가……."

"아니, 엄마, 그럼 안 되고……."

"우리가 방해된다면 말을 하라고, 응!"

나는 핸드폰을 귀에 댄 채로 뒤를 돌아본다. 커플은 이제 키스를 하는 대신 약간 짜증이 난 채로 나를 빤히 쳐다보고 있다. 부엌이 그렇게 빙빙 돌지만 않았어도 뭐라고 대답할 말이 생각났을지도 모르겠다. 하지만 나는 그냥 핸드폰에 대고 조그맣게 말하는 수밖에 없다.

"걱정 마, 엄마. 아무 일도 없다니까. 내일 봐요."

내가 전화를 끊자, 남자와 여자는 웃음을 터뜨린다. 그제서야 나는 그들이 나의 통화를 전부 다 들었다는 걸 이해한다. 게다가 내가 잘못 봤다. 안토니가 아니다. 안토니랑 닮았지만 나이가 조금 더 든 남자다.

"이제 됐어? 엄마가 안심하셨나?" 남자가 비웃는 듯한 말투로 묻는다.

여자는 웃음을 터뜨리고 나는 완전히 놀림감이 됐다는 기분이 든다.

"안토니네 형이구나." 나는 두뇌가 매우 느리게 작동하고 있음에도 불구하고 갑자기 알아차린다.

"예스, 난 리암이야. 그러는 너는……?"

"레아."

그는 눈살을 찌푸린다.

"그러니까, 너는 토니 친구라는 거야?"

그는 열아홉이나 스무 살쯤 된 것 같다. 동생과 똑같이 탐색하는 듯한 회색 눈동자지만 목소리에 담긴 깔보는 듯한 느낌이 다르다. 안토니는 어쩐지 사람을 안심시키는 데가 있는데 리암은 반대로 겁을 먹게 한다.

"딱히 그런 건 아니고 두세 번인가…… 농구를 같이 했어."

"쿨하네."

그는 따듯함이 없는 동물적인 웃음을 짓는다. 나는 조심조심 문 쪽으로 한 걸음 옮긴다. 그는 식탁 위에서 감자칩 통 뒤에 숨겨져 있는 무언가를 집으려고 몸을 숙이는가 싶더니 내 쪽으로 와서 문 앞에 막아선다. 이어서 집어 든 그것을 입술 사이에 넣고 주머니에서 라이터를 꺼내 능숙하게 불을 붙인다. 나는 용기를 낸다.

"난 가야 되는데 좀 비켜 줄 수 있어?"

"아니. 너는 좀 긴장을 풀어야 할 것 같은데."

그는 입술에 웃음을 머금은 채 그걸 내게 내민다. 저들은 완전히 환각에 빠졌고 나는 술을 너무 마셨다. 집에 가고 싶다. 저걸 피우고 싶지 않다. 자제력을 잃고 싶지 않다. 주머니 속에서 또다시 핸드폰이 울린다. 얼른 받아서 생각이 바뀌었으니 엄마가 데리러 와야 한다고 말하고 싶은데 나는 꼼짝도 할 수가 없다.

"자, 한번 해 봐. 설마 담배도 한번 안 피워 본 건 아니겠지?"

나는 고개를 젓고 그는 또다시 낄낄댄다. 한 모금 빨아들이더니 입으로 뽀얗고 향긋한 김을 내 얼굴에다 내뿜는다. 다시 한번 내게 내민다.

"이거 안 피우면 여기서 못 나가. 걱정할 거 없어. 너도 이걸 아주 좋아하게 될 거야."

나는 달리 어쩔 도리가 없어서 손을 내민다. 내가 깊이 한 모금 빨아들이는 동안 그는 내게서 눈을 떼지 않는다. 연기가 폐를 꽉 채우는 느낌에 나는 기침을 하기 시작한다.

"이제 가게 해 줘."

그는 꼼짝도 안 한다. 이제 웃지도 않고 내가 내민 것을 받으려는 몸짓도 없다.

"안 돼. 더 피워."

"냅둬, 싫다는데." 여자가 한숨을 내쉰다.

"자, 자, 소심하게 굴지 말고. 그다음에 너네 엄마한테 가면 되지." 그는 여자의 말을 무시하고 고집을 부린다.

그는 내 입술에다가 그걸 억지로 밀어 넣는다. 대마초 냄새가 콧구멍으로 올라오는 게 느껴지고 그의 손가락이 내 입에 닿는 느낌이 역겹다. 연기가 가슴 속에 차오르고 목을 조르는 느낌이다. 그가 다가오고 갑자기 나는 진짜로 겁이 난다. 핸드폰이 또다시 울린다. 집에 가야 한다. 여기선 더 이상 볼일이 없다. 나는 그를 거칠게 밀어젖히고 부엌문을 연다. 바깥으로 뛰쳐나오면서 있는 힘껏 누군가를 들이받고 바닥에 나가떨어진다. 나는 겁에 질려 겨우 몸을 일으키는데 모든 게 두 겹으로 보인다. 음악 소리가 너무 커서 정신을 차리는데 방해가 된다.

"레아, 괜찮아?"

안토니가 내 쪽으로 몸을 숙여 내가 일어날 수 있도록 도와준다. 리암이 밖으로 나와 웃으면서 이 장면을 보고 있다.

"너 이제 내 파티에 네 여자들을 초대하는 거야? 네가 저런 애들에게 소개하기에는 나를 별로라고 생각하는 줄 알았는데?" 그가 빈정거린다.

"애한테 무슨 짓을 한 거야?" 안토니가 딱딱하게 받아친다.

턱이 굳어 있고 그의 회색 눈에는 내가 한 번도 본 적 없는 차갑고 무서운 금속성 빛이 번득인다. 잇새로 어두컴컴한 붉은 불꽃 같은 걸 머금은 채로 리암이 웃음을 터뜨렸다.

"아무것도……. 쟤가 긴장 좀 풀어야 하는데 어려움이 있는 거 같아서 내가 너한테 도움이 되어 줄까 했지."

방이 흔들리고 머리가 아프더니 급작스러운 구토가 올라온다. 나는 다시 한번 넘어지지 않기 위해서 안토니의 팔에 매달린다.

"몸이 안 좋은 거 같아. 집에 가고 싶어." 나는 중얼중얼 말한다.

"오케이, 괜찮을 거야." 그가 안심이 되는 목소리로 말한다.

그는 내 어깨 밑으로 팔을 넣어 내 몸을 받치고 한쪽 구석으로 나를 끌고 간다.

"둘이 제대로 터뜨려 봐." 리암이 암시 가득한 낮은 톤으로 한마디 던진다.

안토니가 나를 방으로 데리고 들어가 문을 닫자 바깥의 소란스러움이 조금은 줄어든다. 그는 나를 침대에 눕히고 한 마디 말 없이 내 머리에 베개를 받쳐 주고 침대 등을 켠다.

"여기 있어 봐, 물 가져올게."

방은 코딱지만 하다. 침대, 책상, 내 눈앞엔 바닥에서부터 쌓여 있는 책 더미가 있다. 기대 밖이다.

누워서 천장을 바라보고 있자니 갑자기 현실이 돌아온다. 나는 그 현실을 밀쳐 낸다. 의사가 다시 전화를 할 거다. 실수가 있었다고, 그들이 헷갈렸다고, 나는 마르팡 증후군에 걸리지 않았다고, 물론 아나이스도 아니라고, 그리고 아빠도 죽지 않았다고. 나는 나시 농구를 할 수 있다고, 나는 그걸 위해 태어난 거라고, 이번 9월에 나는 INSEP에 들어갈 거라고. 웃음이 번진다. 모든 게 예정대로 굴러갈 것이다. 그게 그 지도니까. 나는 침대맡에 붙어 있는 마이클 조던 포스터에 눈을 고정한다. 손가락 끝에 닿아 있는 공을 골에 넣으려고 온몸이 쫙 뻗어 있다. 에어 조던. 이들은 내게 에어 레아라는 별명을 붙여 줬다, 마이클 조던에 비유해서. 포스터 한구석에 있는 붉은색과 푸른색으로 된 NBA 로고에 내 시선이 멎는다. 내가 여기서 뭘 하고 있는 거지? 저게 내 꿈이었다. 이제 내겐 아무것도 없다. 팀도 없고, 목표도 없고, 아빠도 없다. 아빠의 목소리가 머릿속에서 뱅뱅 돈다. "너는 그걸 핑곗거리로 만들 수도 있고, 너만의 이야기로 만들 수도 있어." 나는 침대에서 일어나 앉는다. 정신을 차리려고 노력해 본다. 일어난다. 벽이 빙빙 돈다. 집에 가야 된다. 이겨 내야 한다. 사실을 받아들이고 함께 해야 한다. 그러면 언젠가는 수천 명의 사람들에게 이야기할 수 있을 것이다. 이토록 견디기 힘든 고통인 아빠의 죽음과 마르팡 증후군에도 불구하고 어떻게 내가 WNBA의 선수가 되었는지에 대해서. 그게 나의 이야기, 영화가 되고 소설이 되는 그런 굉장한 이야기가 될 것이다.

문이 열리고 안토니가 손에 물컵을 들고 들어온다. 나는 단숨에 마셔 버린다.

"집에 갈래."

일어났지만 나는 비틀거린다.

"자전거 타고 왔니?"

"응."

나는 문가로 간다, 똑바로 걷지 못하고 내 손은 문손잡이를 놓친다. 다시 한번 넘어질 뻔한다. 그가 얼른 나를 붙잡는다.

"이런 상태로는 자전거를 타고 갈 수 없어."

"당연히, 갈 수 있지!"

내 목소리는 또렷하지 못하고 나의 한 부분은 그의 말이 옳다고 생각한다. 나머지 부분은 내가 상황을 완벽하게 컨트롤하고 있다고 느낀다.

"여기서 자고 가도 돼."

"너랑, 네 침대에서 말이지?"

이런 생각에 나는 웃음을 터뜨린다. 이유를 설명할 수는 없지만 왠지 엄청 웃기는 생각 같다. 나는 침대에서 말 그대로 데굴데굴 구르며 웃는다. 나는 너무 웃어서 몸을 일으켜 세울 수가 없을 정도가 된다. 나는 이게 대마초 효과라고 의식하면서도 멈출 수가 없다. 윗배가 아프다. 안토니 얼굴에 보일락 말락 웃음이 스친다. 입술 한쪽이 살짝 올라갔다가 턱 쪽에 오목한 자국을 그려 낸다. 내가 니코를 사랑하고 있어서 유감이다. 체육관에서 말다툼을 한 이후로 한 번도 말을 안 했던 니코. 나를 배신한 니코. 결국 나는 진정을 하고 바보 같은 웃음을 띤 채 침대 위에 주저앉아서 안토니를 지켜보고 있다. 나는 그가 잘생겼다고 생각한다. 반짝이는 회색 눈동자는 나를 따뜻하게 해 주고 진정시켜 준다…….

"넌 머저리 같지만 진짜 멋있는 거 있지."

나는 너무 큰 소리로 말했다는 걸, 그것도 완전 비웃는 태도로 그랬다는 걸 깨닫고 질겁을 해서 내 손으로 내 입을 틀어막는다. 후회가 되는 게 흉을 봤기 때문인지 칭찬을 했기 때문인지 모르겠다. 그는 한쪽 눈썹을 찡그리더니 고개를 옆으로 숙인다. 이번에는 솔직하게 웃는다.

"너, 대마초 피웠구나. 근데 네 질문에 대답하자면, 아니야. 네가 여기서 자면 나는 소파에 가서 잘 거야. 내가 네 남자 친구도 만났잖아. 그다지 유쾌하지 않았다는 점 다시 말해 둘게……"

나는 눈썹을 찌푸린다. 세상의 종말이 오고 난 뒤 핵폭탄 부스러기처럼 흐트러져 있는 내 생각들을 모아 보려고 애를 쓴다.

"내 남자 친구?"

"너네 학교 앞에서…… 내가 네 자전거 갖다주러 갔을 때, 아니, 네 친구 거라고 했지."

"내 남자 친구 아니야……. 남자 친구 없어. 솔로라고."

나는 마치 제 3자가 된 것처럼 내 입에서 나온 이 문장을 듣고 있다. 전혀 웃을 기분이 아니다. 슬픈 기분으로 침대에서 몸을 일으킨다. 안토니가 나를 지켜보고 나는 정확하게 해 두는 게 좋겠다고 판단한다.

"너를 유혹하려고 솔로라고 말하는 건 아니야……. 니코랑 나랑은 사실 운명이야, 단지 걔가 아직 그걸 모르기는 하지만."

"오케이……."

놀랍게도 그는 놀리지 않는다. 단지 조금 놀란 것 같아 보인다. 정말이지 이렇게 멍청한 말을 소리 내서 하는 걸 멈춰야만 한다.

"나, 집에 갈래."

대마초의 효과가 조금씩 가시고 있고 나는 이제 웃을 기분이 아니다. 단지 머리가 핑핑 도는 것만 멈췄으면 좋겠다. 결국 나는 알코올을 증오한다. 다시는 절대로 술을 마시지 않을 거다.

"흠, 괜찮아질 거야."

안토니가 내 팔에 손을 얹는다.

"꼭 오늘 밤에 집에 가야겠다면 내가 우리 엄마 차로 데려다줄 수 있어, 오케이?"

그의 목소리가 부드러워졌고, 그의 손은 여전히 내 팔에 얹혀져 있다. 그 온기에 마음이 풀어진다

"미안해. 나는 이런 게 익숙지 않거든. 술이랑 이런 거 다⋯⋯."

재밌다는 듯이 그의 눈이 반짝한다.

"정말⋯⋯."

"너 술 마시지 않았어?"

"맥주 한 캔⋯⋯. 운전할 수 있어."

"면허는 있어?"

"운전할 줄 알아."

그건 면허가 없다는 뜻이겠지만 내가 더 이상 따질 형편은 아니다.

"나도, 아빠가 옆에 탔을 때 운전해."

나는 "해" 대신 "했었어"로 바꾸기 위해서 입을 연다. 하지만 기운이 나지 않는다. 오늘 밤 현재형은 견디기 힘들다. 너무 무겁다.

16

차 안이 조용하니까 마음이 누그러진다. 나는 창문으로 흐릿하고 알록달록한 마그마처럼 불빛들이 서로 녹아들듯이 그렇게 주르륵 지나가는 걸 쳐다본다. 나는 여전히 현실과, 뭔가 좀더 부드럽고 반짝거리는 세계 사이 어딘가에 둥둥 떠 있으면서 천천히 거기서 내려오고 있는 기분이다.

안토니는 티셔츠 위에 베이지색 항공 점퍼를 걸쳐 입고 내비게이션에 주소를 치라고 내게 핸드폰을 내민다. 한 손은 운전대 위에 한 손은 기어에 얹은 모습은 마치 수년간 운전을 해 온 사람처럼 보인다. 나는 자동차 안의 어슴푸레한 빛 속에 드러나는 그의 옆모습, 턱선, 윗입술에 난 보일락 말락 가느다란 흉터를 살핀다. 그의 시선은 전방을 주시하고 있지만 그의 입술엔 또다시 웃음이 번지고 턱 쪽에 보조개가 생긴다.

"너 계속해서 그렇게 쳐다보면 나는 정말 네가 나를 유혹하려고 그런다고 생각할 수밖에 없겠는데……."

나는 눈을 창문 쪽으로 돌린다.

"네가 나를 데려다주는 건 이번이 두 번째야. 나를 도와주는 게 두 번째라고…… 아니지, 아멜 자전거까지 합치면 세 번째. 그러니까 우리 둘 중 한 사람이 상대방을 유혹하는 거라면 그건 내가 아니겠지……."

"나는 그냥 남을 잘 도와주는 사람일 뿐인데 영화를 찍네……."

나는 웃음이 나는 걸 참을 수가 없다.

"너, 내가 너보다 농구를 잘하니까 기분 나쁘게 구는 거잖아."

이번엔 그가 확실하게 웃는다. 그 웃음은 그의 형처럼 놀리거나 못된 게 아니라 따뜻하고 말을 걸어오는 느낌이다.

"농구를 나보다 잘하는 사람은 없어."

"너, 그거 좀 잘난 척인 거 같지 않아?"

"너는 그냥 테크닉이 좀 더 있는 것뿐이야, 아빠가 코치니까. 불공정한 경쟁이지."

그가 놀리는 듯이 입술을 삐죽거렸고 나는 진심인지 장난인지 알기가 어렵다. 다만 내가 아빠에 대해서 말한 걸 그가 기억하고 있다는 사실에 놀란다.

"그렇긴 해. 모든 게 아빠 덕분이지." 나는 중얼거린다.

슬픔이 엄습하는 걸 막기 위해서 나는 아빠에 대해서 이야기하기 시작한다. 마치 아무 일도 일어나지 않은 듯이, 집에 들어가면 거실에서 아빠가 스포츠 잡지를 읽고 있거나 엄마 머리에 어깨를 빌려준 채 티브이 드라마를 보고 있는 광경을 만나게 될 것처럼. 나는 안토니에게 계속 설명한다. 아빠는 프로 선수가 될 거였는데 나랑 아나이스를 돌보기 위해서 코치를 선택한 거라고. 애기 때부터 시카고 불스 옷을 입었던 거랑, 대부인 벤 아저씨도 농구 선수인 거랑, 그리고 스포츠라면 아는 게 하나도 없는 동생에 대해서도 이야기한다. 내 입가에 웃음이 번진다. 아빠에 대해서 현재형으로 말하니까 아빠가 아주 가까이 있다는 느낌이 들기 때문이다. 나는 이 세상에 아빠가 있는 것 같은 느낌을 간직하려고 눈을 감는다. 그러자 몇 분 동안은 마치 내가 물속에서 머리를 내밀고 다시 숨을 쉬는 것 같았다.

"나 땜에 너는 파티도 망치고 미안해."

"난 파티가 퇴폐적으로 흐를까 봐 남아 있는 거야. 형은 뭐든 엉망진창으로 만드는 재주가 있거든."

"그게…… 너네 형이랑은 좀 복잡해 보여."

"우리 엄마가 특히 복잡하지. 지금은 기적같이 집행유예를 받았지만 엄마는 알아, 형이 분명 감옥에 갈 거라는 걸. 그 생각 때문에 견딜 수 없이 힘들어하서."

"너는?"

"'너는'이라니 무슨 뜻이야?"

"전철역에서 네가 돈 주던 두 남자, 누군데?"

안토니는 우리 집이 있는 길 쪽으로 차를 돌리면서 바로 대답을 하지 않는다.

"너, 내가 마약 밀매하는지 묻는 거야?"

나는 다시 그의 옆얼굴을 살핀다. 표정을 읽을 수가 없다.

"왜 그런지는 모르겠는데 난 사실 네가 마약 밀매를 한다고는 생각할 수가 없어.”

그는 어깨를 으쓱하고 우리 집 앞에서 속도를 늦춘다.

“형이 그 사람들한테 돈 줄 게 있었는데 직접 갈 수는 없었고, 급했거든.”

“그러다가 네가 잡히기라도 했으면?”

“우리 형이잖아……. 형이 칼 맞는 거보다는 내가 잡히는 게 낫지.”

그는 내 의자 머리 받침 뒤로 손을 올리고 주차 간격을 가늠하기 위해 뒤쪽을 본다. 그가 아주 가깝다. 민트 향, 점퍼의 가죽, 그리고 남자의 냄새. 나는 고개를 기울여 그의 목에 대고 깊이 숨을 들이마시고 싶어진다. 혼란스러워서 나는 차 문 쪽으로 몸을 비킨다. 그는 주차를 하고 시동을 끈다.

1층에 불이 켜져 있다. 엄마가 기다리고 있다. 난리가 날 것이다. 나는 움직이지 않는다. 그가 몸을 돌리고 그의 시선이 나를 향하는 게 느껴진다. 내리라고 할까 봐 겁이 난다. 나는 이 환상 속에 몇 분 더 머물고 싶다. 아빠가 여전히 살아 있고, 농구를 해도 되는, 내가 만들어 낸 이 환상. 문을 열자마자 끝이 나 버릴 것이다.

“뭐 하나 물어봐도 돼?” 그가 말한다.

“응…….”

그는 자기 생각을 어떻게 말로 잘 표현해야 할지 정확히 모르겠다는 듯 뜸을 들인다.

“너, 무슨 일 있니?”

나는 이해를 못 하고 그를 한참 쳐다본다.

"무슨 말이지?"

그는 말을 고르는 것 같다.

"처음으로 우리랑 같이 뛰었을 때, 너는…… 즐거웠어. 웃음이 떠나지 않더라고. 그런데 너한테 자전거 가져다주러 학교 앞에 갔을 때 널 못 알아볼 뻔했어. 네 모습은…… 뭐랄까…… 비참하고…… 절망에 빠진 것 같았어. 그때부터 너는 불이 꺼져 버린 느낌이야."

나는 다시 한번 창문 쪽으로 고개를 돌린다. 학교 앞에서 나를 유심히 보던 그의 모습을 기억한다. 마치 자기가 몰랐던 것이 무엇인지 알아내려는 것 같았던 그 태도. 내가 슬픔을 그렇게 눈에 확 띄는 외투처럼 껴입고 있었다는 걸 알지 못하고 있었다. 환상이 깨졌다. 현실이 자동차 안의 보호막을 뚫고 들어왔다. 나는 건조하게 대답했다.

"오늘 안 좋은 하루를 보낸 것뿐이야."

그는 입을 다물고 있지만 내 말을 믿는 것 같지는 않다. 나는 덧붙여 말한다.

"그날 딴 애들 앞에서 너를 모른다고 말한 건 진심으로 미안해. 정신이 딴 데 가 있었어."

나는 안전벨트를 푼다. 탁 하는 소리에 깜짝 놀란다. 그를 돌아다본다. 너무나도 안심을 시키는, 너무나도 강렬한 그의 눈길을 받아내기가 힘이 든다. 나는 생각할 새도 없이 묻는다.

"근데 너 폰 번호 줄 수 있어?"

그는 웃긴다는 듯이 눈살을 살짝 찌푸리고 나는 내 질문에 오해의 소지가 충분하다는 걸 알아차리고 황급히 덧붙인다.

"너네들이 언제 운동을 하는지 알려면…… 그러니까, 내가…… 그런 게 아니라……."

"알아, 네가 나를 유혹하는 게 아니라는 거. 핸드폰 줘 봐." 살짝 웃으면서 그가 말을 자른다.

속으로는 나 자신에게 저주를 퍼부으면서 주머니에서 핸드폰을 꺼내 비밀번호를 풀고 그에게 내민다. 그의 손가락이 내 손을 스치고 내 손바닥에는 열기가 살짝 일었다 사라지는 느낌이 남는다. 그가 내 핸드폰을 들여다보면서 자기 번호를 찍는 동안 나는 그의 손을 관찰한다. 공을 살살 만지는 듯하면서도 완벽하게 통제하던 그의 손, 그 부드러움과 힘이 섞인 매력…….

"보통은 수요일 오후, 어떤 때는 일요일……. 나는 토요일엔 거기 안 가. 시청에서 일하거든. 빠지면 절대 안 돼. 근데 다른 애들은 토요일에 운동할 때가 많아. 네가 오고 싶을 때 나한테 문자 보내면 내가 시간을 알려 줄게, 오케이?"

"오케이, 고마워."

그가 내 핸드폰을 건네주고 나는 받아서 주머니에 넣는다. 가방을 무릎 위에 얹은 채 그에게 몸을 돌린다. 잘 가라고 말하려고. 하지만 나는 말없이 바라본다. 한번 그의 눈길을 견뎌본다. 침묵이 흐르고 그의 눈이 내 입에 얹혀 잠시 머물락 말락 한다. 그의 얼굴에 보일 듯 말 듯한 망설임이 지나가는 게 보인다. 왜 이러는지 몰라서 나 자신에게 너무나 놀라면서도 나는 몸을 앞으로 내밀고 눈을 감고 그에게 키스를 한다.

내 인생에 키스를 한 건 지금까지 두 번이다. 첫 번째는 1학년 때 누구 생일 파티에서 벤자맹이라는 애랑 했는데, 그 후론 한 번도 다시 만난 적 없다. 또 하나는 토마라는 우리 반 앤데 작년에 삼 주 정도 사귀었다. 걘 학기 중에 싱가폴로 이사를 갔다. 그 사실에 마음이 놓였다는 걸 인정한다.

그런데 그 키스들은 지금 일어나고 있는 이것과 완전히 차원이 다르다. 니콜라가 나한테 절절한 사랑 고백을 해 온다는 시나리오 속에서도 지금 내가 느끼는 감각을 한 번도 느껴 본 적이 없다. 안토니의 입술은 따뜻하다. 부드럽고도 단단하다. 배 속에 충격이 일어나는 것 같다. 피부에 너무나도 강력하고 재빠른 전기충격이 오는 것같아서 나는 얼이 빠진 채 꼼짝도 할 수가 없다. 그의 두 번째 손가락이 다가와 내 뺨을 만지고 목으로 미끄러져 내려가다 잠시 멈칫한다. 나는 더 이상 아무 생각도 안 한다. 아빠도, 농구도, 마르팡 증후군도, 니코도, 아무것도. 그저 나를 뒤덮어 오는 이 따듯함, 시간이 멈추고 이 자동차에서 영원히 머물 수 있다면 하는 마음뿐이다.

그런데 갑자기 그의 손가락이 멀어지면서 나를 천천히 밀어내고 나는 이 키스가 한 시간 반 동안 이어졌는지 사 초였는지 모른다. 그의 눈길은 진지하다. 장난기는 하나도 없다. 그는 입술을 깨물고 내 피부에 닿았던 그의 손가락의 온기도 사라졌다. 춥다. 그가 갑자기 의자 깊숙이 앉는다, 나한테서 최대한 멀리 떨어져서. 나를 쳐다보지 않고 중얼거린다.

"네가 나를 유혹하는 거 아닌 거 알아. 근데 그래도 내가 자유로운 몸은 아니라는 말은 해야 할 거 같아……."

머리 꼭대기에서 얼음물 한 바가지가 쏟아지는 느낌이다. 나는 가방을 들고 자동차에서 내린다.

"잘 가!" 나는 돌아보지 않고 인사를 날린다.

그의 대답을 듣지 않고 자동차 문을 쾅 닫아 버린다. 나는 비틀거린다. 하지만 이번에는 알코올 때문이 아니라는 걸 잘 알고 있다.

현관문을 열자 엄마가 계단에 앉아 있는 게 보인다. 손에는 핸드폰을 들고 있다.

"레아! 너, 이제!"

엄마는 벌떡 일어나 나한테로 달려온다. 나는 꼬떡도 하지 않는다. 엄마의 분노가 내 뺨을 후려칠 것이라는 각오를 하고. 엄마가 내 쪽으로 다가오고 놀란 나는 몸을 비키고 나서야 엄마가 나를 껴안으려 했다는 걸 이해한다. 내가 뒤로 물러서는 걸 보고 엄마가 놀라서 멈칫한다. 엄마는 넋이 나간 사람처럼 내 앞에 서 있다. 시간이 이렇게 늦었는데도 엄마는 여전히 외출복 차림이다. 바지에서 비어져 나온 구겨진 셔츠 자락이 자켓 아래에 늘어져 있다. 엄마답지 않다. 엄마는 저녁 내내 저러고 있었을까. 현관문을 노려보면서 내가 들어오기를 기다리며 언제까지고 계단참에 앉아 있었을까.

눈을 크게 뜨고 엄마가 중얼거린다.

"너, 술 냄새랑 대마초 냄새……."

엄마가 이렇게 어쩔 줄 모르는 모습을 보는 건 처음인 것 같다. 엄마가 그냥 지나가 주리라고는 1초도 믿지 않았으면서도 나는 말해 본다.

"미안. 이제 자야 돼. 내일 학교 가야지."

엄마는 입을 벌렸다가 닫더니 너무나 놀랍게도 내가 지나갈 수 있도록 비켜 준다. 뭐라고 하기에는 너무 충격을 받은 거다.

나는 네 칸씩 계단을 뛰어올라 내 방에 들어가 문을 닫는다. 문에 등을 기대고 주르르 무너져 앉아 눈을 감는다. 안토니의 차 안에서 느꼈던 차분함, 침묵의 부드러움을 기억하려 노력한다. 그러자 내 뺨에 닿았던 그의 손가락 감촉이 되살아나고 배 속에선, 그의 입술이 내 입술에 닿았을 때 일어났던 충격이 다시 튀어 올랐다. 핸드폰의 진동음이 울려 나를 꿈 밖으로 내보낸다. 떨리는 손으로 핸드폰을 붙든다.

니콜라 루셀
레아, 부탁인데, 내일 수업 끝난 다음에 스트라다 카페에서
만날 수 있어? 너랑 할 얘기가 있어.

나는 상반되는 감정으로 흥분되어 핸드폰에서 눈을 떼지 못한다. 어쨌든 안토니는 나한테 문자를 보낼 수가 없었을 것이다. 내 번호를 물어보지 않고 그냥 내 폰에다가 자기 번호만 입력해 줬으니까. 나는 문자에 대답하지 않고 잠이 든다. 안토니의 입술이 즉흥적으로 닿았던 흔적으로 아직 뜨거운 내 입술에 손가락을 얹고서.

17

종이 울리자 나는 깜짝 놀라 일어난다. 침이 묻어 입가가 끈적하다. 책상에 올린 팔에 얼굴을 묻고 잠들었다. 뺨은 역사책 위에 찌그러져 있다. 지각을 해서 맨 뒷자리에 슬쩍 앉아 있었다. 선생님은 모르는 것 같았다. 아니면 아는 척하고 싶지 않았거나. 선생님들은 알 수가 없다. 인생 첫 숙취다. 머리가 깨질 것같이 아프고 계속 울렁거려서 음식은 떠올리기만 해도 토할 것 같다.

나는 책이랑 필기라고는 하나도 안 한 공책을 가방에 집어넣는데 아멜이 내 앞에 섰다.

"뒷줄에 앉아서 자니까 속 편해?"

"몰라, 왜 이런지. 너무 힘들어……."

아멜은 나를 찬찬히 들여다본다. 눈꺼풀에 주름이 잡힌다. 나는 눈을 피한다. 천재랑 친구인 건 괴롭다. 아멜은 내 거짓말에 속아 넘어가기에는 너무 똑똑하다.

"나, 너한테 할 말 있어. 이번 여름에 엄마랑 동생이랑 한 달 반

동안 알제리에 가기로 했어. 세일하는 비행기표도 샀어!"

"한 달 반이나?"

나는 당황스러워서 아멜 얼굴을 빤히 쳐다본다. 지금 이 상황에서 한 달 반이나 아멜 없이 산다는 건 내겐 불가능한 일인 것 같다. 그러다가, 이게 애한테는 좋은 일이라는 생각이 든다. 우리가 알고 지낸 이래로 처음이다, 아멜이 가족 여행을 간다는 소식은. 그러므로 그렇게나 오래 못 본다는 생각에 가슴이 죄어 오는데도 불구하고 나는 곧장 이렇게 말해 준다.

"와, 대단하다! 네가 좋아하니까 나도 너무 좋아!"

"당장 여권 사진 찍으러 가야 돼. 같이 갈래?"

"그럼, 당연히 가야지."

원래는 오늘 우리 집에서 다시 같이 공부를 시작하기로 되어 있었지만 그건 별로 중요한 일은 아니다. 우리는 타르니 전철역 즉석 사진 촬영 부스 앞에서 만난다. 아멜이 지갑에서 2유로짜리 동전 두 개를 꺼낸다. 나는 애가 의자를 조심조심 돌려서 자기한테 높이를 맞추고 안내문을 여러 차례 읽어 보는 걸 지켜본다.

"됐다. 절대 망치면 안 돼. 난 딱 4유로밖에 없거든! 내 얼굴 괜찮아? 이빨에 뭐가 낀 건 아니지?"

"샐러드 조각이 보이지만 뭐 어제 점심 때부터 그렇길래 네가 스타일을 바꿨나 했지."

아멜은 깜짝 놀란 것처럼 혀로 잇몸을 마구 닦아 내고, 나는 웃는다.

"장난이야……. 넌 완벽해."

아멜이 눈을 위쪽으로 치켜뜬다.

"이거 엄청 중요하단 말이야. 난 여권 처음 만들어 보거든!"

아멜은 커튼을 탁 닫아 버린다. 동전이 기계 안으로 떨어지는 소리가 들리고 안내 방송이 나오는 게 들린다. 동전 소리, 찰칵 소리가 이어지고 녹음된 목소리가 밖으로 나가 사진 나오기를 기다리라고 지시한다. 갑자기 커튼 자락 사이로 환하게 빛나는 아멜의 얼굴이 나타난다.

"이거 뭐게!"

내 대답은 기다리지도 않고 아멜은 손바닥을 열어 보인다. 2유로짜리 동전 두 개가 빛나고 있다.

"오류가 났나 봐. 기계가 내 돈을 돌려줬어. 사진은 공짜로 찍은 거지!"

밖으로 나온 아멜이 인화된 사진은 들여다보지도 않고 옆에 붙어 있는 홍보 공고문을 가리키면서 계속한다.

"이게 무슨 뜻인지 알아? 이 멋진 리버데일 드라마 사진을 배경으로 해서 네 컷 사진을 공짜로 찍을 수 있다는 뜻이야."

나는 광고를 슬쩍 쳐다본다. 어디가 멋지다는 건지 모르겠는 배경이다. 나는 한 번도 본 적 없는 드라마 배우들 사진 옆에 사람들이 기계적인 웃음을 띠고 있는데 네 살짜리 어린애가 포토샵으로 만들어 놓은 것 같다. 그런데도 아멜은 내 팔을 끌고 부스 안으로 들어가서 동전을 다시 집어넣는다.

우리는 한 시간이나 더 이 기회를 활용해서 재미없는 사진들을 뽑아낸다. 천국 같은 섬, 눈 내린 산, 노을을 배경으로 한 에펠탑 능

조잡한 배경들을 모두 다 소진하고 나자 우리는 즉석에서 이런저런 연출을 해 가며 사진을 찍었다. 얼굴을 잔뜩 찌푸린 컷에서 커튼 뒤에 선 아멜은 정신병원에서 나온 미친 여자 같은데 나는 엄청 심각해 보인다. 우리 둘이 죽어라고 웃는 컷은 얼굴이 사진 프레임 속에 제대로 들어가지도 못했다. 공룡 흉내 컷을 찍을 때였는데 조지안이라는 어떤 맘씨 좋은 아주머니가 문제없냐고, 괜찮냐고 물어오는 바람에 본의 아니게 동작 버튼을 눌러 버렸기 때문이다. 의자를 제일 낮게 해 놓고 이마만 보이게 찍는 컷을 마지막으로 4유로는 더 이상 나오지 않았다. 드디어 기계가 동전을 먹은 것이다. 너무너무 실망이었다. 아멜이 투덜거렸다.

"아씨, 아이디어가 아직도 한참 남았는데!"

온갖 버튼을 다 눌러 보지만 소용이 없다. 기계는 더 이상 반응하지 않는다. 심지어 갑자기 화면이 꺼져 버린다. 나는 내 절친 덕분에 잠깐 잊고 있었던 현실로 불쑥 돌아오는 느낌이다.

우리는 사진을 나눠 가졌다. 아멜의 여권을 위해서 찍었던 첫 번째 사진까지 다.

"진짜 별로다, 그치?" 입이 나온 절친이 묻는다.

나는 그 상투적인 여권 사진에 눈길을 주면서 입술을 깨문다. 진짜 형편없다.

"좀 긴장한 것 같네."

"아니, 뭔가 화장실에 앉아 있는 거 같아……."

"그렇게 말하고 싶은 걸 참았는데……."

아멜은 한숨을 쉬고 후회하며 말했다.

"바보 같은 짓을 했네. 다른 사진 찍기 전에 이게 제대로 나왔는지 먼저 확인을 했어야 했는데."

나는 아멜 팔짱을 끼고 전철역 출구 쪽으로 이끌며 말했다.

"괜찮아, 여권은 십 년만 쓰는 건데 뭐."

아멜이 웃음을 터뜨리고 나는 트웍스를 사러 자판기 앞으로 간다. 하루 종일 아무것도 먹을 수가 없었는데 이제야 갑자기 배가 고프다. 바깥으로 나가서 벤치에 철퍼덕 주저앉아 나는 언제나 그랬듯이 초콜릿바 두 줄 중 한 줄을 떼어 내 곁에 와서 앉는 아멜에게 준다.

"이런 말 하는 거 아무 소용없는 거 알지만, 레아, 난 네가 좀 잘 지낼 수만 있다면 못할 게 없을 거 같아. 너 그런 거 보기 싫어."

목구멍에 뭉클한 게 느껴진다. 내 손 안에 있는 아멜의 손을 꼭 잡는다.

"네가 있다는 것 자체가 엄청난 일이야. 넌 지금, 내가 세상에 혼자가 아니라는 느낌을 주는 유일한 사람이야."

아멜이 조심스럽게 묻는다.

"뭐 하나 물어봐도 돼?"

"응."

"너, 왜 니코랑 싸웠어?"

나는 입술을 깨문다. 0.5초 머뭇거리다가 얼른 다 말해 버린다. 아빠가 죽은 뒤로 물속에 빠져 있는 느낌, 결석하고 병원에 갔던 것, 내 심장을 망가뜨릴 수도 있는 이 거지 같은 마르팡 증후군, 농구 못 하게 하는 것, 체육관에서 있었던 일, 니코와 다른 선수들의 배신, 내 꿈이 연기처럼 날아가 버린 것, 내 인생 계획이 영원히 무산되어 버린 것까지. 전날 저녁 파티와 안토니하고 키스한 것만 빼고 모두 다. 안토니가 학교에 자전거를 가져왔을 때 아멜이 보였던 반응을 기억한다.

아멜은 수업 듣는 것처럼 조용히, 주의 깊게 듣더니 내 손을 힘주어 잡는다. 나는 알고 있다. 이미 너무 아픈 내가 더 상처 받을 대답을 하지 않기 위해서 세심하게 내 말 한 마디 한 마디를 되새기고 있다는 걸.

"정말 너무 마음 아파, 레아. 나는 네 마음이 얼마나 공허할지 상상도 할 수 없을 거 같아."

"근데 이 모든 것에서 최악은, 나를 제일 힘들게 하는 건, 아빠 무덤에 갈 수가 없다는 거야. 엄마랑 동생은 장례식 지나고부터 매주 가는데 나는 그냥 안 가. 그러니까 죄책감이 느껴지는데…… 내가 거기 안 가면 그게 진짜로 일어난 일이 아닌 것 같아. 그리고 나는 울지를 않아. 눈물이 한 방울도 안 나. 왜 그런지 모르겠어. 아빠가 항상 보고 싶은데, 정말로 이렇게 아팠던 적은 살면서 한 번도 없었는데 말이야. 진실은, 만일 내가 지금 당장 농구를 포기해서 아빠가 돌아올 수 있다면 한 치의 아쉬움 없이 그럴 수 있다는 거야. 하지만 아빠가 실망할까 봐 너무 두려워. 엄마도 울고, 아나이스도 우는데 나는 눈물이 안 나. 나는 끔찍한 인간인가 봐."

"레아, 넌 끔찍한 인간이 아니고, 너무 힘들어서 아직 준비가 안 된 것뿐이야. 난 아빠가 우리를 떠났을 때, 학교 끝나면 전철역에서 아빠가 보던 낱말 퍼즐 나오는 신문을 몇 달 동안이나 사 가지고 들어갔었어."

"진짜?"

"응……. 왜 그랬는지 모르겠는데 그거 억지로 내가 다 풀었어. 얼마나 고생이었는지 말도 못 해. 지금은 멀리서 낱말 퍼즐 칸만 봐도 토할 지경이야. "

아멜이 피식 웃는 걸 보니 마음이 좀 풀린다.

"언젠가는 너만의 애도를 하게 될 거고, 그럼 무덤에 가고 싶어질 거야. 있잖아, 그날이 되면 시간이 몇 시든, 어떤 상황이든 내가 너랑 같이 갈 거야, 오케이?"

"오케이……."

"문자 한 통만 보내면 돼……. 어떨지 모르니까 암호로 하자. '당근이 익었다' 이렇게 보내면 돼." 이 새로운 프로젝트 생각에 아멜은 흥분했다.

"글쎄, 뭐 암호까지 필요하려나 모르겠네."

"알 수 없어. 어떤 때는 말이 제대로 안 나오니까 그럴 때를 위해서 암호가 있는 게 나아. 어쨌든 한밤중이라도 괜찮으니까 '당근이 익었다' 하면, 내가 당장 갈게!"

슬며시 웃음이 나는 걸 참을 수가 없다.

"바칼로레아 문학 시험 시간이라도?"

아멜은 과장스럽게 가슴에 손을 얹으며 말한다.

"바칼로레아 문학 시험 시간이라도……. 그래, 할 수 없지. 하지만 그때 말고 다른 때가 될 수 있으면 내가 편할 거 같아."

나는 아멜 어깨에 머리를 기댄다.

"고마워, 아멜. 너 없으면 내가 뭘 할 수 있을지 모르겠어."

"흠, 세상이 우리의 어마어마한 재능을 알게 돼서 이 못난이 사진 시리즈가 분명 박물관에 걸리게 될 거라는 것만 빼면 지금이랑 똑같이 할 수 있을 거야."

"아니면 그 사진들이 정신병원 차트에 들어가게 될 수도 있고……."

아멜은 웃음을 터뜨리고 난 후에 말을 이어 갔다.

"네가 울지 않는 건 슬프지 않아서가 아니야. 그 거지 같은 너의 원칙 때문일 거야. 자기단련 한다고 몇 년 동안이나 절대 안 울었잖아……. 그런데 그렇게 울음을 꾹꾹 눌러 두면 뚱뚱하게 부풀어 오른 가죽 주머니가 되고 말 거야……. 다행히 내가 지금 기가 막힌 생각을 해냈지만 말이야. 내가 눈물 나는 노래 리스트를 만들어 줄게. 너는 그냥 효과가 있을 때까지 계속 듣기만 해. 이건 효과가 있을 수밖에 없어."

겨우 몇 초가 지나자 아멜은 다시 진지해지더니 내 어깨를 툭 친다.

"어쨌든 니코랑은 말을 해야지. 레아, 이 모든 게 걔 잘못은 아니잖아. 네 인생에 걔 자리가 없으면 너는 더 슬퍼질 거야. 계산이 딱 나오잖아."

"걔가 나랑 안 뛴다고 했어."

"너를 보호하기 위해서지……."

"나는 보호가 필요한 게 아니야."

"걔가 네 인생의 남자라는 거, 내가 말해 줘야 하나."

왜인지는 모르겠지만 안토니 얼굴이 떠오른다. 그에 대해서, 전날 밤 파티에 대해서, 그리고 떠올리기만 해도 아직 내 배 속을 쾌감으로 흔들리게 만드는 그 키스에 대해서 아멜한테 다 말하고 싶다. 하지만 얘한테 내가 농구를 다시 하고 있다는 걸 알릴 수는 없다, 그것도 안토니랑. 아멜은 내가 그만두겠다고 말할 때까지 끝까지 설득할 거라는 걸 나는 잘 알고 있다.

"걘 네가 낳을 세 아이들이자 나의 대자, 대녀인 아멜 주니어, 아멜리, 아멜리엥의 아빠이기도 하다고!" 내가 말이 없자 아멜이 덧붙인다.

나는 슬며시 미소를 짓는다.

"내가 아이를 셋이나 낳는다는 건 말도 안 돼. 특히 그렇게나 멍청한 이름을 짓는다니."

"내가 너를 좋아하니까, '아멜리'는 협상의 여지를 남겨 둘게. 하지만 나머지 둘은 벌써 정해진 거야. 음, 어쨌든, 너는 니코랑 말을 해야 돼. 생물 공부 같은 건 너한테 안 어울리긴 하지만 남자를 만나지도 않고 아이 셋을 만든다는 건 너무 야심찬 일이라고……. 이름이 뭐든 간에 말이지!"

나는 눈을 위쪽으로 치켜뜨며 과장되게 한숨을 쉬어 보인다. 소리 내서 인정하지는 않을 거지만 아멜 말이 완전히 틀린 건 아니다.

18

    카페 스트라다는 학교가 어떻게 돌아가는지 다 알 수 있는 곳이다. 3학년 화장실에서 담배 피우다가 걸린 사람이 누구인지, 마지막 지구생명과학 시험에서 커닝한 게 누군지, 지난밤 파티에서 취한 게 누군지 알고 싶으면 거기로 가면 된다. 구석에 있는 커다란 안락의자와 소파는 사람들 눈에 띄지 않아서 키스를 하거나 공부를 하거나 공부하는 척을 하기에 딱 좋다. 반대로 유리창 앞에 있는 테이블은 맞은편 보도 위에 있는, 대화의 마르지 않는 샘인 교문을 몰래 관찰하기에 뷰가 완벽하다. 빈티지 인테리어에 짝이 안 맞는 가구, 벽에 걸린 흑백 영화 사진, 아무도 읽지 않는 중고 책들이 놓인 선반. 모던하고도 안락한 장소다.

    니코는 구석에 있는 작고 둥근 테이블 앞 커다란 안락의자에 앉아 있다. 나를 위해서 블루베리 머핀과 음료수를 주문해 두었다. 내가 좋아하는 거다. 검정색 컨버스 운동화를 신고, 내가 늘 잘 어울린다고 말해 주었던 티셔츠 위에 파랑색과 흰색 체크 무늬 셔츠를 입고 있다. 나를 위해서 노력을 한 거다. 헤드폰을 목에 걸고 있는 것으로 봐서 음악을 듣고 있지 않다, 인스타그램을 보고 있지도 않다. 아무것도 안 한다. 얘는 나를 기다리고 있다. 내가 다가가는 걸 알아채고 니코는 머뭇거리는 듯 웃으며 일어난다. 볼인사를 나누자 죄책감이 몰려온다.

우리가 진짜 싸운 건 처음이다. 우리를 흘깃거리는 애들이 눈에 띄는 걸 보니 분명 샤를마뉴 고등학교 전체에 소문이 돌았다. 니코의 생활은 모든 애들의 끊임없는 가십의 원천이라는 걸 말해 두어야겠다. 니코가 여친을 바꿀 때마다, 걔랑 세 달간 사귄 적 있는(니코한텐 최장 기록이다) 3학년 사라는 급식실에서 나를 불러 자기랑 같이 밥을 먹자고 한다. 그러면 나는 정식으로 심문을 받고, 게슈타포 같은 사라 옆에서 마더 테레사가 된다. 할 수만 있다면 얘는 내 얼굴에 스포트라이트랑 거짓말 탐지기를 들이댈 것이다. 언제부터? 너한테 소개했어? 어떻게 만났대? 니코가 먼저? 아님 여자애가? 얼마나 갈 거 같아? 같이 잤대? 어디까지 간 거 같아? 맨날 문자 주고받나? 학교 끝나고 자주 만난대? 그러다 나의 증언 중에 말이 안 맞는 게 하나라도 있으면(니코의 연애 생활에 관한 이 모든 질문들에 대해서 잘 알고 있으며, 항상 매우 주의를 기울이고 있는지라 그런 일은 거의 없지만), 사라는 립글로스를 잔뜩 바른 입술이 굳어지고 매니큐어를 칠한 그 손톱으로 불쌍한 나의 팔목을 찍으며 내 귀에 이렇게 속삭인다.

"에이 씨, 레아 마르탱, 집중 안 해? 밤샐 거냐고!"

그러고 나면 나는 눈에 띄지 않는 익명의 1인이라는 나의 위치로, 사라는 학교의 여왕이라는 자기 위치로 돌아간다. 복도에서 마주지면 얘가 "안녕!" 하고 한 마디 날릴 수 있도록 나는 항상 조용히 있는다.

"라떼 고마워." 나는 니코 앞에 앉으면서 말한다.

백팩을 안락의자 발치에 떨구고 블루진 자켓을 팔걸이에 걸친 다음 초록 가루로 덮힌 하얀 거품에 입술을 갖다 댄다.

"마차 바닐라 주문해 봤어, 신제품이래……. 네가 새로운 향신료를 먹어 보는 거 좋아하니까"

나는 눈을 들어 니코를 바라본다. 언제나 그렇게도 자신감에 차 있는 애가 걱정하는 걸 보니 울컥한다. 그 금발 머리를 어쩔 줄 모르고 손으로 만지고 있는 게 세 번째다. 설탕 봉지를 기계적으로 톡 톡 건드리고 있다.

"너네 엄마가 전화하셨어……. 네가 왜 뛰면 안 되는지 얘기해 주셨어……. 그러니까, 네가…… 아니…… 내가 미안하다는 말을 하고 싶었어……."

나는 니코의 말을 자른다.

"알아……. 어쨌든 우리 엄마는 모든 사람들한테 다 전화를 했을 테니까. 너한테 짜증낼 일이 아니었어. 그냥 요새 내가 좀……(나는 침을 삼킨다, 적당한 낱말을 찾을 수가 없다) 힘들어……. 농구는 아빠가 남겨 준 유일한 거고, 뛴다는 게 내가 좀 나아지기 위한 유일한 일인데 말이지. 난 농구 못 하면 아무것도 아니야."

"너, 이제 영원히 운동하면 안 되는 거야?" 니코가 조심스럽게 묻는다.

나는 어깨를 으쓱한다.

"의사는 '신체 접촉이 있는 운동은 안 된'다고 했어. 어쨌거나 우리 엄마는 내가 본격적으로 운동을 하도록 절대 내버려 두지 않을 기야."

"뭐라고 말을 해야 할지 모르겠다……. (니코는 슬픈 눈으로 두 손을 내 손 위에 얹는다.) 내가 다른 애들이랑 다시 얘기해 봤는데 애들은 단호하더라. 너랑은 절대 뛰지 않겠대. 어떤 애들은 진심으로 네가 위험해지는 걸 두려워해서 그렇고 어떤 애들은 네가 자기들보다 낫다는 걸 참지 못하는 멍청한 발랑텡 때문이지. 그리고 나는, 솔직히 말해서 정말 어째야 할지 모르겠어. 코치 때문은 아니야. 협박 따위는 신경 안 써. 나는 단지, 네가 위험해질까 봐……. 너네 아빠한테 일어난 일 때문에…… 불안해."

니코가 말을 멈추고 나는 고개를 끄덕인다. 나는 안다. 우리 엄마는 누구든 무엇이든 다 설득할 수 있는 사람이라는 걸. 그리고 니코가 나를 위해 팀에서 자기 자리를 위태롭게 만들 이유도 없다. 갑자기 니코가 일어나서 나를 껴안는다. 나는 바짝 굳어 버린다. 우리는 이렇게 서로 몸을 만지며 위로하지 않는다. 이런 종류의 친구 사이가 아니다. 너무나도 익숙한 냄새가 나고, 얘 머리카락이 내 코를 간질인다. 니코의 온기가 순간적으로 나를 진정시킨다. 그리고 바로 내게 이런 게 필요하다는 걸 알아차린다. 나를 잘 알고 언제나 나를 지지해 주는 사람의 믿음과 안정감. 안토니의 손끝이 살짝 닿기만 해도 참을 수 없이 일어나는 뜨거운 떨림이 아니라.

안녕,

나야, 또.

내가 보러 갈 수 없으니까 편지를 계속 쓰기로 했어. 어쩌면, 어디
선가, 언젠가는 이 편지들을 읽을지도 모르지. 아닐지도 모르고. 하
지만 나는 이렇게 말을 하는 게 너무나도 필요해서 어떻게든 이 감
정들을 꺼내 놓지 않으면 숨이 막혀 죽을 것만 같아.

우선 알아야 하는 게 하나 있어. 미리 말해 두지만 듣기 좋지 않을
수 있어. 나, 마르팡 증후군에 걸렸대. 아나이스도.

알아, 그러겠지. "그게 뭔데?" 아무도 모르는 거고, 다들 신경 안 쓰
니까. 그런데 바로 아빠도 걸린 거고, 나도 아빠한테서 물려받은 거
니까 주의를 기울이는 게 좋겠지.

병원에서 종일 보내면서 알아들은 바에 의하면 마르팡 증후군은
희귀병이래. 치유 불가능한 병은 아니지만 희귀한 병. 네 잎 클로버
나 12월의 무지개처럼. 인생의 수많은 우연 중에서 우리가 그 멍청한
유전자를 뽑은 거지. 제대로 프로그래밍되지 않아 우리 인생을 날려
버릴 수 있는 아주 작은 유전자 하나.

아빠 인생, 내 인생, 아나이스 인생.

넓혀 보자면 아마도 엄마 인생도.

거짓말은 안 할 거야. 이게 아빠가 우리한테 준 가장 멋진 선물은 아니지만 내 생각엔 아마도 아빠는 자기한테 무슨 일이 일어난 건지 알고 싶을 거 같아.

긍정적인 면: 몇 년 동안이나 아나이스가 혹시 입양된 게 아닐까 생각했었는데 내가 동생이랑 동일한 유전자를 나눠 가졌다고 확신하게 된 걸 알면 아빠가 기뻐할 거 같아. 우리가 이것에 대해서 이야기를 나눈 적이 없으므로 이게 우리 사이를 가깝게 만들었다고 말하기는 아직 일러. 하지만 결국 우리에게 공통점은 있어.

1. 우린 둘 다 팔다리가 길고 가늘어. 삶지 않은 스파게티 같다고나 할까.

2. 우린 키가 커. 피자 집에서 만났던 그 남자, 내 사진을 찍고 싶다던 그 남자가 생각했던 모델의 키가 아니라 마르팡의 키를 가진 거지.

3. 우린 관절이 지나치게 유연해서 무릎 관절을 너무 쉽게 꺾을 수 있으니까 요가를 하면 엄청 잘했을 거야. (우리가 요가를 싫어해서 유감이네.)

4. 우린 둘 다 척주측만이야. 아나이스가 나보다 조금 더 심하기는 하지만.

5. 난 엄지손가락을 손바닥 안쪽으로 접어서 나머지 손가락들을 덮을 수가 있어. 한 마디가 넘어 가거든. 아나이스도 그래. 아빠는 모르겠네. 확인해 볼 시간이 없었으니.

6. 매일, 죽을 때까지 우리는 핸드폰 알람을 켜 놔야 할 거 같아. '베타선 차단제'라는 약 먹는 걸 잊지 않기 위해서.

7. 자몽은 더 이상 먹으면 안 된대. 자몽 이름만 들먹여도 메독 포도주 마신 거 저리 가라라나.

8. 우린 '비소프로롤', '대동맥류', '결합조직', '상향, 하향 대동맥', '수정체 탈구' 같은 낱말이 무슨 뜻인지 너무 일찍 배운 극소수의 사람들에 속해.

9. 출산은 생명을 걸어야 할 수 있대. 그러니까 우리가 언젠가 아이를 가질 수 있을지는 확실하지 않아. 만일 아이를 가지면 우리 같은 병에 걸리거나 우리보다 더 심할 확률이 반이래.

이게 멋진 소식이 아니라는 건 알고 있어. 그리고 정직하게 말하자면 이 모든 일에 어떻게 반응해야 할지도 모르겠어. 어떤 때는 전부 다 때려 부숴 버리고 싶고 어떤 때는 다 잊어버리고 싶어서 이런 생각들을 최소한으로 하려고 노력하기도 해.

여기까지야. 소화할 시간을 드려야지. 이만하면 오늘 벌써 너무 지나친 거 같네.

안녕. 조만간 또 쓸게, 아마도.

레아로부터.

P.S. 엄마한테는 비밀인데, 나는 약 안 먹어.

하프타임
분노

19

보통 때는 그렇게 기다리고 기다리던 여름의 신호들을 내가 놓친 걸까, 아니면 여름이 갑자기 들이닥친 걸까. 짧은 치마, 민소매 티셔츠, 문학 수업 시간 중에 브래지어 끈을 탁 소리 나게 튕기는 멍청이들의 여름. 방학까지 두 주밖에 남지 않았다. 나는 이게 좋은 건지 나쁜 건지 알 수가 없다.

요즘은 카페 스트라다에서 전보다 시간을 더 많이 보낸다. 아멜이랑 같이 공부하는 시간도 더 많아졌고, 이제 엄마가 넷플릭스도 구독해 주었다. 겉으로는 내가 좀 나아진 것처럼 보이지만 나는 여전히 물속에 처박혀 있다. 그냥 변화에 익숙해졌을 뿐이다. 내게 일어난 모든 것들은 다 금기가 되어 버린 느낌이다. 아빠의 죽음, 병, 농구, INSEP…… 나는 그것들만 생각하는데 아무도 내게 그것들에 대해 언급하지 않는다. 니코나 아멜조차도. 오로지 엄마만 나를 심리 상담사에게 보내려고 노력 중이다. 아나이스가 결국은 엄마한테 져서 일주일에 한 번씩 가서 전혀 모르는 사람에게 자기 인생 이야기를 하고 있으니 엄마는 더더욱 고집을 부린다.

우리는 아빠가 없는 루틴들을 다시 만들었다. 매일매일 우리 셋은 각자 자기 방식으로 살아남는다. 동생이랑 이렇게 안 싸우고 지내 본 적은 처음이다. 거의 말을 안 섞고 지내고 있다고 해야겠지만. 아나이스는 아주 틀어박혀서 지낸다. 엄마는 동생에게 말을 많이 한다. 때로는 내가 두 사람의 관계에서 배제된 느낌이 든다. 나는 매주 요양원에 할머니를 만나러 간다. 할머니는 이젠 아침에도 나를 거의 알아보지 못한다. 나는 할머니의 기억상실이 심해진 것이 차라리 다행이라는 생각이 든다. 할머니는 자기 외아들을 잃었다는 걸 결코 알 수 없을 테니까. 할머니는 나를 간호사로 알고 아빠가 아직 여덟 살짜리 꼬마라고 믿는지 아들이 얼마나 장난꾸러기인지 이야기한다. 나는 웃음을 지으며 할머니 말을 귀 기울여 듣고 손을 쓰다듬는다. 그러면 할머니는 항상 잠이 든다.

남들의 인생은 계속해서 똑같이 흘러가는 것 같다. 나한테만 지난 4월, 아빠가 떠나고 난 뒤 세상이 딱 멈춰서 더 이상 돌아가지 않는다. 그다음부터 진짜로 다시 돌아가지를 않는다. 여전히 눈물 한 방울 나오지 않고 나는 아빠 무덤에도 가지 않는다. 잠들기 전에는 자동응답기에 남아 있는 아빠의 메시지를 듣는다. 아빠 없이 깨어난 첫 번째 날, 아빠 없는 첫 번째 아침 식탁, 첫 번째 주말이 있었고…… 이제 곧 첫 번째 방학, 첫 번째 개학, 첫 번째 크리스마스 그리고 첫 번째 내 생일이 다가올 것이다……. 나의 일부는, 별로 믿지는 않으면서도, 이 모든 첫 번째들을 다 하고 나면 내가 좀 잘 지내게 되기를 바란다. 또다른 일부는 새로운 경험이 매번, 그걸 나랑

154

나눠야 할 가장 중요한 사람이 없어졌다는 걸 알려 주기라도 하듯 부재의 맛을 새록새록 경험시켜 주리라는 걸 믿어 의심치 않는다.

9월에 INSEP에 갈 일은 없을 것이다. 심장 전문의는 '스포츠 실행 부적격 판정 증서'에 사인을 했다. 엄마는 내가 등록할 수 없도록 행정적인 처리를 마쳤다. 자세한 건 알고 싶지 않았다. 고등학교 마지막 학년을 위한 과목 선택도 엄마가 했다. 여러 번 요청해도 내가 데드라인까지 아무런 선택을 하지 않았다고 학교에서 엄마에게 전화를 했기 때문이다. 엄마는 내가 유급하지 않도록 하느라 교장실에서 한 시간이나 보냈고 바칼로레아 시험의 새로운 체계를 이해하느라 인터넷을 몇 시간이고 들여다보았다. 나는 엄마가 친구랑 전화하면서 도대체 이해를 할 수가 없는 시스템이라면서 툴툴거리는 걸 들었다.

엄마가 결국에는 자기가 옳았다는 말을 꺼내지 않았다는 사실에 어쨌거나 감사한다. 엄마는 나랑 그렇게나 싸웠고, 플랜B를 준비해 둬야 한다고 몇 년 동안이나 사정사정했었고, 살다 보면 무슨 일이 일어날지 모른다고, 농구에 전부를 거는 건 너무 위험하다고 너무나도 여러 번 설명을 했었으니 나는 이제나저제나 엄마 입에서 "엄마가 얘기했지!"라든가 아니면 "거봐, 엄마 말을 들었어야지" 같은 말이 나올까 기다리고 있었다. 그런데 아니다. 엄마는 상황을 어떻게든 해결해 보려고 애를 썼고 '삼 일 안에 레아의 장래를 위한 계획 마련하기'라는 프로젝트에 몸과 마음을 다 바쳤다. 식탁이나 소파에는 오리엔테이션이나, 여러 종류의 진로 변경 혹은 다양한 교육에 대한 자료들이 나뒹굴었지만 내게는 촛불 켠 식탁에서 수학 선생님과 저녁식사를 하는 꿈처럼 여겨질 뿐이었다. 도대체 엄마가 왜 저렇게 열심인지 모르겠다. 나는 아무것도 관심이 없고 어쨌거나 내 성적으로는 해 볼 수 있는 게 전혀 없는데 말이다. 나는 그저 성년이 되기만을 기다릴 뿐이다. 그래서 내가 농구를 하고, 원래 계획했던 '지도'를 따라가는 걸 누구도 방해할 수 없도록.

나는 일주일에 한두 번 몰래 농구를 한다. 내 운동 가방은 주차장에 있는 '정원용 도구들'이라는 스티커가 붙은 상자 속에 숨겨 두었다. 아무도 집에 없을 때 빨래를 하기 위해서 나는 가끔씩 점심이나 수업을 하나 빼먹는다. 기회가 있을 때마다 바로, 혼자서 훈련이나 준비운동 그리고 근육 단련을 계속하려고 한다. 공식적으로는 아멜이랑 도서관에 있는 것으로 해 두었다. 엄마는 내가 공부를 다시 시작했다고 여기며 안심을 하고 있다. 엄마는 아멜을 너무 좋아해서 아멜이라면 뭐든지 믿는다. 절친을 속이려니 죄책감이 들지만 만일 아멜이 알면 나를 지지해 줄 거라는 확신이 들지 않는다. 걘 내가 겨우 "바구니에 공을 던져 넣"는 일 때문에 이 모든 위험을 감수한다는 걸 이해하지 못할 것이다.

수요일 점심 때 그리고 가끔 일요일에(토요일은 절대 아니다. 토요일은 안토니가 일을 하는 날이고 다른 애들은 수준이 너무 안 되어서 그가 없을 때 뛰는 건 훨씬 재미가 덜하다) 나는 안토니에게 문자를 보낸다. "몇 시?" 그는 "15시" 혹은 "16시" 아니면 아주 드물지만 "오늘은 운동 안 해"라고 답한다. 가끔은 이모티콘을 보내기도 하는데 그럼 웃음이 난다.

개네들과 다시 운동하려고 갔던 첫 번째 날은 안토니랑 키스했던 것 때문에 너무너무 불편했다. 나는 다른 애들이랑 농담을 해 대면서 다른 인상을 주려고 했다. 그때는 내가 완전히 취해서 그날 저녁에 있었던 일은 거의 기억을 하지 못하는 것처럼 굴었다. 안토니는 별 반응하지 않았고 우리는 이날 저녁이나 그의 자동차 안에서 했던 키스를 떠올릴 만한 말이나 행동은 일체 하지 않았다. 실수, 그래, 그걸로 끝. 그는 어쩌면 신경 안 쓰는지도 모른다. 어떤 때는 그가 이 사건을 그냥 잊어버린 건 아닐까 생각되기도 한다.

하지만 함께 뛰는 시간 외에는 그가 날 피하는 것 같기도 하다. 거꾸로, 나는 다른 애들한테 다가갔고 지브릴이나 로메오네 집에서 열리는 저녁 식사에 거의 매번 초대받았지만 숙제를 해야 한다거나 가족끼리 저녁 먹는다거나 아니면 너무 피곤하다면서 사양한다. 그들은 강요하지 않는다. 나는 계속 아빠에 대해서 현재형으로 말한다. 얘네들은 내게 일어난 일을 알 리가 없다. 나는 얘네들이 나랑 운동을 하지 않겠다고 할까 봐 너무나 두렵다. 어느 날은 얘네들이 아빠를 만나게 해 달라고 한 적이 있다. 와서 좀 가르쳐 달라고. 불편해진 나는 아빠가 너무 바빠서 어렵지만 아빠가 온라인으로 그들의 약점과 강점을 분석할 수 있도록 내가 사진을 찍고 질문을 전달하겠다고 대답했다. 그 후 며칠 밤을 나는 비디오를 느린 속도로 돌려 놓고 노트를 하고, 어떻게 하면 얘네들이 더 좋아질 수 있을지 이해하려고 노력했다. 생각지 못했는데 나름 재미가 있었다. 이날 이후, 나는 이들을 코칭하기 시작했다. 아빠가 시합 영상을 보면서 연습하라고 했다고, 경기에 대해서 몇몇 지적을 하기도 했다고 말했다. 처음에는 내가 아무 말이나 하는 것 같고 얘네들이 나의 꼼수를 일

아차릴 것만 같아 두려웠다. 그런데 계속해서 하다 보니까 점점 편안해졌고, 얘네들이 내 덕분에 발전하는 것을 보니 자부심까지 느껴졌다. 전문적인 선수들을 훈련시키면서 아빠가 하는 말들을 몇 년씩 듣고 자라는 동안 내가 뭔가 배웠다는 걸 믿어야겠다.

애들이랑 이야기하는 중에 어쩌다가 안토니 여친의 이름을 알게 되었다. 제니랬다. 나는 재미 삼아 인스타와 페북에서 그 이름을 찾아보았다. 안토니랑 같은 학교, 같은 학년이다. 프로필 사진을 오래오래 들여다보았다. 머리는 갈색, 피부는 아주 창백하고 레이스가 있는 흰색 상의의 가슴선은 좀 심하게 깊이 파였다. 자신감에 차 보이고, 섹시하다. 나랑은 모든 게 반대다. 처음으로 나를 데려다주던 날 그가 했던 말이 기억났다. 그는 부르주아도, 금발도 안 좋아하며 나는 자기 스타일이 아니라고 했던 말. 뭘 봐도 그건 사실이었다.

엄마랑 아나이스는 계속해서 일요일마다 아빠 무덤에 꽃을 가져간다. 묘지의 문을 밀고 들어간다는 생각만 해도, 아빠가 거기, 외곽도로에서 나오는 끊임없는 소음과 먼지의 공해 속에서 축축한 땅에 묻혀 있다는 상상만 해도 나는 구토가 올라온다. 아멜의 그 이상한 암호로 보자면 당근이 아직 익을 때가 되지 않은 거다. 한 가지 발전한 게 있다면, 이제 더 이상 아침이면 아빠가 너 지금 몇 시인 줄 아냐며 내 방으로 들어오는 걸 잠이 덜 깬 상태로 몇 초 동안 기다리지 않는다는 점이다. 아직도 아빠가 꿈에 나오기는 하지만 처음처럼 자주는 아니다.

6월의 태양이 커튼 틈새로 길을 낸다. 나는 기지개를 켠다. 놀랍게도 잠을 잘 잤다. 침대맡 탁자에서 핸드폰을 집어든다. 벌써 10시다. 하품을 하면서 나는 안토니에게 문자를 보낸다.

레아 마르텡
안녕, 운동 몇 시?

그러고 나서 발걸음을 질질 끌면서 부엌으로 간다. 컵에 커피와 우유를 따르고 누텔라와 브리오슈 한 조각을 집어서 접시에 담는다. 엄마가 혼자 식탁에 앉아 있다. 아나이스는 친구 집에서 잤다. 나랑은 상관없는 일이므로 나는 아무 말 하지 않는다. 그런데 아나이스가 요새는 친구네서 자고 오는 일이 많아지긴 한 것 같다. 보통 때는, 침묵은 나를 짓누른다. 하지만 오늘은 열린 창문으로 들어오는 햇살과 따뜻한 커피와 빵 굽는 냄새가 마음을 누그러뜨린다. 엄마는 머그잔을 손에 들고 신문에서 눈을 떼어 나를 올려다본다.

"너, 베타선 차단제 먹었니?"

"응."

미쳤다. 거짓말이 이렇게 술술 나올 수 있다니. 생각조차 하지 않고 거의 반사적으로 나온다. 매일 아침 엄마는 똑같이 묻는다. 매일 아침 나는 욕실 선반에 놓아둔 통에서 한 알을 꺼낸다. 한 통은 내 거, 한 통은 아나이스 거다. 파란색 볼펜으로 이름이 적혀 있다. 이유는 모르겠지만 우리의 약은 같은 게 아니다. 손바닥에 놓인 약을 노려본다. 렌틸콩 하나보다 크지 않은, 대수롭지 않은 하얀 알맹이. 나는 머릿속으로 있는 힘을 다해서 그 약을 모독한다. 내 몸을 위해서도, 내 인생을 위해서도 나는 너를 원하지 않아. 그걸 변기에 던져

159

넣고 물을 내린다. 어떤 때는 내가 진짜로 엄마한테 거짓말을 하는 건 아니라고 생각하기도 한다. 엄마가 내게 이 질문을 할 때, 이 작은 일상의 의식이 의미하는 게 이제 내게 어떤 의미로는 '베타선 차단제를 먹는 것'을 의미하기 때문이다.

"오늘은 뭐 할 거니?"

나는 어깨를 으쓱한다. "숙제해야 되고, 니코랑 한 바퀴 돌기로 했는데 쇼핑센터에 갈 수도 있고, 아직 모르겠어……."

진실은, 니코는 사촌 결혼식에 가고, 아멜은 엄마랑 집 안 대청소를 하기로 약속했고, 나는 발 플뢰리에 가서 운동을 하고 싶다.

"방학이 두 주밖에 안 남았는데 아직도 숙제가 있어?"

빵의 가장자리까지 두껍게 누텔라를 바르면서 나는 엄마 눈을 피한다.

"의무는 아니고, 고등학교 마지막 학년 시작 준비용 독서."

엄마는 차를 한 모금 마시고 자랑스러움 그득한 웃음을 띠어 보인다.

"오, 멋진데. 그래, 졸업반을 걱정하는 게 맞지."

엄마의 믿음이 내 안에 일으키는 죄책감의 안개를 밀어 버리며 나는 두번째 빵 조각을 첫번째 빵 위에 얹으며 말한다.

"나 올라갈게. 좀 이따 봐."

"부스러기 조심!" 나는 벌써 한 손에 머그잔, 한 손엔 누텔라 샌드위치를 들고 계단을 올라가고 있는데 엄마가 한마디 던진다.

나는 이불 속으로 기어 들어가 아무렇게나 만든 샌드위치를 김이 오르는 머그잔에 담가 카페라떼와 누텔라의 초콜릿이 젖어 든 빵 조각을 한 입 베어 문다. 입 안 가득 녹아드는 맛을 느끼며 핸드폰 화면을 확인한다. 안토니는 답문이 없다. 보통 때는 거의 즉각적으로 답이 온다. 풀이 죽은 채 빵을 다 먹고 별 관심도 없으면서 인스타를 주루룩 훑어본다.

12시쯤에 엄마가 방문을 두드리고 빼꼼 들여다본다.

"레아, 집에서 점심 먹니? 아나이스 곧 올 거야. 우리 셋이 타이 레스토랑에 갈까? 디저트는 쇼핑센터에 가서 아이스크림 먹고, 그 다음에 니코 만나러 가면 어때?"

타이 레스토랑 다음에 아이스크림이나 거꾸로나 그게 원래는 일요일 점심 때 내가 좋아하는 프로그램이다. 얼마 전까지 우리 넷은 주말이면 자주 그랬고, 일요일 저녁에는 아빠가 스파게티를 만들어 줬다. 엄마가 노력을 한다는 건 안다. 하지만 이 두 장소에 아빠 없이 발을 들인다는 생각만 해도 나는 벌써 몸이 아프다.

"나 말고 둘이서 가. 난 지금 아침 먹었잖아. 점심은 안 먹을 거야……."

"알았어……. 이건 엄마가 가지고 내려갈게."

실망감을 채 숨기지 못한 억지웃음을 지으며 엄마는 침대맡 탁자에서 접시에 빈 머그잔을 얹어 들고 나가면서 문을 닫았다. 옛날 같았으면 엄마는 분명히 나한테 저걸 직접 싱크대에 갖다 놓고 샤워하라고 잔소리했을 것이다. 엄마는 내가 한 끼라도 건너뛰는 걸 봐 넘기지 못했다. 난 이전의 엄마가 더 좋은 것 같다. 나를 시한폭탄이 아니라 사람으로 취급하던 엄마가. 적어도 항상 이런 죄책감 속에 살지는 않았다.

핸드폰을 오늘 아침 두 번째로 확인한다. 안토니의 문자는 여전히 오지 않는다. 여자 친구랑 있는 건지도 모른다. 내가 왜 이렇게까지 그의 답장을 기다리고 있는지 모르겠다. 짜증이 나서 핸드폰을 이불 위에 집어던지고 샤워를 하기로 결정한다. 몇 분 후, 샤워를 하고 돌아와 보니 액정에 '토니 농구'로부터 부재중 전화가 떠 있다. 타올을 뒤집어쓰고 젖은 머리는 아무렇게나 수건으로 터번을 만들어 감은 채 나는 핸드폰을 노려본다. 망설인다. 그가 나한테 전화를 한 건 처음이다. 그에게 문제가 생겼는지 모른다. 아니면 오늘 오후 운동이 취소되었는지도 모른다……. 전화를 하려고 그의 이름 위에 손가락을 댔는데 말도 안되는 두려움이 누르지 못하게 만든다. 그러고 있는데 핸드폰 진동음이 다시 울리기 시작해서 나는 깜짝 놀란다.

"여보세요?"

"안녕, 미안. 네 메시지 이제야 봤는데 오늘 오후엔 운동이 없어. 애들이 뭐가 좀 있네. 지브릴이 너한테 말하기로 했는데 깜빡했나 봐."

"아…… 오케이."

지브릴이 나를 '깜빡했'다는 생각에 가슴에 따끔한 통증이 온다. 언제나 이렇게 소속되지 못한 느낌. 나는 그들 팀의 완전한 일원이 아니어서 경기가 취소되어도 알려 주는 걸 잊어버릴 정도의 후보 선수에 지나지 않는다. 내 목소리에 실망감이 묻어 있었나 보다. 그가 아주 친절하게 이렇게 덧붙였다.

"음…… 괜찮으면 우리 둘이 한 시간 뛸까? 아니 그러니까, 니가 지는 것만 괜찮으면?"

그의 도발에 내 의도와는 달리 웃음이 새어 나왔다.

"오케이, 몇 시?"

"나 지금 타르니 시내에 있는데, 네가 공 가지고 나오면 네가 보통 때 가는 데서? 아니면 체육관?"

손에 땀이 나고 핸드폰 위에서 굳어 버린다. 일요일 오후에 공공 장소라면 내가 아는 사람을 보게 될 확률이 90프로다. 체육관은 내게 입장 금지다. 머릿속이 고장 난 나는 허둥거리면서 생각도 못 하고 빠르게 내뱉는다.

"그럼 한번 다른 거 해 보면 어때? 쇼핑 센터에 가서 아이스크림 먹을래?"

핸드폰 너머로 짧은 침묵. 나는 입술을 깨문다. 그가 나를 어떻게 생각할까? 또 내가 자기를 유혹한다고 생각하겠지. 게다가 안토니랑 단둘이서 한 시간을 보내는데 내가 지금 하고 싶지 않은 단 한 가지 는 쇼핑센터에 가서 아이스크림을 먹는 거다. 나는 그가 변명거리를 찾아내기 전에 얼른 아니라고 말할 준비를 하는데 그가, 마치 나의 제안이 완전 정상인 것처럼 차분한 목소리로 대답했다.

"오케이, 2시에 아이스크림 집 앞?"

"오케이."

이렇게 대답하고 전화를 끊는 것 외에 내겐 다른 선택지가 없었 다.

20

긴장한 상태로 쇼핑센터에 도착한다. 마음을 달래기 위해서 나는 전철역까지 데려다주던 첫 번째 날이나 파티하던 날이나 자동차 안에서나(내가 그에게 달려들고 그가 나를 보기 좋게 한 방 먹인 건 물론 빼놓고 친다) 안토니는 나를 불편하게 한 적이 없다고 되된다. 그는 아이스크림 집 앞에서 나를 기다리고 있다. 두 손을 주머니에 넣고 집중한 모습으로 메뉴판을 들여다보고 있다. 나는 목을 가다듬는다.

"안녕."

그가 뒤돌아보며 살짝 웃어 보인다.

"에어 레아, 안녕!"

그는 전혀 나처럼 긴장한 것 같지 않고, 그 반대다. 그는 여느 때처럼, 서로 닮았음에도 불구하고 자기 형과는 너무나 다른, 상대방을 안심시키는 차분한 분위기를 풍기고 있다. 나는 그가 내게 볼인사를 할 것인지 생각한다. 하지만 그가 움직이지 않고 있는 걸 보고는 진열장으로 다가가서 색색의 회오리 아이스크림이 가득 담긴, 일

렬로 늘어서 있는 통을 들여다보느라 넋을 잃는다.

"넌 뭘로 할래?" 그가 묻는다.

"오레오 밀크셰이크에 샘크림 얹은 거."

대답이 자동적으로 튀어나왔다. 다섯 살 때부터 나는 항상 같은 걸 주문한다. 생각도 안 해 보고, 메뉴판에는 나머지 또 뭐가 있는지 알지도 못한 채 아빠랑 같은 걸 주문한다. 아빠가 항상 오레오 밀크셰이크를 선택한다면 그보다 맛있는 건 없을 게 확실하다고 오랫동안 철석같이 믿어 왔다. 한발 물러서서 보니, 그런지 아닌지 확실히 알기 위해서는 다른 맛도 먹어 봤어야 했다는 생각이 든다. 하지만 오늘은 다른 걸 주문하면 배신이 될 것 같다.

인조 대리석 바닥에는 유리 벽에서 떨어지는 햇살이 비친다. 나는 아빠랑 여기 왔던 모든 순간들을 떠올리지 않으려 애쓰면서 유리 진열대장 너머의 판매원 동작 하나하나에 집중한다. 안토니는 초코바나나 밀크셰이크를 주문하고 쇼핑가 쪽에 늘어서 있는 동그란 작은 테이블 쪽으로 와서 나와 합류한다. 거의 사람이 없는 상가, 스피커에서는 분위기용으로 무미건조한 음악이 흘러나온다. 보통 때는 사람이 좀 있는 편이지만 오늘은 실내에 머무르기에는 날씨가 너무 좋은 데다가 세일은 일주일 후에나 시작한다. 내가 그런 데 관심이 있는 건 아니지만 아나이스는 쇼핑하러 가자고 엄마를 조르느라 세일이 시작되기 적어도 한 달 전에는 할인 정보를 물어 오기 시작한다. 이걸 외우지 않게 되기는 어렵다.

"농구로 널 비참하게 만들어 주는 게 더 좋을 거 같았는데 이것도 나쁘지 않다는 걸 인정해야겠다." 빨대를 한 번 쭉 빨아들이고 나서 안토니가 말했다.

나는 웃음기를 안 내비치려고 아이스크림을 맛본다.

"그렇게 잘난 척할 거 없어, 불쌍해질 뻔한 건 너니까."

"두고 보면 알겠지. 여름 내내 수요일마다 우리 둘이 뛸 수 있을 거야. 지브릴과 로메오는 7월엔 일주일 내내 알바를 한대고, 테디는 7, 8월 두 달 동안 여행 간다니까……."

뜻밖의 기회에 나는 즉각 반응을 한다.

"나도 8월엔 여행 가지만 7월엔 매일 운동할 수 있어."

안토니와 함께이기는 하지만, 보다 강한 리듬을 되찾을 수 있다는 생각에 나는 기분이 엄청 좋아진다. 그는 너무 잘해서 그와 함께 뛰면 나는 계속해서 발전한다. 나의 열정은 그의 회색 눈동자에 재미있다는 듯한 반짝임을 일으킨다.

"매일? 내가 제대로 이해를 했다면, 너, 이제 나 없으면 안 되는구나?"

"그게 아니지. 내가 너를 훈련시켜 준다는 거야, 언젠가는 내 수준의 선수가 되라고……."

그는 대놓고 웃고 나는 빨대를 컵 안에서 빙빙 돌리다가 이렇게 묻는다.

"너, 프로가 되는 거 생각해 봤어?"

"농구?"

"아니, 캔디 크러쉬 게임……이 아니고, 당연히 농구지."

그가 웃는다.

"이제 내가 너보다 잘한다는 걸 인정한다는 뜻이야?"

"그냥 질문을 하는 건데……."

그는 한숨을 쉬고 잠시 말이 없다가 대답한다.

"나, 전에는 발 플뢰리 클럽에 들었었어. 그들은 내가 프로가 되길 바랐고 나를 다른 데, 어쩌면 타르니에 보내서 뛰게 하려고 하기도 했었어. 내가 레벨이 됐었거든."

"근데 이제는 아니야?"

"왜냐하면 한 번, 딱 한 번 내가 멍청한 짓을 했기 때문이지. 우리 형이 너무 세게 압박을 하는 바람에 선수들한테 대마초 파는 중간 역할을 받아들이고 말았거든. 그때 난 열다섯 살이었고, 걸려서 쫓겨나고 말았어. 내 말은 하나도 안 통하더라고. 우리 형이 나를 구해 보려고 자수하러 갔는데도 소용이 없더라……."

그의 말투는 최소한의 감정도 실리지 않고 덤덤했지만 두 눈이 어두워졌고 나는 한순간, 그 눈에 가득 담긴 후회를 읽을 수 있었다.

"지금은? 혹시 3년 후에 거기로 다시 돌아가면 협상이 가능할 거 같지 않아? 네 재능에 두 번째 기회를 주지 않는다는 건 멍청한 짓일 텐데 말이지."

그는 어깨를 으쓱했다.

"이젠 나이가 많잖아. 어릴 때 꿈이었지 뭐……. 어쨌든 그게 내가 토니 파커가 되거나 NBA에 들어갈 수 있는 기회 같은 건 아니니까."

"토니 파커만 있는 게 아니잖아. NBA에 들어갔던 다른 프랑스 선수들도 있다고. 그들에게 기회가 있었는데 너한테는 그 기회가 없으라는 법은 없잖아? 그리고 리그가 NBA만 있는 것도 아니고."

이 문장은 내가 말하면서도 이상하게 들렸다. 저절로 말이 그렇게 나왔고 나는 내가 진짜 그렇게 생각하는지, 나는 WNBA 선수 되는 것 말고 다른 목표를 정할 수 있을지 의문이 생겼다. 안토니가 재미있다는 듯이 내 얼굴을 뜯어보고 그제야 내가 평소와는 다른 열정을 가지고 말을 했다는 사실을 깨닫는다.

"진짜 커리어를 쌓아 가는 프로 농구 선수들은 말이지, 에어 레아, 수백만 명 중의 하나, 예외 중의 예외, 기적 중의 기적이야……. 진짜 인생에는 그런 식의 행운 같은 건 없어……. 멍청한 해피 엔딩으로 끝나는 할리우드 영화 같은 데서나 일어나는 일이지. 그리고, 농구는 그냥 게임이지 진지한 일이 아니야."

나는 대답하지 않는다. 내게는 농구보다 진지한 건 여태 아무것도 없었다. 내가 농구 코치의 딸로 태어난 건 어쩌면 일종의 기적이었는지도 모르겠다. 아니, 어쩌면 우리 아빠가 완전히 꾸며 낸 기적인지도 모르겠다. 하지만 다른 사람들은 성공했는데 토니라고 왜 안 되겠는가? 같은 걸 열정적으로 사랑하는 두 사람이 그걸 완전히 다른 방식으로 생각한다는 게 이상하다.

몇 초간 그의 눈길을 견디는데 갑자기 생각났다. 내가 왜 자동차 안에서 그에게 키스를 했는지, 내가 그에게로 몸을 기울이던 바로 그 순간 내가 무슨 생각을 했었는지. 그가 마음에 들었다. 왜인지를 설명할 수가 없다. 아니, 설명할 수 있다면, 그의 눈에서 반짝이는 빛이 좋고, 그가 이런 식으로 웃을락 말락 할 때 턱에 패이는 보조개가 좋고, 뭔지 알 수 없는 분위기를 풍기는 친절함이 좋고, 부드러우면서 힘 있는 목소리가 좋고, 미친 듯이 재능이 있으면서도 농구를 진지하게 생각하지 않는 것도 좋고, 함께 있으면 분위기를 가볍고 편안하게 만드는 것도 좋다. 니코 말고는 어떤 남자애도 결코 내게 이런 효과를 낸 적이 없었다.

안토니는 나를 조심스럽게 살핀다.

"너, 방금 굉장한 발견을 했거나, 아니면 또 내게 덤벼들려는 중인가 본데 어쨌든 너, 표정 진짜 이상해."

무안해져서 나는 이 거추장스러운 생각들을 쫓아 버리고 코를 밀크셰이크 잔에 박고 이렇게 말한다.

"아니 아니, 내가 뭘 좀 생각하느라고……. 어쨌든, 넌 이담에 뭐 할지 알아?"

"내가 아는 건, 나는 우리 형처럼 되고 싶지는 않다는 거야. 나는 바칼로레아 합격하고 그다음엔 제대로 월급을 주는 경리나 뭐 그 비슷한, 사무실에서 일하는 안정된 직장에 취직할 수 있도록 방향을 잡아 나갈 거야. 그리고 졸업장을 따자마자 남쪽 지방으로 도망칠 거야, 엄마랑 같이 갈 수 있으면 최선이고."

"아니, 너 그거…… 하다 보면 지겨울까 봐 겁나지 않아, 경리직?"

그의 방 책장에 가득 쌓여 있던 책들이 생각난다. 어쩌면 안토니는 자기 반 일등인지도 모른다, 어쩌면 그는 아멜 같을지도 모른다. 벗어나기 위해서 뭐든 할 준비가 되어 있는.

"내가 지겹다고 생각하는 건 감옥에 가거나 길거리 생활을 하게 되는 거야. 너는?"

"나는 뭐?"

"프로로 뛰는 거 생각해 본 적 있냐고."

나는 입을 열다가 솔직하게 대답할까 망설인다. 토니에게 모든 걸 이야기할 수 있는 순간이 될 것이다. 아빠, 내 증후군, 지난 몇 달 동안 나와 우리 가족이 겪었던 공포. 하지만 어떻게 그에게 아빠가 몇 주 전에 죽었다는 이야기를 할 수가 있을까, 아빠 얘기를 끊임없는 현재형으로 하고 있으면서? 그리고 그도 다른 애들처럼 반응할 수 있을 것이다. 더 이상 나랑 운동을 하지 않기로……. 거짓말은 이게 문제다. 거짓말을 한 번 하고 나면 그 첫 번째 거짓말을 뒷받침하기 위해서 다른 거짓말을 지어낼 수밖에 없다. 그러면 생각지도 못하는 사이에 자기 속임수에 빠졌다는 걸 알게 된다. 자기 스스로 만든 감옥, 벽돌 하나하나 쌓으면서 출구는 만들 생각도 못 하는 그런 감옥 속에 갇혔다는 걸 알게 된다.

그러므로 나는 또 거짓말을 한다.

"아니, 그런 적은 없어."

"근데 뭐, 클럽에서 뛰잖아. 아냐?"

나는 갑자기 불편해져서 눈을 다른 데로 돌린다.

"지금은 아니야……."

"그럼 너는 나중에 뭐 할 건데?"

좋은 질문이다. 내가 요즘 들어 스스로 물어보지 않으려고 특별히 노력하고 있는 바로 그 질문. 인생에서 할 줄 아는 단 한 가지를 빼앗긴 나 같은 여자애가 어떤 직업을 계획해 볼 수가 있을까?

"몰라……. 나는 공부는 못하거든. 그러니까 아마도 홈리스."

내 웃음소리가 공허하게 들리는데 그는 나의 농담에 웃지 않는다.

"너 이제 마지막 학년 되는 거 아냐? 내년에 전공 과목 뭐 택했는데?"

내 전공은 엄마가 선택했고, 나는 완전히 상관 안 하고 있으며 엄마가 선택한 게 뭔지도 모른다고 그에게 솔직하게 털어놓기가 어렵다. 대화를 다른 데로 돌려 버리려고 다른 얘깃거리를 찾고 있는데 뒤에서 익숙한 목소리가 들렸다.

"레아? 너, 니콜라랑 같이 있는 줄 알았는데!"

내가 너무 갑자기 등을 획 돌리는 바람에 안토니가 잡아채지 않았으면 아직 반이나 남아 있는 컵이 뒤집어질 뻔했다.

엄마가 내 앞에 와서 선다. 화가 났다기보다는 놀랐다는 태도로.

거짓말에는 또 이런 문제도 있다. 들키면 완전 바보 같아진다는 점. 내가 대답할 말을 못 찾자 엄마는 안토니 쪽으로 돌아서서 손을 내민다. 아주 공식적인 태도지만 호기심 어린 눈으로 그를 뜯어본다.

"안녕, 난 레아 엄마야."

토니는 공손한 웃음을 지으며 손을 맞잡는다.

"안녕하세요……. 제가 알아봤어야 하는데요, 레아가 엄마를 아주 많이 닮았네요."

토니의 말이 엄마 마음에 드는 것 같다. 엄마 얼굴이 피곤하지만 진솔한 웃음을 띠면서 부드러워진다.

"맞아. 하지만 레아는 아버지 성격을 물려받은 게 너무나 많아서 애한테 그래도 나한테서 나온 몇 가지가 있다는 걸 잊곤 하네."

엄마는 한 손으로는 커다란 꽃다발을 껴안고 다른 한 손으로는 타이 스파이스 쇼핑백을 들고 있었다. 그 손에 내가 시선을 고정시키고 있는 걸 보고 계면쩍은 듯이 엄마가 말했다.

"타이 레스토랑에 갔었어. 근데 별로 배가 안 고파서 테이크 아웃하겠다고 했어……."

엄마는 말을 끝내지 못한다. 하지만 나는 알고 있다. 우리 가족의 지나간 주말 전통을 기념하기 위해서 엄마가 아이스크림으로 식사를 마무리하러 온 거라는 걸. 이제 다시는 그런 걸 누릴 수 없다. 그런데 나는 엄마랑 같이 안 간다고 한 거다. 나는 어렵게 침을 삼키며 물었다.

"아나이스랑 가는 거 아니었어?"

"아니, 결국은 오늘 저녁에 늦게 들어온다더라고. 제시카랑 영화 보러 갔어."

나는 동생에 대해 막연한 짜증을 느낀다. 이 기운 빠지는 순례 의식에 엄마와 함께하려는 노력을 하지 않고 어째서 친구랑 시간 낭비나 하고 있는 건지! 아나이스는 엄마랑 한 팀이다. 이렇게 엄마를 혼자 내버려 두어서는 안 된다.

"그럼, 재미있게 놀아. 나는 가 봐야겠다……!" 엄마는 억지로 유쾌한 톤으로 대화를 끝냈다.

엄마는 문장을 완전히 맺지 않았다. 마치 엄마가 아빠 묘지에 꽃다발을 놓으러 가는 걸 내가 모르기라도 한다는 듯이.

"좀 이따 봐."

그렇게 말하고 멀어져 가는 엄마를 바라본다. 텅 비고 기다란 쇼핑센터 통로에 엄마가 꽃과 슬픔과 함께 오로지 혼자인 듯이 보여서 나는 내 뺨을 때리고 싶을 지경이다. 아빠가 알면 나를 수치스럽게 생각할 거다. 나는 급작스럽게 일어나서 엄마 뒤를 따라 뛰어간다.

“엄마!”

나는 엄마가 슬쩍 눈가를 훔치고 나서 뒤를 돌아보는 걸 본다.

“응?”

말들이 입안에서 흔들린다, 예민하고 무질서하다.

“엄마는 아이스크림도 안 먹었잖아. 내가 하나 가져다줘? 딸기바닐라 콘?”

“고마워, 우리 딸 착하네. 근데 배가 안 고파. 생각이 변했어. 좀 이따 보자.”

그러면서 엄마는 부드럽게 내 뺨을 어루만졌고 나는 이런 제안을 한 것만으로도 엄마를 기쁘게 했다는 걸 안다. 나는 죄책감으로 구부정해진 어깨를 하고 느릿느릿 테이블로 돌아온다.

“괜찮아?”

“응……. 우리 엄마…… 우리 엄마가 요새 좀 풀이 죽었거든, 그뿐이야.”

“이혼?”

“왜 그런 생각을 하는데?”

“아니, 난 그냥…… 네가 아빠 얘기만 하고 엄마 얘기는 한 번도 안 하니까……. 그리고 너네 엄마 너무…… 외로워 보여서.”

나는 고개를 젓는다.

“아니, 이혼 안 했어.”

“그건 그렇고, 넌 왜 딴 남자애 만난다고 했어? 나는 사귈 만큼은 아니다, 이거야?”

토니는 약간 풀어진 경쾌한 톤을 되찾았고 분위기는 또다시 가벼워졌다.

"그게 간단하지가 않아……. 엄마한테 내가 발 플뢰리에 가서 운동한다고 말할 수 없거든. 엄마는 내가 분명 다칠 거라고 생각할 거야. 니코는 내 절친이라서 엄마가 안심하고……."

그는 눈썹을 찌푸리면서 기억을 뒤지는 것 같다.

"니코, 니코…… 걔가 인생의 사랑인데 아직 본인은 모르지만 아무튼 결국은 너랑 함께 살게 될 거라는 걔야?"

나는 한숨을 내쉰다. 하지만 거의 웃음이 나올 것만 같다.

"때로는 네가 내 얘기를 좀 덜 주의 깊게 들었으면 좋겠어. 그래서 어떤 것들은 좀 잊어버리고……."

"내가 이미 말했잖아, 나는 사람들 얘기 듣는 거 좋아한다고……. 그러니까 걔가 맞구나."

"응, 근데 이제는 좀 모르겠어……. 얼마 전부터 걔는 그냥 정말 좋은 친구인 거 같기도 하다는 생각이 들거든."

내 말을 내가 들으면서 나는 여기에 약간은 진실이 들어 있는 게 아닌가 다시 한번 생각한다.

"그러니까 네가 나한테 미친 듯이 반하게 되면서 그렇다는 거지?"

토니는 계속 입술 한쪽으로 밀크셰이크를 빨아들이면서 놀리는 듯, 친절한 듯 솔직하게 웃는다. 그리고 이상하게도 나는 그의 지적이 당황스럽지 않다. 거의 웃고 싶은 지경이다. 이제나저제나 그날의 키스에 대해 당연히 뭔가 말을 해야 했다. 나는 시끄러운 소리를 내며 밀크셰이크를 끝까지 빨아 먹고 나서 팔짱을 끼고 테이블 위로 몸을 기울였다.

"내가 먼저 시작한 건지는 모르겠지만 너도 그날 차 안에서 나한테 키스했잖아. 그렇게 끔찍해하는 거 같지는 않던데."

테이블이 작아서 내 얼굴과 토니의 얼굴 사이는 10센티 정도의 간격밖에 안 되었다. 그는 뒤로 물러나거나 앞으로 다가올 수 있었지만 꼼짝도 안 하고 있었고, 갑자기 태도가 다시 진지해졌다.

"끔찍하지 않았어, 솔직하게 말하면 기분 좋은 쪽에 가까웠지……."

이렇게 솔직하게 나올 줄은 몰랐다. 갑자기 테이블을 밀쳐 버리고 또 한 번 그의 입술에 내 입술을 얹고 싶어질지 몰랐다.

"그런데 왜 나를 피해? 다른 애들이랑 있을 때 너, 나한테 거의 한 마디도 안 하던데……."

"네가 불편할까 봐 그랬지. 그리고 난 여친도 있고, 또 내가 그런 남자는 아니거든. 네가 다 알고 싶어 할지 몰라서 말하는 건데, 제니도 내 절친이었어. 유치원 때부터 쭉. 그러니까 네 절친 니코랑 너도 아주 잘될 수도 있어."

토니는 죄책감을 느끼는 것처럼 보이는데 나한테 그런 건지, 제니에게 그런 건지 알 수 없다. 내게 니코와의 희망을 주려는 말도, 전 절친과 미칠 듯한 사랑에 빠진 그의 경험도 내게 아무런 위로가 되지 않는다.

"우리도 친구가 될 수 있지 않을까? 같이 운동도 하고, 말도 잘 통하고. 넌 딴 남자애 좋아하고…… 그 키스는 그냥 장난이었고, 어쩌다 술이랑 담배 때문에…… 별 뜻 없었던 거지."

나는 의자 등받이에 깊숙이 기대 앉으며 웃어 보이려고 노력한다.

"그래, 아무 뜻도 없었어."

"그러니까 잊어버릴까?"

"난 벌써 잊어버려서, 글쎄 네가 무슨 말 하는 건지 모르겠네?"

토니가 웃고, 얼굴엔 긴장이 풀어진다.

"쿨하네. 영화 보러 갈래? 〈분노의 질주〉 리메이크가 나왔는데."

"그래, 분명히 아멜은 그런 건 안 본다고 할 테니까."

그는 빈 밀크셰이크 컵 뚜껑을 닫아서 통로 반대편에 있는 쓰레기통을 겨냥해 던졌다. 플라스틱 컵은 완벽한 곡선을 그리면서 플라스틱 쓰레기봉지 한가운데에 내려앉았다.

나는 보란 듯이 두 눈을 위쪽으로 치켜뜬다. 빨대를 꺼내서 이빨 사이에 물고 일어나지도 않고 더 멀리, 에스컬레이터 위에 있는 그다음 쓰레기통을 겨냥해서 던진다. 플라스틱 컵은 고무로 된 쓰레기통 테두리에 부딪혀 튀어 오르더니 비닐봉지 한가운데로 떨어진다. 안토니는 웃으면서 일어나 두 손을 들고 졌다는 사인을 보낸다.

"에어 레아, 네가 이겼어. 팝콘은 내가 살게."

21

드디어 방학이 왔다. 나는 바닥 모를 지루함과, 환경이 변하면 내가 몇 주 전부터 그 안에서 헤매고 있는 불안이 사라져 버릴지도 모른다는 뭔가 기대하는 마음 사이에서 왔다 갔다 한다. 엄마가 일하러 간 사이에 매일매일 아나이스랑 둘이 지내지만 서로 말은 거의 하지 않는다. 니코는 브르타뉴에 있는 가족 별장으로 떠났고 아멜은 난생 처음으로 비행기를 타 본다는 생각에 미칠 듯한 흥분과 지중해에서 추락해 버릴 것만 같은 공포감 사이를 오락가락하며 알제리행 비행기를 탔다.

엄마는 쇼핑센터에서 우리를 본 이후로 내가 안토니랑 사귄다고 믿게 되었다. 엄마는 마치 럭셔리한 카페에 쓰레기 수거차를 갖다 대는 것처럼 조심조심하면서 이것저것 물어보려고 시도했다. 나는 토니가 아멜의 친구인데 나랑 잘 통한다면서 애매한 태도를 유지했다. 산부인과 예약은 단호하게 거절했다. 하지만 엄마는 그다음 날 바로 내 침대맡 테이블에 새 콘돔 박스 하나를 기어이 올려놓고 갔다. 그 옆엔 프로 입단 지망 선수들을 길러내는 학교와 스포츠 교육에 관한 브로셔들('사흘 안에 레아의 미래를 위한 프로젝트를 만들어 내기' 프로그램이 그 어느 때보다 더 활발히 작동되고 있다) 사이에 슬쩍 끼워 넣어 둔 다른 피임법들의 성공률에 대한 안내서도 있었다. 나는 그다지 부정하지 않았다. 지금 이 상황에서는 엄마가, 내가 농구를 계속 한다는 걸 알게 되는 것보다는 발 플뢰리의 모든 남자애들과 잔다고 생각하는 게 나한테는 더 낫다.

안토니가 말했던 것처럼 테디는 여행을 갔고, 다른 애들은 돈을 벌기 위해서 일을 한다. 내가 그러자고 했지만 안토니는 나처럼 매일 운동을 할 수는 없다. 나를 피하거나 안 내켜서가 아니라 그도 역시 일을 하기 때문이다. 안토니의 시청 근무 시간이 늘어났다. 그가 원하던 대로다. 그가 하는 일은 옛날 문서에서 손으로 쓰여진 부분을 컴퓨터에 입력하는 거다. 듣기만 해도 지루하다. 하지만 그를 좀 더 잘 알게 된 지금, 나는 그가 생활비를 벌기 위해서, 자기 형처럼 되지 않기 위해서, 그 세상에서 빠져나오기 위해서 투쟁을 하고 있다는 걸 안다. 그는 일주일에 두 번 오후 시간이 빈다. 그때 만나서 단둘이 농구를 한다. 아이스크림 집에서 나눴던 대화에 대해서는 다시 언급하지 않았다. 우린 그냥 친구다. 그뿐이다. 가끔은 다른 욕구가 생기기도 하지만 결국은 그때 나눴던 대화가 여러 가지를 단순하게 정리해 준다. 운동 후에는 이야기를 한다. 보통은 운동장 철책 앞에 있는 벤치에 앉아 그는 동네 수퍼에서 사 온 차가운 콜라를, 나는 오랑지나를 마시면서. 처음에는 15분 정도였는데, 15분이 30분이 되고 30분이 한 시간이 되고……. 어떤 때는 내 일상의 일들

178

에 대해 그에게 말하고 싶어서 핸드폰을 집어 들려다가, 혹은 '이거, 안토니한테 말해야지' 하고 자꾸 생각하는 나 자신을 발견하곤 깜짝 놀란다. 그냥 단순히 니코랑 아멜이 없기 때문인지도 모르지만…… 어쩌면 우리가 너무나 다른데도 불구하고 진짜 잘 맞기 때문인지도 모른다.

기온이 치솟고 있다. 매년 그렇듯이 티비에서는 더위 얘기만 줄곧 하고 있다. 무거운 공기에 짓눌려 나는 아침 내내 침대에 축 늘어져 있다. 덧창을 닫아 놓고 〈리버데일*〉 시리즈를 연달아 보고 있다. 안토니가 오늘 시간이 있을지 확실하지 않고, 그에게 소식이 없자 점점 더 신경이 날카로워져서 나는 10초 간격으로 핸드폰을 확인하고 있다.

내 방문이 갑자기 확 열리고 동생이 핫팬츠 차림으로 서 있는 걸 보고 나는 눈을 위로 치뜬다.

"내 방에 들어오기 전에 노크하라고 도대체 몇 번을 말해야 되니?"

"토요일 저녁에 가죽 자켓 빌려줄 수 있어?"

"안 돼."

아나이스는 처음으로 '진짜' 파티, 그러니까 술이 있을 거고 끝나는 시간은 정해지지 않은 파티에 초대받았다. 엄마한테는 제시카네 집에서 파자마 파티를 한다고 말해 두었다. 하지만 나는 사흘 전에

---

* 리버데일 Riverdale : 넷플릭스에서 제작한 미국의 청춘 미스터리 드라마.

애가 전화로 키득거리는 걸, 제시카랑 둘이서 그날 입고 갈 옷을 고르면서 그 파티가 아르노라는 다른 고등학교 2학년인 '완전 나이 많은' 남자애가 초대하는 것인데, 제시카는 걔가 '너무 근육질'이라고 하고, 아나이스는 너무 키가 작다고 하는 걸 들었다.

아나이스의 얼굴이 어두워진다

"왜?"

"노크를 안 했으니까."

아나이스는 나가서 다시 문을 닫고 커다랗게 세 번 노크를 한다.

"안 돼. 나 바빠."

당연히, 그래도 애는 문을 연다.

"언니가 뭐가 바빠, 하루 종일 드라마 보면서. 토요일 저녁에 가죽 자켓 좀 빌려줄 수 있을까, 응? 언니…… 부탁이야."

동생은 마치 신장 하나를 떼어 주면 생명을 구할 수 있다고 간청하는 사람처럼 두 손을 모아 잡고 있다. 나는 일시 정지를 누른 후에 침대 위에 일어나 앉는다. 이 모든 일이 일어난 후에 아나이스가 나한테 네 단어 이상 길게 말하는 게 처음이다. 어쨌든 이건 기분좋은 편에 속한다.

"토요일에 35도랬어. 너, 가죽 자켓 입고 가면 꼴이 우스울걸."

"너무 더우면 벗을게."

"그럼 잃어버리겠지. 넌 뭐든지 잘 잃어버리잖아."

"절대 안 잃어버릴게. 정신 똑바로 차리고 챙길게, 응? 플리이이이즈……?"

나는 한숨을 내쉰다.

"근데, 너 왜 내 자켓을 입으려는 건데?"

아나이스는 잠시 망설이더니 마치 야생동물을 달래려는 것처럼 조심스럽게 내 곁에 와서 앉는다.

"내 친구 라이티 생각나?"

"작년에 너네 반 애들 다 모아서 너랑 싸우려고 했던 애? 난 걔, 형편없다고 생각했었는데."

"응, 근데 지금은 다시 친구가 됐거든. 걔네 오빠가 실업계 고등학교 2학년인데, 아르노라고, 있지……."

아나이스는 말을 멈추고 입술을 깨문다.

"너무 근육질이라는?" 나는 상냥하게 말해 준다.

"응, 그거. 아르노가 생일 파티하면서 라이티한테 여자애들 다섯 명 데리고 와도 된다고 했대. 그런데 조건이, 있어 보이는 애들이어야 한다는 거야."

"그런 애가 멋있냐……."

"음, 간단히 말하면, 내가 입고 갈 옷을 골랐는데 언니 자켓이 빠지면 안 되는 요소라는 거지."

동생은 골똘히 생각하는 얼굴로 심각하게 이렇게 말했다.

"대여료 낼 수도 있어. 10유로나 15유로쯤?"

나는 일어나서 옷장을 열고 옷걸이에서 가죽 자켓을 꺼내서 동생에게 내밀었다.

"됐어, 내가 너한테 돈을 받겠니. 그치만 너 이거 잃어버리면 진짜……."

"안 잃어버릴게. 고마워! 언니, 고마워!"

동생은 두 팔로 나를 꼭 껴안아 주고 폴짝거리면서 나갔다. 예상치 못한 행동이었다.

"잠깐만!"

내가 급작스럽게 말하자 동생은 딱 멈춰 서서 돌아보았다. 마치 다시 빼앗으면 안 된다는 듯이 옷을 가슴에 꼭 껴안고 겁먹은 얼굴이다.

"그 라이티라는 애, 잘 보면 진짜 친구는 아니라는 거 알지, 응?"

"응, 알지, 알아." 동생은 별거 아니라는 듯이, 사실은 완전히 그 반대인 태도로 대답한다.

아나이스가 문을 닫자 왜 그런지는 모르겠지만 동생이랑 얘기를 하고 나니 기분이 좀 누그러졌다. 나는 핸드폰을 집어 들고 문자를 쓰고, 지우고, 다시 쓰고, 망설이다가, 결국 보낸다.

레아 마르텡
오늘 오후에 운동할까?

토니 농구
빈둥대는 중, 비 온대… 내일?

레아 마르텡
장난해? 내일 50도래!

토니 농구
50도? 그럼 빈둥대야지 ;-)

나는 눈알을 위로 굴리는 이모티콘을 보낸다. 몇 초 동안 천장을 노려보면서 생각하다가 다시 문자를 보낸다.

레아 마르텡
하자, 한 시간만… 지겨워 죽겠어.

그가 입력을 하는 동안 액정 위에 점들이 떴다가 사라지는 걸 본다. 그가 메시지를 지우는 것 같았는데 다시 나타났다.

토니 농구
미안, 지금은 진짜 안 돼. 제니랑 있거든…

찬물로 얻어맞은 것 같다. 나는 두 사람이 토니의 침대 위에서 뒹굴고 있다는 생각을 하면서 얼굴을 찡그린다. 이런 상상을 하니 화가 치민다. 할 수 없지, 내가 그를 필요로 하는 건 이런 식이 아니니까. 나는 벌떡 일어나 계단을 내려가면서 소리를 지른다.

"아나이스, 나 나간다!"

"오케이." 동생은 내다보지 않고 대답한다. 아마도 내 자켓을 입고 거울을 들여다보느라 바빠서 내가 나가는지 들어오는지 신경 쓸 새가 없을 것이다.

나는 주차장에 가서 '정원용 도구들' 상자를 꺼내서 늘 숨겨 넣어두는 자리에서 백팩을 끄집어 낸다. 내 물건들을 챙긴다. 운동화를 신고 운동복과 슬리퍼를 가방에 차례차례 넣은 다음 자전거 쪽으로 향하느라 주차장 문 열리는 소리를 듣지 못한다.

"언니, 이 옷 어떤 거 같아, 그날……?"

나는 소스라치게 놀라서 자전거 핸들을 잡으려다 만다. 금발 머리를 길게 땋아 내린 동생이 부엌과 주차장 사이를 가르는 문지방에 딱 멈춰 서 있다. 동생은 경악한 듯 말을 하다 말고 안경 뒤의 휘둥그레진 두 눈으로 머리끝부터 발끝까지 나를 뚫어지게 쳐다봤다. 나는 수긍이 될 만한 거짓말을 찾느라 일순간 마비된다. 하지만 내 옷차림과 자전거 핸들에 걸어 맨 농구공 바구니는 의심의 여지가 없다.

"언니…… 언니 농구 계속하는 거야?"

"상관할 거 없어."

"언니, 안 돼……. 위험하다고, 아빠도……."

"닥쳐!"

나는 요란한 쇳소리가 나도록 자전거를 바닥에 내팽개치고 성큼성큼 걸어서 우리 두 사람 사이의 공간을 가로질러 거칠게 동생의 팔을 낚아챈다.

"엄마한테 말하지 마, 알아들어? 절대 안 된다고! 어떤 식으로라도 한 마디라도 하면 내가 당장 너 그 파티 얘기해 버릴 거고, 그뿐만 아니고, 내가…… 내가……."

믿을 만한 협박을 찾아보지만 아무것도 떠오르지 않는다. 할 수 없이 그 정도로 경고해 두고 만다. 동생 팔을 놓아주고 보니 창백한 피부에 내 손가락 다섯 개의 자국이 남았다. 그리고 아나이스의 얼굴엔 경악을 넘어서 공포가 서려 있다. 갑자기 나는 끔찍하게 부끄럽다. 나는 동생한테서 등을 돌리고 자전거를 세우러 간다. 문이 쾅 닫히는 소리가 나서 돌아보니 동생이 가고 없다.

나는 발 플뢰리 방향으로 거칠게 페달을 밟는다. 어쩌자고 그렇게 바보같이 들켰을까! 처음에는 골목 끝에 있는 빈터에서 옷을 갈아입었었다. 그런데 자꾸 하다 보니까 경계심이 없어져서…… 만약 엄마가 내가 운동을 계속한다는 걸 알게 되면 어떻게 될까?

가는 동안 나는 속에서 익숙지 않은 죄책감이 점점 커지는 걸 느낀다. 나는 왜 이렇게 계속 화가 나 있는 걸까? 처음에 농구 하러 갈 때는 승리의 느낌이 있었다. 내가 온 세상에 선포한 대단한 전쟁에서 이겼다는 기분이었다. 그런데 처음으로, 내게 진짜 무슨 일이 일어날 가능성, 운동장에서 손을 가슴에 얹은 채 쓰러질 가능성에 대해서 생각하게 되었다. 아빠처럼……. 그리고 엄마를 상상해 본다. 사무실에서 전화를 받고 뛰쳐나오면서 미친 듯이 택시를 불러 응급실로 가는 동안 뒷좌석에서 눈물을 쏟고 있을 엄마. 온전히 혼자. 두 번째로.

날씨는 더워서 죽을 것 같지만 하늘은 무겁고 흐리다. 안토니 말이 맞다. 비가 올지도 모르겠다. 몇 분 안 지나서 빗방울 하나가 내 뺨 위에 떨어진다. 집에 가야 할 것 같다. 이제 빗방울이 굵어지고 있다. 그런데 그럴 수가 없다. 아나이스의 얼굴에 나타났던 겁에 질린 표정 때문에 힘들다. 동생 팔을 너무 세게 잡았던 것 때문에, 그리고 아빠가 죽은 다음부터 떠나지 않는 이 분노 때문에 나는 힘들다. 그래서 나는 빗속에서 혼자 농구를 한다. 준비운동을 한 다음 골을 넣는 훈련을 한다. 온몸이 다 젖었지만 상관 안 한다. 내보내야 할 감정이 너무 많고, 나는 발산이 필요하다. 시간이 얼마나 지났는지 모르겠는데 하늘에서 내려오는 듯한 목소리가 들린다.

"그래도 결국 왔구나."

나는 뒤를 돌아본다. 안토니가 반바지 주머니에 두 손을 찌르고 몇 미터 앞에 서 있다. 비의 장막을 뒤로 하고 머리에 뒤집어쓴 후드에도 불구하고 나는 그의 입술이 그려내는 미소를 알아차린다. 아래를 내려다본다. 나는 머리끝부터 발끝까지 젖었다.

"창문으로 네가 운동하는 거 봤어. 너 알아차렸는지 모르겠는데 지금 비가 꽤 내리고 있거든." 그가 길 건너편의 건물을 턱으로 가리키면서 말한다.

나는 그에게 공을 던진다.

"그래서? 기분이 좋아? 아님 그냥 질까 봐 겁이 나는 건가?"

그는 부드러운 웃음을 보이면서 드리블을 시작한다. 나는 그를 좇는다. 10분 정도가 흘렀지만 우리 둘 중 아무도 골을 넣지 못한다. 정상일 때는 그가 나만큼 잘한다는 걸 확인하는 게 재밌지만 오늘은 불안하다. 내가 연습을 덜 해서 실력이 줄어든 건 아닐까? 좌절감은 점점 커지고 땅은 미끄럽다. 화가 나서 힘을 더 쓰니 실수를 하게 되고 안토니가 연달아 두 골을 넣고 만다.

"네 공인데 정신 좀 차려. 내가 10 대 0으로 이기면 네 자존심…… 괜찮겠어?" 그가 내게 공을 던지며 말한다.

"뭐야, 잘난 척은!"

내 몸짓은 신경질적이고 내 말투는 공격적이다. 그의 얼굴엔 놀란 표정이 스친다. 나는 아나이스랑 엄마 생각을 멈출 수가 없다. 나는 1초도 틈을 주지 않는 안토니 주변을 맴돌다 갑자기 달려든다. 그가 한 발 옆으로 피하자 나는 그의 윗몸에 세게 부딪힌다. 바닥이 미끄러워 균형을 잃지 않으려고 해 봤지만 결국 나는 그의 발밑에 형편없이 넘어진다.

"어휴, 안 다쳤어?"

눈 깜짝할 새에 그는 걱정스러운 얼굴로 내 옆에 무릎을 꿇었다. 내 무릎에서는 피가 난다. 하지만 그건 문제가 아니고 발목을 심하게 삐었다. 나는 통증으로 얼굴을 잔뜩 찡그리며 일어나 앉는다.

"어디 다친 거야?"

비는 더욱 거세지고 나는 내가 얼마나 말이 안 되는지 깨닫는다. 만약 발목이 다쳤다면 나는 자전거를 타고 집에 갈 수도 없을 것이다……. 엄마한테는 뭐라고 설명할 수 있을 것인가? 울고 싶다. 뼛속까지 젖은 것처럼 춥다.

"집에 가자, 오케이? 너 완전 이상해." 안토니가 말했다.

토니의 목소리에 근심이 어렸다. 심지어 부드러웠다. 그가 내 위로 몸을 기울여, 묶은 머리에서 삐져나온 젖은 잔머리를 귀 뒤로 쓸어 넘겨 준다. 그의 손가락이 살짝 닿았을 뿐인데 배 속에서 알 수 없는 열기가 일어난다. 나는 우리 집 앞, 그의 자동차 안에서 단 한 번 했었던 키스를 다시 생각한다. 그 기억은, 제니와 그가 침대에서 엉켜 있는 이미지 뒤로 휙 사라져 버린다. 그는 왜 아직도 내게 이런 영향을 미치는 것인가? 이번에는 술 때문이라고 할 수도 없다. 내 마음에 드는 남자애들은 도대체 왜 나를 좋아하지 않는 거지? 왜 내 인생에는 결코, 아무것도 단순하지가 않은 거야?

땅바닥에 앉은 채로 나는 꼼짝도 하지 않는다. 내 눈을 그의 시선에서 떼어낼 수가 없다.

"에어 레아, 대답해 봐. 괜찮아? 너, 머리 다친 거 아냐?"

"아니야."

비와 땀으로 범벅이 된 채 땅바닥에 주저앉은 나는 아마도 정신이 나가 보이는 모양이다.

"아냐, 괜찮지 않은 거 같아. 바닥에 머리 부딪힌 거 아니야?"

"둘 다 아니라고!" 나는 벌컥 화를 내며 대답한다.

그가 웃음을 참는 것 같아 보여서 더욱 신경이 날카로워진 나는 눈길을 아래로 떨어뜨린다. 나는 발목을 손으로 잡아 끌어와서 살살 주무른다. 사실 별일 아닐지 모른다. 그가 일어나서 내게 손을 내민다.

"자, 우리 집에 가서 비바람이 그칠 때까지 기다리자. 안 그러면 너 한여름에 감기 걸려서 죽게 생겼어……."

나는 그가 내민 손을 외면하고 기어이 혼자서 일어난다. 고통의 신음이 비어져 나오는 걸 참는다. 그가 내 팔을 잡는다. 나는 거칠게 뿌리친다.

"냅둬, 너네 집에 가기 싫다고!"

내가 왜 갑자기 이렇게 화를 내는지 모르겠다. 제니와 뒹구는 상상 때문에? 그게 사실이라면 제니는 아직도 그의 집에 있을 것이다.

"왜 그러는 건데?" 그가 갑자기 진지한 태도로 묻는다.

이 순간, 나는 그에게 모든 걸 다 말하고 싶은 기분이 든다. 아빠가 죽었고, 나는 운동하면 안 되고, 왜냐면 나도, 농구장에서 죽을 수도 있기 때문이고, 그러면 내가 엄마 인생을 망치는 거고, 나는 못돼 먹은 언니이고, 이제는 예전처럼 되는 게 하나도 없고, 우주가 폭발해 버렸고, 아무도 내가 이런 줄 모르고, 나는 너의 여친을 증오한다고. 하지만 그 모든 이야기 대신에 이렇게 대답하는 내 목소리가 들린다.

"아무것도 아냐. 집에 갈게."

나는 절뚝절뚝 철책 쪽으로 가면서 백팩을 주워 들고 자전거 열쇠를 꺼낸다. 운동화에 물이 차서 질퍽거리니 설거지 수세미를 신고 걷는 느낌이다. 안토니는 나를 따라와서 내 뒤에서 철문을 당겨 열어 준다. 그의 회색 운동복이 젖어 있다.

"나더러 와서 운동하자고 네가 졸랐잖아. 그러니까 왜 갑자기 나를 죽이고 싶은 것처럼 구는지는 설명해 주는 게 쿨할 거 같은데……."

"다쳤으니까 그렇지. 집에 들어가, 여친한테나 가라고. 나는 혼자 알아서 잘 갈 수 있으니까."

그는 눈썹을 찌푸리더니 눈을 가늘게 뜬다.

"나, 이제 여친 없어. 오늘, 헤어지자고 말하려고 만난 거야."

도난 방지 장치에 꽂으려던 열쇠가 미끄러져 땅에 떨어진다.

"이유를 알고 싶어?" 그가 계속한다.

대답을 하지 않은 채 나는 열쇠를 줍는다. 그가 내 얼굴을 보지 않았으면 좋겠다.

"왜냐하면, 끊임없이 다른 여자애 생각을 하면서 걔랑 만나는 건 아니라는 생각이 들어서."

드디어 도난 방지 장치가 열렸다. 얼마나 다행인지. 나는 토니늘 향해 돌아선다. 아주 잠깐, 나는 그가 내 얘기를 하는 것이기를 바랐다. 하지만 그는 알 수 없는 얼굴이고 저만큼 멀리 있다. 그가 싫다. 그는 안다. 자기가 내게 어떤 영향을 미치는지 알고 그걸 즐긴다. 나는 도난 방지 장치를 탁 소리 나게 다시 잠그며 날카롭게 빈정거리는 투로 말한다.

"성 안토니시여, 우리를 위해 기도하소서. 있지, 내가 집에 가겠다고 한 건, 얘기하지 말자는 거야. 내가 어떤 남자애를 한 200년 전부터 좋아했는데 걔는 내가 절친이라며 자기 연애 얘기를 미주알고주알 한다고. 그러니까 말해 두는데, 나는 남들 연애 얘기는 이제 지겨워 죽겠다고!"

그의 입술에 번지는 가벼운 미소와 뺨에 패이는 익숙한 보조개를 보자 나는 완전히 폭발해 버린다.

"도대체 뭐가 웃긴 건데!"

"진짜 멍청한 놈이네."

"누구?"

"네 절친."

그러더니 예고도 없이 다가와 그가 나를 잡아당겨 껴안는다. 나는 순간적으로 경직되어 두 팔을 떨군 채 가만히 있는다. 이어서 내 손가락이 벌어지고 열쇠가 아스팔트 바닥에 부딪히는 금속음이 들린다. 나는 그의 어깨에 두 손을 얹고 그의 몸에 점점 달라붙어 그의 키스에 응한다.

나는 우리 두 사람의 주위에 따닥따닥 떨어지는 빗소리를 의식한다. 그리고 그뿐이다. 이 우주엔 그것뿐이다. 안토니 그리고 빗소리.

그의 입술은 따뜻하다. 내가 기억하고 있는 것보다 더 부드럽고 단호하다. 그의 두 팔이 내 등을 껴안고 그의 두 손이 내 목덜미를 어루만진다. 더 이상 춥지 않다. 이제 더는 춥지 않을 것이다. 분노는 한순간에 날아가 물웅덩이 속으로 녹아내리고, 내 수세미 같은 운동화 바닥에 살포시 얹혀 배수로의 진흙 속으로 흘러 들어가 버렸다. 나는 내 티셔츠의 물기를 빨아들여 축축해진 그의 운동복에 몸을 딱 붙이고 조금 더 세게 그를 껴안는다. 나를 가두고 있던 바다가 발밑으로 흘러가게 내버려 둔다. 아주 오랜만에 다시 숨쉬는 기분이 든다.

"너 떨고 있어." 그가 내 귀에 속삭인다.

나는 너무나도 진중하고 차분한 그의 목소리를 좀더 잘 듣기 위해, 내 귀에 닿는 따뜻한 그의 숨결을 더 느끼기 위해 눈을 감는다. 그가 가만히 몸을 떼어 내자 다시 춥다.

"가자. 너 감기 걸리겠어."

안토니가 내 손을 잡아 끈다. 나는 그의 뒤를 따라 달린다. 발목의 통증은 날아가고, 이상하게도 가벼워지고, 그가 내 입술에 남긴 미소를 감출 수가 없다. 신이 난 어린아이처럼 물웅덩이를 폴짝 뛰어 건너면서 나는 설명할 수 없는 기쁜 마음으로 생각한다. '내 자전거 또 누가 훔쳐 가겠다.'

22

우린 흠뻑 젖은 채로 안토니네 아파트 입구에 도착한다. 엘리베이터를 기다리는 동안 나는 우리 두 사람의 운동화 주변에 생긴 물방울들을 쳐다본다. 물방울 두 개가 점점 가까워지더니 하나로 뭉쳐진다. 내 손은 여전히 그의 손에 꼭 잡혀 있다. 안토니는 자기 집 현관문을 열 때까지 아무 말도 하지 않는다. 나는 흠칫 뒤로 물러선다.

"엄마는 일하러 가셨고, 형은 지금 집에 없어." 그는 내 머릿속에 들어갔다 나온 것처럼 말한다.

마음을 놓고 들어선다. 집은 지난번 파티 때 내가 기억하던 것과 많이 다르다. 모든 게 깨끗하고 날씨가 이 모양인데도 부엌은 환하고 잘 정돈되어 있다. 벽에 걸린 가족 사진과 어린아이 그림은 전에 보지 못했던 거다. 나는 안토니 뒤를 따라 그의 방까지 복도를 따라 걷는다. 가면서 그는 벽장을 열어 깨끗한 수건 하나를 꺼낸다.

거울에 비친 내 모습이 보인다. 그제야 나는 몸에 들러붙은 티셔츠가 거의 투명할 지경이고 가슴에 딱 달라붙어 있다는 걸 알아차린다. 스포츠 브라를 하고 온 게 다행이다. 안토니는 아무 말 안 했지만 몰랐을 수는 없다. 당황스러워서 나는 두 팔로 가슴을 가린다.

"샤워할래?" 그가 자기 방문을 열면서 묻는다.

"응, 그러면 좋겠어."

그는 살짝 웃으면서 수건을 내민다.

"자, 얼른 가서 해. 나도 금방 갈게."

나는 얼굴이 시뻘겋게 된 채 입을 딱 벌리고, 그가 웃음을 터뜨린다.

"갈아입을 거 갖다준다고, 에어 레아, 그렇게 계속 놀라다가는 숨 막혀 죽겠다……. 우리 엄마 티셔츠가 있나 볼게. 바지는 쉽지 않겠는걸. 우리 엄마는 150센티거든."

나는 수건을 받아 들고 욕실에 숨어든다. 몇 분 후, 샤워 덕분에 따뜻해져서 나온다.

"문 앞에 갈아입을 거 갖다 놨어."

나는 드라이어로 젖은 팬티와 브래지어를 말리고 안토니가 가져다 놓은 너무 헐렁한 추리닝과 하얀색 티셔츠를 주워 입는다. 꼴이 우습다. 그런데 정말 아무렇지도 않다. 이런 느낌은 처음이다. 나는 젖은 머리를 묶어 보려 하지만 그래 봤자 별로 나아질 것도 없다. 나는 그냥 저절로 마르라고 어깨 위로 늘어지는 머리카락을 그냥 내버려 둔 채 욕실에서 나간다.

"오케이, 나 얼른 샤워하고 나올게. 편하게 있어."

나는 고개를 끄덕인다. 나는 그가 다시 껴안아 줬으면 좋겠다. 하지만 내가 먼저 한 발 나설 용기는 없다. 몇 초 후, 복실에 물 흐르는 소리가 들린다. 나는 파란색 체크무늬가 있는 이불 위에 조심스럽게 앉아서 주변을 둘러본다. 침대 위에 붙어 있는 에어 조던 포스터는 지난번보다 덜 위협적으로 보인다. 책들은 여전히 침대 밑이며 벽에 붙어 쌓여 있지만 방은 그럭저럭 정리되어 있다.

안토니는 머리가 젖은 채로 돌아왔다. 하얀색 티셔츠와 청바지를 입고 있다. 그는 내 곁에 와서 앉는다.

"너, 진짜 나 때문에 여자 친구랑 헤어졌어?"

부드럽게, 그는 내 손을 잡아다가 손바닥을 자기 엄지 손가락으로 가만가만 쓸어 본다.

"아니, 진실은 말이지, 걔가 나더러 '토니 조던'을 '마이클 파커'보다 더 좋아하냐고 물어보는데, 진짜 그건 아니지."

그의 목소리에 웃음기가 묻어 있다.

"내 동생은 스테판 커리를 '스테판 닭고기 커리'라 그러는데 누가 더 심한지 모르겠네……."

"와, 신성 모독인데."

"그치, 바로 그거야." 나는 이어서 말했다. 동생이 입양된 게 분명하며 진작 집에서 쫓아냈어야 했다고……

그는 이제 대놓고 장난을 친다. 그러다가 내 위로 몸을 기울여 키스를 한다. 우리는 파란 이불 위로 쓰러지며 키스를 하고 또 한다. 이 순간이 영원히 끝나지 않았으면 좋겠다. 저녁이 될 때까지 우리는 대략 그러고 있었으니까 내 바람은 이루어진 셈이다.

23

7월은 번개처럼 지나갔다. 내 운동 도구들은 여전히 주차장에 감춰져 있다. 아나이스는 내가 운동복 입은 걸 봤다는 말을 엄마한테 하지 않았다. 그날 말다툼 이후에 아나이스는 전보다 더 나를 피한다. 아멜도 니코도 없는 이 여름은 이상하다. 가끔씩 편지를 주고받는데 어떤 때는 내가 답장을 잊어버린다. 마치 내가 괄호 속에 들어 있는 것 같다.

안토니를 매일 만난다. 그가 일하는 날은 점심 시간에 시청 앞에 가서 샌드위치를 같이 먹거나 오후 5시에 건물 입구 계단에 앉아서 기다린다. 그가 일을 하지 않는 날에는 운동을 같이 한다. 어떤 때는 곧바로 그의 집으로 간다. 우리는 몇 시간이고 키스를 하고 서로의 몸을 만진다. 내 손은 그의 티셔츠 밑으로 들어가 따뜻한 피부 밑에 단단하게 자리 잡은 근육을 어루만진다. 그의 손은 내 배 위로, 등으로, 가슴으로 오고 그의 입술은 점점 더 아래로 내려가 목을 타고 가슴께까지 내려간다. 나는 신음 소리를 내지 않기 위해서 입술을 깨물어야 한다. 지난번에는 내가 그의 티셔츠를 벗겼고, 그는 내 티셔츠를 벗겼다. 우리의 맨살이 닿았고, 그 느낌이 너무나 강렬해서 나는 공포에 질려 버렸다. 나는 뭐 살 게 있다고 핑계를 대고 나와 버렸다. 나는 산부인과에서 처방받은 피임약을 사러 약국에 가야 한다고 생각했지만 발걸음을 떼지 못했다. 나는 욕구를 느끼지만 겁도 난다. 그도 그걸 생각하는지 모르겠다. 우린 모든 것에 대해서 다 이야기하지만 그것만 빼놓고 있다. 엄마는 계속해서 그의 소식을 묻고, 나는 거의 그와 사귄다는 고백까지 했지만 자세한 이야기는 하나도 하지 않는다. 이상하다. 몇 년이 지나도록 엄마는 단 한 번도 내가 니코랑 데이트를 한다는 생각을 하지 않았는데 안토니랑 내가 커플인 건 단박에 눈치챘다. 내 얼굴에 쓰여 있는 건지, 아님 내 안에 뭔가 변화가 있는 건지 생각해 본다. 엄마는 할 얘기 있으면 망설이지 말고 하라고 한다. 내게 남자 친구가 생겼다는 사실이 엄마를 불안하게 하는 게 눈에 보인다. 어떤 때는 엄마한테 두세 가지 묻고 싶은 게 있기도 한데, 그런 얘기를 어떻게 꺼내야 할지 모르겠다.

내일 아르카숑에 있는 외할머니 댁으로 휴가를 떠난다. 보통은 나는 이 휴가를 너무나도 좋아한다. 바다에 가고, 부두에서 아이스크림을 먹고, 매일 오후 늦게 아빠랑 바깥에서 농구를 하면 운동화 속 맨발은 모래알 때문에 간지러웠다. 올해는 다르다. 우선 아빠도 없고, 농구도 없다. 무엇보다도 그에게 말은 못 했지만 한 달이나 안토니를 보지 못하고 어떻게 버틸 수 있을지 모르겠다.

"레아, 선글라스 챙겼니?" 엄마가 방에서 큰 소리로 묻는다.

나는 옷장을 뒤져서 겨울 스웨터와 팬티 더미 속에서 안경집을 찾아 여행 가방 속에 던져 넣는다.

나는 혼란스러운 기분으로 넋 놓고 짐 가방을 바라본다. 뭘 잊어버린 것도 같은데. 반바지나 운동 셔츠는 아니고…… 평상시에 내가 농구 관련 물건들을 정리해 두는 가방 칸은 비어 있다.

엄마가 열린 문 틈으로 고개를 들이밀고 말한다.

"선크림은 가서 사자. 근데 모자는 가져가야지!"

시선이 비어 있는 내 가방 칸으로 향하자 엄마는 망설인다.

"들어가도 될까?"

나는 고개를 끄덕이고 엄마는 조심조심 다가와 침대 위 내 곁에 앉는다.

"그래, 아빠도 없고…… 농구도 없는 이 휴가가 이상하겠지."

엄마는 낱말 하나하나를 찾아가듯이 느리게 말한다. 나랑 얘기할 때 엄마는 타임 스위치에 5초쯤 남아 있는 시한폭탄의 빨강색 줄을 자를까 파랑색 줄을 자를까 망설이는 경찰 같은 말투다.

"응."

"레아, 요즘 어떻게 지내고 있니?" 엄마가 부드럽게 묻는다.

너무나도 평범한 질문에 생각할 필요도 없이 평소처럼 "잘 지내, 엄마는?" 하고 대답해야겠지만 엄마 말투는 진지하고 걱정스럽다. 그게 사람들이 별생각 없이 반사적으로 던지는, 대답도 듣지 않는 그런 인사가 아니라 진짜 질문이라는 걸 잘 알고 있다. 어렸을 때처럼 엄마 어깨에 기대고 싶은 마음이 잠깐 일어났다. 아빠가 보고 싶고, 아직도 왜 아빠가 떠나 버렸는지 모르겠고, 어떤 사람들한테는 내가 아직도 아빠 얘기를 현재형으로 하고 있으며 자동 응답기에 남아 있는 아빠 목소리를 반복적으로 듣고 있다는 얘기를, 운동을 그만둘 수가 없으며 다음 학기에 INSEP에 들어갈 수 없다는 사실을 받아들일 수도 없다는 얘기를, 사람들에게 거짓말을 하는 게, 엄마한테 거짓말을 하는 게 너무 피곤하다는 얘기를, 피로에 지쳐서 어떤 때는 이불 속에 들어가 웅크리고 있다가 다시는 깨어나지 않고 싶어진다는 얘기를, 그리고 매일 아침 베타선 차단제 먹었느냐는 질문에 그랬다고 대답한 것과는 반대로 사실 약은 하나도 먹지 않았으며, 밝은 척해 봐야 소용도 없고, 공을 놓치고 넘어져서 손이 가슴으로 가고 고무 호스가 압력 때문에 수도꼭지에서 튕겨 나가듯 내 심장 동맥이 갑자기 끊어져 피가 사방으로 뿜어져 나오는 악몽을 자꾸 꾼다는 얘기를 다 해 버리고 싶은 마음이 일어났다.

엄마에게 진실을 말하고 싶다. 나는 잘 못 지내고, 무섭고, 슬프고, 그리고, 내가 기대고 싶은 단 한 사람이 아빠가 살아 있는 줄 알고, 내가 아프다는 것도 모르고 내 장래 계획이 연기처럼 날아가 버렸다는 것도 모르기 때문에 끔찍하게 외롭다고, 안토니에게 매일 조금씩 더 거짓말을 하는 게 가슴이 찢어진다고, 점점 더 가까워질수록 내가 그가 안다고 생각하는 사람이 아닌 게 점점 부끄러워진다고 말하고 싶다.

엄마는 내 머리카락을 부드럽게 쓸어내린다, 엄마 손가락이 내 앞머리 부근을 만지고 나는 두 눈을 감는다. 울어 버리는 일에 너무나도 성공하고 싶은 순간들이 있다.

"레아, 네가 싫어한다는 건 알지만, 엄마는 네가 누군가에게 이

야기를 하는 게 정말 도움이 될 거라는 걸 알고 있어. 아나이스
는……."

"아, 그만 좀 하라고!"

나는 짜증이 나서 벌떡 일어난다. 엄마는 항상 다 망쳐 버리는 재
주가 있다. 내 핸드폰 진동음이 울린다. 주머니에서 꺼내서 화면을
들여다본다.

토니 농구

오후에 시간이 났어. 만날래?

나는 메시지를 감추기 위해서 다리 위에 핸드폰을 뒤집어 올려놓
는다.

"나가서 한 바퀴 돌고 올게. 저녁 먹을 때 나 기다리지 마."

주차장에 가서 간단히 오케이, 하고 답문을 보낸 다음, 얼른 자전
거에 올라타고 가끔씩 나를 좀 살 만하게 만들어 주는 단 한 사람
을 향해서 페달을 밟는다. 내가 좀 나아지려는 건 아빠에게 작별인
사를 하기 위해서라는 걸 잊어버리려고 노력하면서.

3쿼터
타협

24

갈매기 소리에 잠이 깼다. 열린 창문으로 햇살이 비쳐 들고 나는 소리를 내며 하품을 하고 기지개를 편다. 내일은 바캉스 마지막 날이다. 농구공을 만지지 않은 지 4주째다. 농구에 대한 기사도 읽지 않고 농구 경기도 보지 않았다. 하나도. INSEP 생각을 했고(가끔), 안토니 생각을 했고(항상), 어떤 때는 농구가 너무 하고 싶어 죽을 것 같았지만 예상과는 달리 나는 살아남았다.

내 안에는, 아르카숑으로 떠나오면서 멈추었던 비밀과 거짓말 범벅인 피곤한 삶을 다시 시작해야 한다는 생각에 소름이 돋는 나와, 안토니를 다시 볼 수 있다는 단 한 가지 사실만 생각하는 내가 있다. 첫 번째 주부터 우리는 왓츠앱을 통해서 메시지를 주고받기 시작했다. 처음에는 2, 3일에 한 번, 그다음엔 매일. 잘 잤니, 잘 자, 인사하고 그날그날 뭐 하고 지냈는지 이야기하기 위해서. 지금 와서 생각해 보면 나는 온종일 그에게 문자를 보낼 수도 있었을 것 같다. 화이트 초콜릿바를 먹는 것 같은 사소한 일 하나에도 나는 반바지

주머니에서 핸드폰을 꺼내서 사진을 찍어 보내고 싶은 마음이 들었으니까. 처음에는 너무 집착하는 것같이 보이고 싶지는 않았기 때문에 그럭저럭 자제하면서 지냈지만 곧 포기해 버렸다. 해 지는 바다를, 부둣가의 배들을, 검은 바위 위에 앉아 있는 갈매기들을, 햇볕을 너무 쬐어서 3도 화상을 입은 내 팔뚝을 사진 찍어서 보냈다. 일주일이 지나자, 그가 전화를 했다. 그는 내 목소리를 듣고 싶었다고 말했다. 그 뒤로 우리는 매일 저녁 전화하는 습관이 생겼다. 나는 아나이스가 깰까 봐 이불을 뒤집어쓰고 소곤소곤 말했다. 처음에는 할 말이 없어서 가만히 있게 될까 봐 겁이 났다. 글로 쓰면 그래도 뭐라고 대답할지 생각할 시간은 있다. 그런데 말로 하면, 그가 나더러 농구를 하는지 아빠는 어떻게 지내시는지 물어보면 거짓말을 하다가 뒤죽박죽 엉망이 될까 봐 두렵다. 하지만 그의 목소리를 듣기 위해서라면 위험을 감수할 준비가 되어 있다. 사실, 서로 할 얘기가 하나도 없을 때도 그와 함께라면 침묵도 그다지 불편하지가 않다. 때로는 너무 편안하게 느껴져서, 어둠 속에서 그가 내 귀에 속삭이는 진중한 목소리가 너무나도 안전하게 느껴져서 갑자기 모든 걸 다 고백하고 싶은 충동에 휩싸이기도 한다. 하지만 모든 걸 망칠까 봐 너무 무섭다. 그래서 나는 핸드폰을 든 채 잠이 들고 그다음 날 아침이면 수화기에 대고 코를 골지는 않았기를 바라면서 잠이 깬다.

　니코와 아멜의 소식은 별로 없다. 그들의 메시지에 답문하는 걸 깜박깜박 잊어버리거나 한 이틀 후에 검게 그을린 셀카 사진에다 간단히 "응, 잘 지내." 해 버리는 게 습관이 된다. 페이스북이나 인스타도 하지 않고 아빠의 음성 메시지를 반복 청취하는 일도 점점 덜해진다. 안토니는 나의 두뇌를 점령했다. 그는 내 생각 하나하나를 다 점령했고, 뭘 하든 나는 그저 그를 생각하는 일에 빠져 버리고 만다. 그는 내게 살아온 얘기를 해 준다. 그의 아버지가 열다섯 살이나 젊은 여자와 살겠다며 집에서 한 블록 떨어진 아파트로 이사 갔던 날, 양육비를 받으려고 전쟁을 치렀으나 돈은 구경도 못했던 것, 겨우 열 살이 되었을 때 판사 앞에서 증언을 해야 했던 것, 형이 수업을 빼먹고 담배를 너무 많이 피우고 대마초 딜러가 되면서 망가지기 시작했던 것까지. 중학교 때부터 그를 지켜봐 주는 국어 선생님 얘기도 한다. 책을 많이 추천해 줬는데 그 선생님이 아니었으면 자기도 형처럼 되고 말았을지 모른다고 했다. 우리는 음악 얘기, 영화 얘기, 어렸을 때 얘기를 나눈다. 나는 비둘기가 보이면 겁에 질린다고 고백하고, 그는 엘리베이터를 타면 불안하다고 털어놓는다.

나는 수영장과 해변을 오가면서 해수욕을 하거나 불가사리처럼 늘어져서 햇볕에 몸을 말리고, 스포츠 잡지를 읽거나 낮잠을 자면서 시간을 보낸다. 무엇을 하든 끊임없이 그를 생각하면서, 우리가 다시 만날 날을 상상하거나 우리가 함께했던 기억을 되새기면서 한다. 나는 할아버지가 바비큐 준비하는 걸 돕고, 빙과류와 케첩 바른 양고기 소시지를 잔뜩 먹는다. 반바지 허리가 좀 조이기 시작한다. 비가 오는 날은 엄마 아이패드로 넷플릭스에서 드라마를 본다. 나는 보통 청소년처럼 바캉스를 보낸다. 연애하는 청소년. 나는 여전히 베타선 차단제를 복용하지 않는다.

여기선 모든 사람들이 좀 차분하다. 아나이스는 정원 구석에 있는 해먹에서 종일 책을 읽고, 일광욕으로 피무가 그을린 넘바는 낸

발로 걸어 다니고 바람에 머리카락이 흩어지는 걸 즐긴다. 가끔씩 옆집 아줌마네 술 마시러 가기도 한다. 늦게 들어오기도 하고, 지난 번에는 할머니랑 부엌에서 깔깔 웃는 소리도 들었다. 아빠가 떠나고 나서 처음이었던 것 같다.

　욕실 거울에 내 모습을 비춰 본다. 머리가 엉망진창이다. 햇볕에 색이 바랬다. 이렇게 밝은 금발이었던 적은 별로 없다. 피부도 좀 그을렸다. 학기 내내 눈 밑에 있던 다크서클이 없어졌다. 아나이스가 욕실로 들어와서 나는 깜짝 놀란다. 보통 때 같으면 노크를 안 했다고 한마디 했을 텐데 얘는 정신이 어디 가 있는지 모르겠고 머리가 앞으로 다 내려와 눈을 가리고 있다. 동생은 유치한 무지개와 조랑말이 그려져 있는 잠옷 반바지를 입고 있었는데 그 모습을 보니 동생이 아기 때 오로지 내가 안아 주기만을 기다리고 내가 조금만 얼굴을 찡그려 보여도 너무나 깔깔 웃어 대는 바람에 나는 내가 나중에 커서 대단한 코미디언이 될 거라고 믿었던 게 기억난다. 나는, 아나이스가 욕실 선반에서 베타선 차단제 약통을 꺼낸 다음 얇은 은박지 케이스에서 한 알을 꺼내서 삼키는 걸 넋 놓고 쳐다본다. 잠이 덜 깬 상태로, 그 모든 걸 양치하는 것만큼이나 자연스럽게 해낸다. 아나이스가 안경을 끼자 시선이 거울 속에서 나와 마주치고, 잠깐 망설이는 듯하더니 이렇게 말한다.

　"언니 약 안 먹는 거 알고 있어. 전에 변기에 흘려 보내는 거 봤거든. 언니, 그냥 약 한 알이잖아."

　나는 욕조 가장자리에 걸터앉는다. 그 약 한 알을, 나는 여전히 거부하고 있다. 이제는 더 이상 왜 거부하는지도 모르겠다. 원칙적

으로는 그게 현실을 받아들인다는 뜻이 되기 때문인데, 두 살이나 어린 동생 앞에서 내가 바보같이 느껴진다

"그거 먹으니까 진짜 좋아?"

"아니. 처음 며칠은 머리가 아프더라. 근데 그거 말고는 차이를 모르겠어."

"너, 개학하면 심리 상담사한테 계속 갈 거야?"

"글쎄, 한 달에 한 번쯤, 아빠 얘기나 마르팡 얘기 하고 싶어지면."

소름이 돋는다. 이 낱말, 나는 속으로도 거의 한 번도 발음해 본 적이 없다. 털이 많고 긴 다리가 달린 위험하고 치명적인 거미 같은, 그런 낱말들이 있다. 아나이스는 눈썹을 찌푸리며 내 쪽으로 몸을 돌린다.

"언니는 왜 안 가려는 건데? 그냥 엄마 괴롭히려고?"

나는 신경질적인 손짓을 해 보인다.

"아무 소용도 없는 일이니까 그런 것뿐이야. 너한테는 도움이 되니?"

동생은 눈을 내리깔고 마치 내가 아주 중요한 질문을 했다는 듯 곰곰이 생각한다.

"그런 거 같아. 나는 질문이 아주 많았는데 상담사가 대답을 해 줬거든."

"나는 질문 없어. 신경 안 쓴다고."

"그리고 아빠에 대해서 말하는 게, 왜 그런지 모르겠는데, 하고 나면 좋은 거 같아. 어떤 날은 상담실에 가서 선생님한테 아빠와 함

께했던 추억 하나만 그냥 말하고 올 때도 있었어. 그러면 울음이 나는데, 이상하게도 선생님 있는 데서 울면, 그다음에는 울고 싶은 마음이 줄어들더라고."

나는 어깨를 으쓱한다. 나는 울지 않는다는 말을 털어놓는 게 수치스럽다.

"너는 상담사한테 무슨 질문을 하는데?"

아나이스는 샤워 부스 벽에 기대어서 손가락으로 금발 머리카락을 돌돌 만다.

"나도 죽게 될지 물어봤어."

차분한 목소리로 뱉어 낸 그 짧은 문장이 동생과 나 사이에 매달려 있다. 핀을 뺀 수류탄이 내 가슴속에서 터지기 일보 직전인 듯 공기가 더 이상 폐로 들어오지 못하는 것 같다. 내가 너무 싫다. 이 모든 일에서 오로지 나 자신만 생각한 내가 싫다. 이렇게 경직되고 말문을 닫아 버린 내가, 동생을 껴안고 당연히 너는 죽지 않을 거라고, 겁내지 말라고 말해 줄 수 없는 내가 너무 싫다. 하지만 그러면 거짓말이 하나 더 느는 게 될 거다. 사실은 나도 아는 게 없으니까. 나는 마르팡과 그 현실적 위험에 대해서 결코 아무것도 알고 싶어 하지 않았다. 그러니 나는 가만히 있는다. 아무 말 못 하고 꼼짝없이, 비겁하게. 그런 내 앞에서 아나이스는 두꺼운 안경 너머로 나를 빤히 쳐다본다. 나는 동생이 언제 그랜드 마스터 요다로부터 지혜와 성숙을 배웠을까 생각한다.

아나이스는 선반에서 내 약통을 집어 들어 뚜껑을 열고 약을 꺼낸다. 내게 건네면서 다시 한번 말한다.

"언니, 이거 그냥 약 한 알이라고."

동생은 문을 닫고 나가 버린다. 나는 엄지손가락으로 은박 포장지를 눌러 약을 한 알 꺼낸다. 매일 아침 그러듯이 변기 속에 던질 태세를 취하다가 동작을 멈춘다. 열린 창문으로 아침 식탁 차리는 소리, 엄마와 할머니 목소리, 그릇에 숟가락 부딪는 소리가 들린다. 나는 시선을 다시 내려서 내 손바닥 안에 놓인 렌틸 콩알보다 크지도 않은 알약을 쳐다본다.

조그맣게 소리 내어 말한다.

"그냥 약 한 알이야."

그러고 나서 숨을 크게 들이마시고, 처음으로 그 약을 삼킨다.

25

내가 생각했던 것과는 반대로 알약은 아무 특별한 영향도 미치지 않았고 하루가 완전히 정상적으로 흘러갔다. 그걸로 그렇게 법석을 떨었던 게 바보짓이었다는 생각이 든다. 부엌에서 고기 굽는 냄새, 프로방스 허브 냄새가 풍겨 나고 할머니는 조리대 앞에서 토마토 소스를 휘젓고 있다. 나는 할머니가 요리하는 걸 조용히 보면서 일요일마다 타르니 집에서 아빠가 볼로냐 스파게티를 만들어 주던 걸 생각한다. 슬프다. 그럴 때 엄마는 와인 한 잔을 마시곤 했다. 엄마에게는 양파랑 토마토 써는 것 정도만 허락되었다. 가끔 엄마가 그 이상을 시도하면 망쳐 버렸기 때문이다. 가서 짐을 싸야 된다. 내일이면 떠난다. 그런데 흥얼거리면서 움직이는 할머니가 있는 게 마음이 푹 놓여서 나는 그냥 여기 있고 싶다.

"레아, 스파게티 좀 꺼내 줄래?" 할머니가 묻는다.

나는 벽장에서 스파게티 한 통을 꺼내서 상자를 찢다가 너무 힘을 줬는지 빳빳한 스파게티 국수가 빳빳한 테이블보 위로 반은 쏟아져 버렸다.

"어떡해!"

"뭘 어떡해, 괜찮아." 할머니가 웃었다.

주워 담기는커녕, 나는 엄지와 검지로 스파게티 국수 한 가닥을 무심코 집어 들어 쳐다본다. 선명하게 뻗은 직선, 내 인생을 닮은 것 같다. 나는 그걸 테이블 위에 따로 놓는다. 그 옆에 엄마 스파게티 하나, 아나이스 스파게티 하나 그리고 아빠 스파게티 하나를 놓는다. 하나하나 옆에 딱 붙여서 가지런히 놓는다.

"난리 났네, 이게 뭐니?" 할머니는 내가 뭘 하는지 궁금하기도 하고 재미있기도 하다는 듯이 묻는다.

"할머니, 이 난리가 내 인생이야."

할머니는 말없이 내 머리카락을 어루만지듯 쓸어 주고 내 뺨에 입을 맞춰 준다. 할머니한테서는 사과와 계피 냄새가 난다. 나는 눈을 감고 할머니 품에 몸을 맡긴다.

"아빠가 일요일 저녁마다 볼로냐 스파게티를 해 줬었어……." 나는 혼잣말처럼 한다.

"그래, 생각난다, 우리 아가. 내가 한 거보다 훨씬 맛있었지."

나는 아빠 스파게티를 집어서 한가운데를 딱 잘라 버린다. 끊어진 스파게티를 나머지 위에 툭 떨어뜨린다. 반쪽짜리 스파게티는 전체 질서를 망가뜨리고 바닥에 놓인 내 스파게티-인생의 라인을 쳐낸다.

"인생이 제대로 되었으면 우린 상자 속에 잘 있겠지."

할머니는 테이블 위에 흩어진 국수를 가만히 쳐다보면서 한쪽 눈썹을 찡긋한다.

"더 얘기해 볼래?" 재밌다는 듯, 궁금하다는 듯 할머니가 묻는다. 손은 여전히 내 머리를 쓰다듬고 있다.

"그러니까 스파게티가 우리 인생의 라인 같다고. 상자 속에 있으면 나란히 쭉쭉 뻗어서 아무 일 없이 보호를 받는데, 꺼내면 이렇게 난리가 나고 엉망진창이 되는 거지."

할머니가 웃음 띤 얼굴로 스파게티 하나를 집어서 씹는다.

"그러니까 너는 간디나 달라이라마 인생 라인 스파게티를 먹고 싶다는 얘기인데……."

"레아, 너, 상자 속에 박혀 있는, 똑바로 잘 정리된 스파게티의 문제가 뭔지 아니?"

"아니……."

"일단은, 그 국수 가락들은 결코 서로 만나지 않는다는 거야. 지겨워 죽을 거 같겠지. 그리고 무엇보다도, 정말 맛이 없다는 거야. 한번 먹어 봐."

할머니는 반쯤 남은 스파게티 국수 한 가닥을 내민다. 한입 깨물어 보니 딱딱하고 텁텁하다. 할머니 말이 완전히 틀리지는 않는 것 같다.

"스파게티는 익으라고 있는 거야. 그러면 섞이고, 부서지고, 어떤 때는 망치기도 하지만 대체로는 맛있지."

할머니는 말하는 동시에 물이 끓는 걸 봐 가면서 냄비 속에서 국수를 이리 밀었다 저리 밀었다 휘젓기를 멈추지 않는다. 나는 안토니 생각을 한다. 아빠가 아니면, 마르팡 중후군이 아니면 내가 발 플뢰리에 다시 갈 일도 없었을 거고 그러면 안토니를 다시 만났을 리도 없다. 우리 인생은 똑바로 뻗은 평행선을 달리고 결코 부딪히는 일이 없었을 것이다.

"두 사람 여기서 뭐 해?" 아나이스가 부엌에 들어서면서 묻는다.

"철학. 스파게티 신드롬을 이론화하고 있지." 할머니가 웃으면서 대답한다.

아나이스는 어깨를 으쓱한다

"내 말은 두 사람이 여기서 무슨 요리를 하고 있냐고. 배고파 죽겠어."

동생은 소스 냄비 뚜껑을 열고 고기와 토마토 냄새를 들이마시더니 얼굴이 환해진다.

"앗싸, 볼로냐 스파게티네! 아빠가 일요일마다 해 줬었는데."

나는 몸을 굽혀 좀 아까 튕겨 나간 내 스파게티를 줍는다. 쓰레기통을 열고 던져 넣으려다가 마음을 바꾼다. 쓰레기통 뚜껑을 닫고 냄비 속에 던져 넣는다. 끓는 물이 면발을 부드럽게 만들고 국수 가닥들이 서로 뒤엉켜 예기치 못한 혼돈 속으로 말려드는 걸 관찰한다. 그리고 이 엄청난 난리가 난 덕분에 내 인생-스파게티의 라인이 안토니의 라인과 뒤엉키고 있다는 생각이 들자 슬며시 웃음이 난다.

26

 길이 꽉 막힌 채 서 있는 게 세 시간째다. 이어폰을 귀에 꽂고 시아Sia의 노래를 들으면서 안토니에게 도로 상황을 계속 전해 주느라 나는 속이 탄다. 라디오에서는 심각한 교통체증을 알리고 있다. 사고가 나서 벌써 30분째 거의 멈춰 서 있는 지경이다. 운전대 옆에 거치된 엄마의 스마트폰 내비게이션에 따르면 저녁 8시 37분이 되어야 집에 도착한다. 아직은 오늘 저녁에 안토니를 만날 수 있는 가능성이 있다. 자전거로 한 바퀴 돌고 오겠다거나, 아멜네 집에 뭐 가지러 갈 게 있다는 핑계 정도면 충분할 것이다……

 "배고파." 뒷좌석에서 아나이스가 말한다.

 "그래, 네 말이 맞다. 저녁 먹으면서 좀 쉬자. 안달해 봤자 소용없지 뭐." 엄마가 휴게소 표지판을 보면서 한숨을 쉰다.

 "안 돼, 시간 없단 말이야!"

 저절로 나온 말이다. 지금으로서는 차를 멈추면 죽을 것 같다. 엄마가 놀라서 나를 돌아보면서 묻는다.

"오늘 저녁에 무슨 약속 있니?"

"언니가 애인 만나고 싶대……." 아나이스가 장난스럽게 중얼거린다.

나는 짜증이 나서 의자 깊숙이 몸을 묻는다. 엄마가 걱정스러운 눈길을 던진다.

"오늘 저녁에? 안토니 만나는 거야?"

"뭐라는 거야. 저녁 먹고 쉬고 하면서 낭비할 시간이 어딨냐는 거지. 자동차에 이러고 갇혀 있는 게 좋냐고……." 나는 무뚝뚝하게 말을 끊는다.

엄마랑 동생이 포기했으면 했지만 아나이스는 이번 휴게소에서 쉬자고 고집을 피우고 정말 실망스럽게도 엄마는 깜박이를 켜고 차선을 변경한다. 나는 함박 스테이크와 감자튀김을 주워 삼키면서 식탁 밑에서 안토니에게 문자를 보낸다. 불행하게도 밤 10시가 넘어야 도착할 것 같고 그 후엔 절대 외출 허락을 못 받을 것 같다고. 내일 아침에 만나자고.

그와 다시 만나는 장면을 수천 번은 더 상상했다. 그래서인지 현실은 내가 여름 내내 머릿속으로 찍었던 그 모든 영화의 수준에 미치지 못할까 봐 두렵다.

다시 출발하고 보니 교통체증이 더 심해졌다. 내비게이션은 도착시간을 10시 14분으로 나타내고 나는 가슴이 죄어 오는 느낌이다. 나는 안토니에게 오늘 저녁엔 안 되겠다고 다시 문자를 보내고 그는 우는 이모티콘을 보내온다. 나는 이어폰을 끼고 창가로 몸을 돌려 늘어선 자동차들을 바라보며 함박 스테이크와 감자튀김 그리고 좌절감을 소화시킨다.

도착하니 한밤중이다. 나는 곧장 내 방으로 올라가 문을 닫자마자 침대 위에 드러누워 안토니에게 전화를 건다.

"속상해 죽겠어……."

수화기 속에서 안토니가 부드럽게 웃는다.

"우리 못 본 지가 한 달인데 뭐. 에어 레아, 너, 내일까진 나 없이 살아남을 수 있을 거야."

"너, 내가 보고 싶었으면 그런 말은 못 할 건데……"

농담이라는 걸 알면서도 화가 나는 건 어쩔 수가 없다. 나는 그가 당장 나를 보고 싶어 하길 바랐던 거다. 안토니는 나 같지 않다는 걸, 나처럼 참을성 없지 않다는 건 안다. 나는 세상을 내 뜻대로 접었다 폈다 하고 싶어 하고, 안토니는 세상의 뜻에 자기를 맞추는 법을 안다.

"너, 진짜 그 정도로 속상하면 내가 갈 수 있어. 나한테 야간 통금이 있는 건 아니니까……."

"올 수 있다고?"

"너네 집에…… 차 타고 가면 20분이면 충분히 도착할 수 있어."

"지금?"

이번에는 그가 대놓고 웃는다.

"아니, 다음 달에……. 당연히 지금이지!"

나는 입술을 깨문다. 그가 오면 안 된다, 엄마가 알면……. 하지만 엄마는 지금부터 30분 안에 잠자리에 들 거다. 좀 아까 샤워하는 소리가 났었다. 그리고 아나이스는 벌써 잠들었다.

"아니면, 내일 아침에 볼까……." 내가 말이 없자 그가 덧붙인다.

"잠깐만, 생각하는 중이야."

그가 뭔가 기대하는 걸까? 물론 안토니와 같이 잔다는 생각에 반대하는 건 아니다. 솔직히 말하면 그 생각을 하루에 거의 이천 번쯤 한다. 그래도 이런 건 생각지 못했다. 이렇게 급하게, 이런 식으로는. 이게 첫 경험이 될 거고, 난 항상 그의 집에서 할 거라고 상상해왔다.

"잠깐만, 내가 다시 전화할게." 나는 서둘러 말한다.

전화를 끊는다. 망설인다. 이런 종류의 상황에서 나를 도와줄 수 있는 건 한 사람밖에 없다. 하지만 바로 그 사람이 나를 도와주기에 가장 난처한 처지일 것도 같다. 어쨌든 급하다. 나는 핸드폰을 집어 들고 전화를 건다. 니코는 첫 번째 신호음에 바로 받는다.

"레아! 드디어 소식을 주시네……."

"니코, 지금 급한데, 나, 네 도움이 필요해."

"오, 심각한 거 같은데, 별일 없는 거야?"

"응응, 그냥 남자 얘긴데, 네 조언이 필요해서……."

핸드폰 저쪽엔 잠시 침묵, 그러나 내가 느낄 수 있을 만큼 충분히 긴 침묵이 있다.

"왜 이렇게 소식이 없으셨는지 이제 알겠군." 니코가 장난스레 받아친다.

나는 자세한 건 생략하고 이 상황을 간략하게 설명한다. 방학 전에 남자를 만났고 휴가 떠나기 3주 전부터 데이트를 시작했으며 한 달 동안 매일 통화를 했는데, 지금 그 남자가 이 밤중에 우리 집으로 나를 만나러 오겠다고 한다. 니코는 언제, 어디서, 왜, 어떤 남자냐, 어떻게 만났냐, 이름이 뭐냐 같은 질문을 하지 않는다. 인스타에 가서 어떻게 생겼는지 알아보려고 하지도 않는다. 그게 바로 내가 아멜이 아니라 얘한테 물어보는 이유다. 니코는 내 말을 끊지 않고 다 하게 내버려 둔 다음에 이렇게 대답한다.

"간단해. 네가 그 남자랑 자고 싶지 않으면 오지 말라고 하고, 자고 싶으면 오라고 해."

"근데, 그걸 모르겠다고, 내가 원하는지 아닌지. 나는 그냥 그가…… 뭐가 됐든…… 기대를 좀 안 하고 왔으면 좋겠는데 말이지……."

니콜라가 핸드폰 속에서 웃는다.

"나 같으면 여자 친구가 사람들이 다 잠든 이런 시간에 자기 집에 오라고 하면, 확실히, 바캉스 얘기나 들으러 가지는 않을 거 같아."

"음…… 그러니까 너는, 그가 그냥…… 내가 보고 싶어서…… 올 수 있다고 생각은 안 한다는 거네."

나는 목소리가 작아진다. 실망이다. 나 같으면 안토니의 바캉스 이야기를 들으러 한밤중에 자전거를 타고 타르니를 가로질러 달려갈 수 있을 것 같다. 벌써 몇 주 동안 안 한 이야기가 없이 다 했다고 해도 말이다.

니콜라가 핸드폰 너머에서 한숨을 쉰다.

"너, 그 사람 사랑해?"

"응."

"그 남자도?"

나는 망설인다.

"그런 거 같아."

"형편없는 자식은 아닌 거 확실해?"

"응."

안토니랑 있으면 결코 위험하다는 느낌이 없다. 그는 내게 어떤 아픔도 주지 않을 거라는 확신이 있다. 아픔은커녕, 얼마 전에 잃어버렸던 안전한 감정을 그와 함께하면서부터 되찾았다.

"있지, 남자들 중에는 여자한테 달려들기 전까지는 근사하다가, 그러고 나서는 야비함이 드러나는 경우가 있어."

"지금 네 얘기 하는 거야?"

니코는 또 농담을 한다.

"그럴지도 모르지(한숨). 근데, 너는 내가 아는 여자애 중에서 최고로 멋지기 때문에 어떤 남자라도 그걸 모를 만큼 바보일 수 있다는 상상은 하기가 어려워."

니코가 이 말을 너무나 부드럽게 해서 나는 목구멍에 뭔가 차오르는 느낌으로 아무 말 못 하고 가만히 있는다. 이건 얘가 나한테 한 칭찬 중에 최고다. 침묵이 몇 초간 더 이어지더니 니코가 말한다.

"레아, 뭐 한 가지 얘기해도 돼?"

"응."

"나는 네가 더 이상 나를 사랑하지 않게 돼서 좋아."

침묵. 나는 너무도 놀라서 아무 말도 할 수가 없다. 뺨이 뜨겁게 불타는 것 같다. 니코랑 함께하는 게 이렇게 불편했던 적은 한 번도 없다. 나는 생각한다. 그 이야기를 하게 되겠군, 내가 머릿속으로 수백만 번 했던 그 이야기, 너무나 무서워서 꺼낼 수가 없었던 그 이야기. 나는 어렵게 침을 삼킨다.

"너, 언제부터 알았는데?"

"항상 알고 있었지."

"왜…… 그런데 왜 한 번도 말을 안 한 거야?"

"왜냐하면, 네가 나한테 한 번도 고백을 한 적이 없었고 그 얘기를 하다가 네게 상처를 주거나 우리 우정을 잃을까 봐 너무 겁이 났어. 내가 계속 여자애들을 집적대는 걸 보면 너도 이해할 거라고…… 내가 너를 정말 좋아하지만 그런 식으로는 아니라는 걸…… 알게 될 거라고 생각했어."

"진짜 거지 같은 전략이네." 나는 투덜댄다.

"알아, 근데 우리 사이에 이런 거 말 안 하고 있는 게 싫었어."

"오케이……. 내가 소화할 일이네. 어쨌든 조언은 고마워."

"별말씀을. 네가 어떤 결정을 내리든, 절대 억지로는 하지 마. 그 사람한테 솔직하게 말을 할 수도 있는 거야. 오더라도 뭐가 됐든 기대는 하지 말라고. 그리고 조금이라도 걱정이 되면 나한테 전화해, 알았지? 그 자식이 너한테 나쁘게 하면, 내가 머리통을 날려 버릴 테니까."

"걔는 나한테 나쁘게 하지 않을 거야……."

"그래, 그래도 너한테 이렇게 말하면 내가 꽤 중요한 인물이라는 느낌이 든다고. 오빠 노릇하는 기분이랄까."

우린 함께 웃음을 터뜨린다. 잠깐 사이에 불편한 느낌이 없어지고 니코가 보고 싶었다는 생각이 든다.

"잘 자." 나는 핸드폰에 대고 속삭인다.

"잘 자. 그리고 내일 전화해. 방학 내내 연락 한번 안 하다니 아주 나빴어. 나도 너한테 할 얘기 많다고."

나는 전화를 끊고 나서 핸드폰을 손에 쥔 채 몇 초간 꼼짝 않고 있다가 안토니에게 문자를 보낸다.

레아 마르텡
한 시간 후에 와.
초인종 누르면 절대 안 되고
집 앞에 도착해서 전화하면
내가 내려가서 문 열어 줄게.

토니 농구
오케이.

그러고 나서 그는 하트 모양의 이모티콘을 덧붙인다.

27

샤워를 했다. 엄마가 쓰는 향기 나는 바디 오일을 목과 양쪽 팔꿈치에 발랐다. 엄마가 그렇게 하는 걸 볼 때마다 좋은 냄새가 나는 팔꿈치란 도대체 뭐에 쓰는 걸까 생각했었는데 말이다. 마스카라를 할까 생각하다가 그만뒀다. 나는 여태 한 번도 안 해 본 일도 했다. 옷을 어떻게 입을까 20분은 넘게 서성거린 거다. 보통 때 이 시간이면 파자마를 입고 있겠지만 이 상황에 좋은 선택은 아닌 것 같았다. 그래서 흰색 바지에 검은색 민소매 티를 입었다가 몇 분이 지나자 죽을 것같이 더워서 진으로 된 반바지로 갈아입었다. 나는 방을 대충 치우고 여행 짐은 정리할 새가 없어서 가방을 침대 밑으로 밀어 넣었다. 어릴 때부터 계속 끼고 살았던 다 낡은 봉제 인형, 츄바카, 자바 더 헛을 가방 속에 쑤셔 넣었다. 벤 삼촌이 생일 선물로 사 준 거였고 이제는 그 인형들을 껴안고 자지 않는데도 침대 위 선반에 상석을 차지하고 있었다.

이제 나는 기다린다, 이불 위에 앉아서. 상태는 정상이 아니다.

안토니는 여기 와 본 적이 없다. 내 방에 와서 그가 나를 어떤 사람으로 보게 될까 생각하며 방을 둘러본다. 이제까지는 내 방이 거의 안토니네 거실만큼이나 크다는 생각을 해 본 적이 없었는데 그런 눈으로 보니 마음이 불편해진다. 내 침대맡에는 스테판 커리의 포스터랑 내가 좋아하는 남녀 농구 선수들의 사진이 붙어 있다. 아마도 이게 그의 세계와 나의 세계의 유일한 공통점일 것이다. 벽지는 오래전에, 아마 내가 아홉 살이나 열 살 때쯤 새로 한 거다. 엄마가 골라 줬는데 노란 리본으로 묶은 작은 꽃다발 무늬가 있는 푸르스름한 색이다. 오랫동안 봐 와서 익숙한데 지금 보니 너무 유치하다는 생각이 든다. 그때는 분홍색을 피한 것만으로 성공이라고 여겼던 기억이 난다. 당시만 해도 엄마는 나를 '진짜 여자애'로 만들 수 있다는 희망을 버리지 못하고 있었다. 세상에 무슨 가짜 여자애가 있기라도 하다는 듯이……. 바닥 카펫은 베이지 색인데 책상 다리가 닿는 부분에 너무 닦아서 바랬지만 지워지지 않은 얼룩이 있다. 발표 준비를 같이 하느라고 니코가 왔다가 콜라를 엎지른 기념이다. 벽장문에는 사진이랑 농구 관련 이미지, 경기장 티켓, 오랫동안 쳐다볼 생각도 안 했던 수많은 사진들이 붙어 있다. 아빠가 선물해 준 오스카 와일드의 인용문을 넣어 둔 액자도 있다. "항상 달을 겨냥해야 한다. 그러면 실패하더라도 별에는 도달할 수 있게 된다." 이걸 볼 때마다 나는 높은 곳을 겨냥할수록 떨어질 때 더 많이 아프다는 생각을 한다.

침대 위쪽 창문을 여니 미지근한 바람이 얼굴에 와 닿는다. 8월 28일이다. 나는 이 날짜를 내 첫 경험의 날로 평생 기억하게 될까,

아니면 이런 종류의 일은 어른이 되고 나면 잊어버리는 걸까 생각한다. 엄마가 친구들에게 이렇게 말하는 걸 들은 적이 있다. "섹스는, 크레페 같은 거야. 첫 번째는 항상 실패거든." 첫 번째 키스의 잊을 수 없는 추억이 내게는 없다. 당시에는 그래도 열에 들떠 있었고 굉장히 중요한 거라고 의식하고 있었는데 말이다. 하지만 지금 내가 안토니에게 느끼는 감정은 한 번도 느껴 본 적이 없다. 니코에게도 그랬던 적은 없다. 안토니는 현실이고, 니코와 가지고 싶었던 관계는 상상이었다.

핸드폰 진동음이 울리고 나는 소스라치게 놀란다. 나는 전화를 받고 낮게 속삭인다.

"여보세요?"

나는 거의, 그가 못 오게 되었다고 말하기를 바랄 지경이다. '엄마 자동차를 쓸 수 없게 되었다'라든가…… 미친 듯이 뛰는 내 심장박동을 잠재울 수 있는 거라면 뭐든.

"너네 집 앞이야."

"내려갈게."

나는 엄마 방이나 아나이스 방에서 불빛이 하나도 새어 나오지 않는다는 걸 확인하고 까치발로 살살 내려갔다. 숨을 크게 쉬고 나서 현관문을 연다.

안토니는 두 손을 검은 진바지에 찔러 넣은 채 문 앞에 서 있다. 그가 가로등 불빛 아래서 희미하게 웃고 내 가슴은 마구 뛴다. 이렇게 격렬한 감정은 어쩌면 대동맥이 떨어져 나가게 할지도 모른다. 오늘 아침에 베타선 차단체를 먹기 정말 잘했다. 여기서 당장 죽으면 얼마나 난처해지겠는가. 그는 몇 초간 꼼짝하지 않고 있었고 나는 그가 나보다 별로 더 편안하지 않은 상태라는 걸 이해하고 그의 손을 잡아 집 안으로 이끌고 문을 닫는다. 현관의 어둠 속에서 그의 입술이 내 입술을 스치고 그의 두 손이 내 허리에 얹힌다. 두 마리 나비만큼이나 가볍다. 마치 자기 피부가 내 피부에 살짝 닿기만 해도 내가 수천 조각으로 폭발해 버릴 수 있다는 걸 안다는 듯이.

"소리 내면 안 돼. 우리 엄마 주무셔." 나는 그의 입술에 대고 속삭인다.

침대맡 등 하나만 켜져 있는 내 방으로 그를 이끌고 간다. 나는 침대 위에 자리잡고 그는 내 앞에 앉는다. 그의 손이 내 얼굴을 감싼다. 나는 그가 다시 키스를 할 줄 알았는데 그는 그냥 손가락 끝으로 뺨을 어루만지며 나를 쳐다보기만 한다. 그의 얼굴엔 내가 별로 본 적이 없는 표정이 서린다. 행복해 보인다.

우리는 말을 나누지 않는다. 키스를 한다. 어느 순간 뒤로 넘어지고 서로 꼭 껴안고, 그의 티셔츠 아래로 내 손이 들어가고 그의 목에서 냄새를 맡았는지 잘 모르겠다. 다시는 절대로 이렇게 오랫동안 그와 떨어지지 않을 것이다. 그의 손이 내 팔을 지나 내 배를 쓰다듬고 그의 입술이 내 목을 타고 내려와 브래지어 가장자리까지 닿자 몸이 너무 뜨거워져서 나는 또다시 내 심장이 이 충격을 견뎌 낼지 의문이 든다. 그래도 상관없다. 이처럼 강렬한 순간을 위해서라면 수명을 10년 정도 잃어도 좋다. 내가 먼저 그의 티셔츠를 벗기고 그의 진바지 첫 번째 단추를 서투르게 여는데 그가 몸을 떼어 내며 잠시 나를 말린다. 그의 호흡은 가빠지고 눈이 깊어졌다. 그는 내 얼굴을 뚫어지게 보면서 망설이는 말투로 말한다.

"나 안 가져왔는데……."

나는 무슨 말인지 몰라서 쳐다보기만 하고 그가 콕 집어 말한다.

"콘돔 안 가져……."

내가 뭐라고 대답을 해야 할지 모르자 그가 덧붙인다.

"생각을 못 했어……. 이러려고 온 게 아니라서……."

"그거 나한테 있어."

딸이 사고로 임신할까 봐 모든 걸 준비하는 엄마가 있어서 좋은 점이다. 나는 침대맡 탁자 서랍을 열어서, 엄마가 쇼핑센터에서 나랑 안토니가 함께 있는 걸 보고 나서 사다 준 상자를 꺼내 그에게 건넨다. 어떻게 쓰는 건지 몰라서 그런 건 아니다. 그는 상자를 받아서 비닐 포장지를 벗겨 낸다. 나는 정확히 해 둔다.

"엄마가…… 우리 엄마는 너무 젊었을 때 나를 가졌거든. 그래서 위험하면 절대 안 된다고……. 근데 이건 알아야 돼……. 나 처음이야."

그는 딱 멈추고 내 얼굴을 뚫어져라 본다. 이런 주제를 우리가 입 밖에 낸 적도 없고 왜 그런지 모르겠지만, 내가 처음일 거라고 그도 생각했던 게 확실해 보였다. 동시에 분명히, 그는 이것에 대해 제대로 생각하지 못한 것 같다.

"확실해? 꼭 해야 되는 건 아니고…… 기다릴 수도 있어……."

나는 웃으면서 아무 말도 하지 않고 민소매 티셔츠를 벗는다. 진짜다, 확실하다. 현관에서 그를 본 순간부터, 그의 턱에 패인 보조개와 그의 눈에서 뿜어져 나오는 어두운 빛을 본 순간부터. 심지어 내 인생을 통틀어서 뭔가에 이렇게 확신이 있었던 적은 별로 없다.

나는 반바지를 벗고 이불 속으로 미끄러져 들어가며 속삭인다.

"이리 와."

나는 브래지어와 팬티를 맞춰 입을 생각도 못 했다. 하지만 그가 그걸 눈치챌 것 같지는 않다. 그는 차분하게 콘돔 상자를 침대맡 탁자 위에 두고 바지를 다 벗고 이불 속으로 들어온다. 그는 내게 키스를 하고 아주아주 부드럽게 내 몸을 만진다. 내가 그의 팬티를 잡아당기자 그는 내가 하는 대로 둔다. 이어서 그는 내 브래지어를 벗기고 내 팬티를 다리 아래쪽으로 밀어낸다. 우리의 몸이 진짜 처음으로 닿는 순간이다. 열기를 뿜고 있는 완전히 맨살. 나는 한 번이라도 울 수 있을 것 같다. 어떻게 해야 하는지 잘 모르겠다. 그가 나를 너무 못하는 애로 생각할까 두렵지만 고백할 엄두가 나지 않는다. 나는 그저 이 순간이 끝나지 않기를, 우리의 살이 영원히 이렇게 맞닿아 있기를 바랄 뿐이다.

"괜찮아?" 그가 내 귓가에 대고 속삭인다.

"응."

나는 눈을 감고 그가 하는 대로 맡겨 둔다. 부드럽고, 섬세하고 동시에 타오르는 느낌이다. 그러다가, 아프다. 나는 소스라치게 놀란다.

"멈추고 싶으면 말해, 알았지?" 안토니가 낮게 말한다.

"괜찮아, 계속해."

욕구가 더 강해서 고통이 흩어져 버렸다. 시간 개념이 사라진다. 살짝 녹초가 되고 숨이 가쁜 채로 나란히 눕자 나는 농구상 외에 내가 세상에서 내 자리임을 느낄 수 있는 건 그의 두 팔에 파묻히는 것밖에 없다는 걸 알게 된다. 그가 나를 꽉 껴안자 나는 그의 가슴에 얼굴을 대고 금세 잠에 빠져든다.

나는 이 8월 28일을 평생 기억하게 될 것이라 믿어 의심치 않는다. 그러니까, 첫 번째 크레페라고 해서 항상 망치는 게 아니라는 걸 말이다.

28

나는 혼자 침대에서 잠이 깬다. 안토니가 우리 엄마가 일어나기 전에 가야 한다고 속삭이던 기억이 희미하게 난다. 기지개를 켜고 얼굴에 미소를 띤 채 잠시 동안 가만히 누워 있는다. 정신을 차린 건 핸드폰 진동음 때문이다. 화면을 보니 읽지 않은 메시지가 3개 있다.

토니 농구
너, 입 벌리고 자더라.
내일 만날래?

아멜 자우이
어젯밤에 돌아왔음.
만나야지!
준비물 사러 같이 갈까?

니콜라 루셀

어떻게 됨?

문자해…

나는 웃음을 머금은 채 니코에게 엄지 척이랑 장난스럽게 웃는 이모티콘을, 안토니에게는 내일 만나는 거 오케이라는 답문을 보낸다. 나는 오늘도 시간 있으니까 당장 만나는 게 훨씬 좋겠다고 쓰고 싶은 마음을 꾹 누른다. 한 5분 정도 망설이다가 메시지 끝에 파란색 하트를 덧붙인다. 파란색, 왜냐하면 빨간색보다는 덜 어색하니까. 그러는 사이에 니코한테 답장이 왔다.

니코 루셀

쿨. 나중에 얘기해 줘야 돼.

왜 그런지 모르겠지만 만약 니코한테 전부 다 얘기하면 안토니를 배반하는 느낌이 들 것 같고 지난밤에 대해서는 오히려 아멜한테 얘기하고 싶다. 내 절친 아멜이랑 메시지를 주고받다가 모노프리 앞에서 만나자고 약속을 잡는다. 이건 중학교 때부터 전통이다. 고등학교는 중학교처럼 의무적인 준비물 리스트를 주지 않지만 아멜이랑 나는 항상 학교 생활에 필요하게 될 준비물을(아니, 아멜이 필요할 거라고 생각하는, 다시 말해서 아멜 눈에는 필수적이거나 너무 멋져 보이는 불필요한 물건들을 잔뜩) 개학 며칠 전에 같이 사러 간다.

나는 핸드폰을 침대맡 탁자에 놓는다. 사흘 뒤면 개학이다. 나는 이 사소한 세부사항을 완전히 잊어버리고 있었다. 가는 길에 이번 개학이 나의 실패를, 그러니까 INSEP에 들어가지 못한다는 것을 받아들이는 학기가 될 거라는 생각 대신 차라리 안토니 생각을 하려고 애를 쓴다. 나는 다시 한번 우리 반 꼴찌, 그러나 이번에는 형편없는 성적을 정당화해 줄 미래가 없는 꼴찌가 될 것이다.

나는 슈퍼마켓 앞에서 기다리고 있는 아멜을 보면서 이 우울한 생각들을 떨쳐 낸다. 아멜은 노란색 자전거를 가로등에 단단히 묶어 놓고 보도블록 한가운데 서서 책을 읽고 있다. 마치 그게 정상적인 행동인 것처럼. 이런 모습을 보니 웃음이 난다. 아멜은 청바지에 오렌지색 정장 자켓을 입고 굽이 있는 근사한 새 부츠를 신고 있다. 나를 보자마자 얼굴에 웃음이 활짝 번진다. 너무 타서 흑인이라고 해도 될 정도다.

"레아! 너 없으니까 내가 얼마나 심심했게! 너, 탔네! 이제 하루 종일 체육관에 박혀 지내지 않고 정상적인 사람처럼 햇볕을 쬐이면서 바캉스를 보냈다고 해도 거의 말 되겠는데."

나는 아멜을 다시 보니 기분이 좋아져서 웃는다.

"머리 잘랐네."

아멜은 매력적인 미소를 지으면서 이제 어깨 위로 올라간 숱 많은 갈색 곱슬머리를 흔든다.

"응! 바꿔 보고 싶어서."

"잘 어울리네, 옷도 그렇고. 너 완전 모델 같다!"

"나도 그렇게 생각해! 우리 언니가 팔다 남은 거 가져다준 거야.

청바지 주머니가 찢어졌는데 내가 꿰맸어. 장화는 한 치수 큰데, 올 겨울에 두꺼운 양말이랑 신을 거야."

충동에 사로잡혀 난 아멜을 두 팔로 꼭 끌어안는다. 이 아이한테서 나는 레몬 향이 곧바로 내 가슴에 한 줄기 행복감을 전해 준다. 아멜이 아름답다고 생각된다. 보고 싶었다.

난 항상 개학이 싫었다. 아멜은 바캉스를 싫어한다. 애는 오로지 수업이 다시 시작되기만 기다린다. 신기한 애다. 아멜은 확고한 걸음으로 자동문을 향한다.

"아멜?"

왜 그러냐는 듯이 아멜이 내 쪽을 돌아본다.

"응?"

"이번 학기 공부, 나 도와줄 수 있지? 진짜 헉헉댈 거 같아서 겁나."

아멜이 가볍게 눈살을 찌푸린다.

"진짜로 도와달라는 거 맞아? 네가 딴생각하거나 핸드폰으로 농구 경기 보는 동안 그 옆에서 숙제하라는 거 아니고?"

"응."

"그럼 당근이지!"

아멜은 붉은색 플라스틱 바구니를 낚아채서 학용품 코너를 향해 저벅저벅 걷는다.

"첫 단추는 반에서 일등으로 완전한 문구 세트를 사는 거야. 게다가 이번에는 잘된 게, 내가 인터넷으로 학교 인트라넷에 들어가서 우리 시간표를 봤는데 모든 수업을 다 같이 듣더라."

아멜을 따라가던 나는 마음이 놓인다.

"와, 대박이다!"

"완전히 우연은 아니야. 너네 엄마가 전공과목 선택하던 시점에 나한테 전화하셨었거든. 나랑 같은 걸로 등록하시겠다고."

뭐라고 대답을 해야 할지 모르겠다. 목이 메는 기분이다. 엄마는 나한테 아멜에게 전화했다는 말은 꺼내지도 않았다. 엄마가 나를 하나도 탓하지 않고 조용히 나를 위해서 해 온 이 모든 노력들을 나는 이제야 알 것 같다. 그러자 엄마가 내 인생에서 예고도 없이, 다른 대책도 없이 농구를 지워 버린 걸 용서하는 건 아직도 힘들지만 그래도 나를 위해서 엄마가 곁에 있다는 걸 알겠다. 항상 아빠가 곁에 있었던 것처럼.

예쁜 스프링 공책들, 색깔이 있거나 아니면 겉장에 인용구가 적혀 있는 수첩들, 색색깔의 볼펜 등등 문구점에 있는 모든 것들이 아멜에게는 무한한 기쁨의 원천이다. 이런 쇼핑이 얘한테는 내가 아빠랑 나가서 운동복이나 농구화를 새로 사는 것이나 마찬가지인 거다. 해마다 학용품 살 때면 엄마는 돈을 너무 많이 준다. 그래서 해마다 나는 아멜이 가족과 함께 쓰려고 산 열 개짜리 묶음 세일용 공책을 클레르퐁텐 공책과 바꿔 준다. 내 만년필이 그 세일 공책 종이에 더 매끄럽게 써진다고 둘러대면서.

아멜은 바구니에다가 수성펜들, 딱풀 그리고 일년 내내 나는 두 번이나 쓸까 말까 할 온갖 색깔의 형광펜들을 살살 담는다. 다이어리를 고르는 데는 한 시간이나 썼다. 아멜은 표지에 "Dream Big"이라고 쓰여진 파란색에 마음을 굳혔고, 나는 완전 못생긴 검정색을 골랐다. 다가올 학년에 대한 나의 비전과 완벽하게 일치한다.

쇼핑을 마치고 나서 우리는 방향을 바꿔 카페 스트라다에 가기로 한다. 아멜은 차이 라떼를 시키고 나는 체리 향이 나는 커피를 시킨다. 우리는 서로서로 바캉스 이야기를 한다. 아멜은 마지막 학년 프로그램에 나와 있는 책을 벌써 다 읽었고 이제 바칼로레아 문학 시험 준비를 시작했다. 나는 여름방학 지낸 이야기를 하다가 결국 한마디 던진다.

"나 남자 만났어⋯⋯. 데이트 중이야."

아멜의 눈이 휘둥그레진다.

"아르카숑에서? 그래서 거의 연락을 안 했던 거구나?"

"아니, 그게 아니고, 여기서, 떠나기 전에⋯⋯ 그러니까, 사실은, 그를 만난 게⋯⋯ 전에⋯⋯ 너, 내가 도둑 맞았던 네 자전거를 교문 앞으로 가져다준 남자애 기억해?"

완벽하게 그린 아멜의 갈색 눈썹이 활 모양으로 휘어진다.

"토니 에두? 우리 집 아래 있는 광장에서 대마초 파는 리암 에두의 동생? 응, 알지⋯⋯."

이어서 나는 아멜에게 얘기한다. 안토니를 걔네 집에서 돌아오는 길에 처음으로 만났으며 휴가 떠나기 전날까지 수요일 오후마다 운동을 같이 했다고. 아멜은 아무 말 안 한다. 끼어들지 않고 내 얘기를 주의 깊게 들으면서 차를 마신다. 간밤에 안토니와 함께했던 나의 첫 경험 얘기에도 한 마디 말이 없다.

나는 얘가 자꾸 말을 끊으면서 수도 없이 질문을 퍼부어 댈 줄 알았다. 흥분하고 축하해 줄 줄 알았다. 하지만 아멜은 눈을 찻잔으로 내리깔고 알기 힘든 표정으로 가만히 있을 뿐이다. 내가 이야기를 끝냈는데도 계속되는 침묵에 나는 신경이 거슬린다. 최근 얼마 동안 네게 좋은 일이 많이 일어났구나, 하고 인정해 주는 의미는 아닌 것 같다……. 나를 위해서 조금이라도 행복한 척해 주는 게 그렇게 어려운가? 내 커피는 손도 안 댄 채 남아 있다. 나는 이야기하는 데 정신이 팔려서 마실 생각도 못 했다. 아멜의 침묵에 불편해진 나는 태연한 체하며 한 모금 마신다.

"할 말 없어?"

"너, 이 모든 얘기를 방학 전에 나한테 하나도 안 했구나." 드디어 아멜이 한 마디 내뱉었다.

"알아. 좀 어쩔 줄을 모르고 있었거든, 내가……."

"난 내가 네 절친인 줄 알았는데."

나는 아멜의 눈을 마주 볼 수가 없다. 뭐라고 대답을 해야 할지 모르겠다. 왜 애한테 거짓말을 했는지 모르겠다. 거짓말이 반사작용이 되었다. 내가 소통하는 방식이 되어 버렸다. 어쩌면 계속해서 자기를 속이다 보니 이제 모든 사람을 속이게 되었는지도 모르겠다.

"미안해, 아멜. 너한테 미리 말했어야 했는데 말이야. 그렇지만 나를 위해서 너도 좋지 않아? 나는 드디어 좀 잘……."

아멜은 믿을 수 없다는 듯이, 내가 뭘 모른다는 듯이 내 얼굴을 뜯어본다.

"너를 위해서 좋지 않냐고……? 네가 좀 나아진 거 같아……? 아니, 레아, 너 완전히 정신 나갔어! 운동하지 말았어야지!"

"괜찮아, 나는……."

235

"나는 너 죽는 거 싫다고!"

거의 공격적으로 튀어나온 아멜의 이 말에 짜증을 느끼면서 나는 죽지 않을 거라고 서둘러 대답하다가 아멜의 눈에 눈물이 고인 걸 보고 누그러진다.

"내가 몇 년째 운동을 하고 있는데, 나, 안 죽어, 나는……."

"네가 뭘 알아? 네가 무슨 심장내과 의사냐고! 내가 인터넷 찾아봤다고, 너의 그 마르팡 증후군에 대해서 조사를 해 봤단 말이야."

"마르팡 증후군이 왜 '내' 거야!"

"사람들은 대동맥류 때문에 죽어. 너도 당장 수술받지 않으면 내출혈이 일어나고, 너 죽. 는. 다. 고, 레아. 너, 이게 다 무슨 뜻인지 알기나 해? 네가 죽는다고! 그런데 너는 치료도 안 받고, 의사 말도 안 듣잖아! 너네 엄마가 농구 못 하게 하는 게 너 힘들라고 그러는 거 같아? 너, 미친 거야, 뭐야?"

내가 그 지식과 공격성에 질려서 잠자코 듣고 있는 동안 아멜은 이런 식으로 계속한다. 나는 전혀 모르고 있는 기술적이고 의학적인 디테일들을 십수 가지나 늘어놓기 시작한다. 내가 얘 앞에서 마르팡 증후군에 대해 슬쩍 암시만 해도 우리 반 일등 아멜은 머릿속에 그걸 저장했다가 인터넷을 뒤져서 그 문제에 대한 기사를 전부 다 읽고도 남을 것이다. 오늘 하는 걸 보니, 아멜은 어쩌면 이 주제에 대해서 병원 전문의보다도 더 많은 걸 알고 있을지도 모르겠다.

나의 비밀을 애한테 털어놓은 게 후회된다. 아멜은 테이블 위로 몸을 구부려 두 손을 뻗어 내 손을 꽉 잡는다.

"레아, 다시는 운동 안 한다고 맹세해 줘."

"할 수 없어, 아멜. 멈출 수가 없다고. 농구 아니면 난 아무것도 아니라고!"

"무슨 말도 안 되는 소리야! 나도 있고, 가족도 있고, 니코도 있고, 학교도 있잖아! 끝낸다고 약속해 줘. 난 너 그러고 있는 거 절대 내버려 둘 수 없어……."

아멜의 시선은 너무나도 강렬하고 말투는 너무나도 간절하다……. 하지만 애원 뒤에는 협박이 있다는 느낌이 든다. 아멜은 화가 나서 계속한다.

"그리고 그 남자애, 토니는 더 가관이야. 리암 에두 동생이고 대마초를 판다고. 감옥에 가게 될 건데 그렇게 되면……."

"아냐, 걘 대마초 팔지 않아. 좋은 애야."

"네가 뭘 아는데? 나랑은 사는 세상이 달라. 너는 도저히 이해할 수가 없다고. 걔가 만일 대마초 판다면 너한테 그걸 얘기할 거라고 생각해, 진짜? 걔네 형은 벌써 집행유예 받았어. 그리고 내가 아는데, 토니는 벌써 구류된 적이 있어. 걔가 너한테 그 얘기는 안 했지?"

내 안에서 어렴풋한 화가 올라오는 게 느껴진다. 아멜은 안토니를 공격할 권리가 없다. 오직 소문과 거짓으로만 그를 알고 있을 뿐이다.

"그만해! 그런 사람 아니란 거 내가 안다고!"

화가 나서 뺨이 시뻘겋게 되는 게 느껴진다. 평소에는 너무나도 자신감 넘치는 아멜이 어찌할 바를 모른 채 겁을 먹고 마치 처음 보는 사람인 것처럼 나를 살펴본다. 아멜이 신경질적인 손짓으로 자신의 갈색 곱슬머리를 만지는데 나는 알제리의 태양에 검게 그을린 그 얼굴 위에 나타난 표정을 읽어 내지 못한다. 대화를 좀 가볍게 해 보려고 내가 묻는다.

"알제리는? 네가 상상한 대로였어?"

아멜은 입을 반쯤 벌렸다가 다시 다물면서 결국 너무 낮은 소리로 말해서 잘 들리지가 않는다.

"미안해, 레아, 안 되겠어……. 지금 너랑 얘기를 할 수가 없어, 이 모든 걸 먼저 소화를 해야겠어."

"뭔데, 네가 뭘……."

그러나 아멜은 벌써 일어나서 자켓을 챙겨 입고 가방을 든다.

"아멜, 잠깐만……!"

아멜은 고개를 젓는다.

"레아, 너네 엄마한테 말 안 하면, 내가 가서 다 얘기할 거야. 나는 네가 그렇게 아무 짓이나 하게 내버려 둘 수 없다고. 너, 지금 생명을 위태롭게 하고 있는 거야. 그거 다, 그거 다…… 그냥 멍청한 짓이라고."

그 말을 안 믿으려 하면서도 잔뜩 겁이 난 나는 아멜을 뚫어지게 바라본다. 정말 진지한 얼굴이다.

"너, 진짜 그러면 다시는 나한테 말 걸지 마."

아멜은 가방 끈을 잡고 내게 슬픈 눈길을 던진다.

"그래, 불행해하는 것보다 화내는 게 간단한 거 나도 알아. 하지만 너네 아빠 돌아가신 거 이제 곧 6개월째야, 레아. 6개월간 네가 느끼는 거라고는 한 치의 희망도 없는 시커먼 분노 같은 것뿐이잖

아. 너네 엄마 말이 맞아. 너는 현실을 받아들이지 못하는 거야. 그 심리 상담사를 만나 보는 게 나을 거 같기도 해."

나는 딱 기가 막힌다. 아멜은 안 된다. 아멜이 나를 버릴 수는 없다. 우리 팀에서 내게 남은 단 한 사람이다. 내 손톱이 손바닥을 파고드는 게 느껴진다. 벌써 스무 번은 깨지고 한 번도 수리가 안 되었으면서 사람들, 혹은 인생이 상처를 줄 때마다 마치 새것처럼 또 부서지는 소리를 내는 엉터리 심장이라니 미칠 노릇이다.

그래서 나는 눈 하나 깜빡하지 않고 아멜을 똑바로 쳐다본다.

"있지, 너랑 나, 이제 끝이야. 다시는 네 얘기 듣고 싶지 않아! 너는 진짜 친구가 아니야. 아니면 그렇게 네 판단을 나한테 강요할 수는 없는 거라고, 나머지 다른 것도 다!"

아멜은 얼굴이 이지러지더니 돌아보지도 않고 가 버리고 카페 스트라다의 작은 탁자 앞에는 나 혼자 남는다. 차갑게 식은 커피와 발치에 놓인 모노프리 마켓의 비닐백과 함께. 내가 아멜을 증오하게 되리라고 상상해 본 적은 단 한 번도 없었다.

29

안토니를 만나야겠다. 그와 멀리 떨어져 보낸 시간은 이제 의미가 없다. 나는 일어나자마자 문자를 보내고 곧장 답문이 온다.

토니 농구
네가 원할 때 와.

욕실에 가서 약을 먹는다. 나흘간 계속 먹는 중이다. 먹어 보니 별것도 아니다. 부엌으로 내려가 보니 엄마와 아나이스는 벌써 옷을 다 갈아입고 아침 식탁에 앉아 있다

"엄마, 오늘 일 안 해?" 엄마가 어깨 끈이 달린 여름 원피스를 입고 있는 걸 보고 물었다. 사무실엔 절대 저런 옷을 입고 가지 않을 테니까.

"오늘 아침엔 집에서 일해. 오후에는 아나이스 병원 예약이 있고."

"오늘 우리랑 같이 비샤에 안 갈래?" 아나이스가 묻는다.

언제부터 비샤 클로드 베르나르 병원이 '비샤'가 됐는지 모르겠다. 마치 자기 인생의 일부가 되어 버린 오랜 친구의 이름을 줄여 부르는 느낌이다. 그리고 또 왜 아나이스가 저 불안한 태도로 내게 이런 질문을 하는지 모르겠다. 아나이스가 그러는 게 마음에 걸리지만 그보다는 아멜과의 말다툼과 안토니랑 함께 있고 싶은 마음이 더 중요하다.

"안 돼, 뭐가 좀 있어서…… 미안. 근데 왜 아나이스는 검사를 하고 나는 안 하는 건데?"

엄마는 커피를 한 모금 마시고 신문을 읽다가 고개를 든다. 엄마는 망설이는 듯한 눈길을 아나이스와 주고받고 동생은 보일락 말락 고개를 까딱하는 것 같다. 말없이 주고받는 두 사람의 눈길에 나는 배제된 느낌이 든다.

"나는 심장 초음파 검사를 더 자주 받아야 된대. 비소프로롤 용량이 충분한지 확인해야 해서. 언니는 일 년에 한 번 이상은 필요 없대, 일단은."

나는 '심장 초음파 검사'나 '비소프로롤' 같은 전문 용어가 언제부터 내 동생에게 '소파'나 '호박 그라탕'처럼 자연스러운 게 되었는지 생각한다. 아나이스는 브리오슈에 누텔라를 발라서 한 입 베어 물면서 계속 말한다

"언니는 오로지 농구에만 그렇게 매달려 있으니 마르팡에 대해서 아는 게 없고 매사 뒷북이잖아."

나는 서둘러 아나이스를 내보내려 했지만 동생은 오렌지주스를 다 마시고 화가 나서 쿵쾅거리며 양치하러 간다. 그래, 동생도 화를

낼 권리가 있지, 생각하며 포기한다. 나는 잼 병을 열고 식빵 한쪽을 갖다 댄다. 엄마가 한숨을 쉰다.

"레아, 좀 진지하게 얘기를 해야 될 거 같다……."

"미안한데, 지금은 안 돼. 나는 이미 충분히 문제가 복잡하거든. 인내심의 한계를 실험하지는 말아 줘."

엄마는 신문을 차곡차곡 접어서 내려놓는다.

"네가 병원 엄청 싫어하는 거 알아. 그래도 엄마는 네가 우리랑 같이 가 줬으면 한다. 쟤가 너한테 부탁을 한 건 자기한테 중요한 일이라서 그러는 거야. 그 마르팡 얘기는, 우리 가족의 얘기야. 그러니까 가족끼리 뭉쳐서 맞서야 하는 거야."

나는 잼을 식빵 구석구석 꼼꼼하게 펴 바른다.

"나는 거기 가는 거 못 참겠어."

"아빠 묘지에 가는 거 못 참는 것처럼?"

숟가락이 내 손에서 빠져나가고 나는 그냥 식빵만 내려다보고 있다. 잼을 너무 발랐다. 손에 묻히지 않고 빵을 집어들 수도 없겠다, 멍청하다. 엄마는 야단치지 않고 부드럽게 말했다. 나의 어떤 부분은 엄마가 무슨 상관이냐고 소리소리 지르고 싶고, 또다른 부분은 엄마 어깨에 기대어 울면서 용서를 빌고 싶다.

"그거랑은 달라. 다음번에는 병원에 같이 갈게. 약속해. 근데 오늘은 안 돼." 나는 엄마 눈길을 피하면서 중얼중얼 말한다.

나는 식탁에 잼 바른 식빵을 그대로 두고 나와 버린다. 배가 안 고파졌다.

농구장에 도착하니 안토니는 벌써 와 있다. 연속해서 골을 넣고 있다. 그를 보는 것만으로도 입가에 웃음이 떠오른다. 그가 내게 키스를 하자 덧없는 한순간일망정 다른 아무것도 중요한 게 없다는 느낌이 든다.

"집중력 흐트러 놓을 생각은 안 하는 게 좋아. 알잖아, 어쨌든 내가 이길 거라는 거." 그가 내 입술에 대고 속삭인다.

나는 그를 밀쳐 내고 공을 집어 든다. 너무나도 그에게 얘기를 하고 싶다. 말하지 않는다는 것의 무게가 너무나도 나를 짓눌러서 어떤 때는 가슴께가 아픈 것 같다.

"증명해 보든가!"

나는 화살처럼 재빠르게 드리블하면서 시작한다. 이제 겨우 아침 10시인데도 날씨가 덥다. 평소보다 더 숨이 찬 것 같은 느낌이고 살짝 어지러워 나는 기계적으로 손을 가슴에 갖다 댄다. 가슴이 아프다. 사람들이 쓰는 그런 표현으로 가슴 아픈 게 아니다. 토하고 싶은 것도 아니고 배가 뒤틀리는 것도 아니다. 가슴에 있는 기관이 아프다. 무슨 근육통 같다. 이상하게도 이렇게 심장이라는 게 내 가슴속에 있다는 걸 정확하게 느끼는 건 처음이다. 나는 딱 멈춰 서서 허리를 굽힌다. 안토니가 공을 받더니 내가 따라오지 않는 걸 알고 몇 미터 앞에서 멈춘다.

"괜찮아?"

숨을 깊이 들이마신다, 통증이 좀 가라앉는 것 같다.

"응, 응!"

나는 다시 달린다. 이 모든 건 그냥 머릿속의 일이다. 1분도 채 되지 않아서 같은 통증이 더 심하게, 좀더 정확한 위치에서 온다. 이번에는 공을 놓친다.

"몸이 안 좋은 거 같아."

내 안에서 뭔가 폭발하는 것 같다. 아빠도 농구장에서 쓰러졌다. 나한테도 그런 일이 일어날 수 있다는 그 모든 얘기들을 한 번도 진지하게 받아들인 적이 없는데 처음으로 의심이 생긴다. 나는 대동맥 파열이 일어나서 피가 흐르고 몸 안에 점점 가득 차서 마침내 죽어 버리는 상상을 한다.

"헤이, 레아, 괜찮아? 너 떨고 있어……."

나는 고개를 끄덕인다. 안토니가 내 어깨에 손을 얹는다. 목소리에는 근심이 묻어 있다. 나는 뭐라고 대답해야 할지 모른다. 뭘 봐도 괜찮지 않다. 하지만 나는 그에게 운동하면 안 된다고 말할 수가 없다. 아니면 그도 남들처럼 할 것이다. 다시는 나랑 운동을 하지 않을 것이다. 그에게 설명할 수 없다. 아빠가 죽었다고 말할 수 없다. 몇 주씩이나 현재형으로 아빠 얘기를 하고 있으니까. 지금 내가 사실대로 말한다면 그는 나를 미친 애 취급할 거다. 유령과 이야기를 하는 정신이 나간 애, 좀 낫게 봐 줘도 허언증 환자 정도로 볼 것이다. 하지만 누군가 나를 병원에 데리고 가야 한다. 숨을 쉴 수가 없다.

"나, 가야 될 거 같아."

"기다려!"

그가 내 팔을 잡자 나는 거칠게 뿌리친다.

"안 돼, 내버려 둬!"

내가 얼마나 심하게 밀쳤는지 그의 얼굴에 경악스러운 표정이 나타난다. 나는 두 손이 벌벌 떨리고 숨이 가쁘다. 이마는 땀범벅이고 현기증이 난다.

"레아, 설명을 해 봐."

"못 해, 나 좀 내버려 두라고!"

철책 문을 닫고 나오면서 나는 그에게 한마디 던진다.

"나를 따라오면 안 돼."

나는 있는 힘을 다해서 달리지만 몸이 따라 주지 않는다. 30미터 나 갔을까, 고통이 너무나 심해져서 멈춰야 한다. 너무 숨이 차서 벽에 기대어 미끄러져 내린다. 푸른 머리 여자애가 그려진 그 벽에. 나는 여기서 죽는 건가? 싫다. 핸드폰을 꺼내서 전화를 건다. 숨이 너무나 가빠서 겨우겨우 수화기에 대고 헐떡거린다.

"엄마? 나 데리러 와 줘. 뭐가 잘못되었나 봐. 숨을 쉴 수가 없어."

30

심장 전문의가 대기실로 나를 데리러 온다. 엄마가 따라오려고 일어난다. 엄마는 15분도 채 걸리지 않아서 발 플뢰리에 나를 데리러 왔고 그때부터 지금까지 단 한 마디도 하지 않고 있다.

나는 말을 잘 잇지 못했다.

"가슴이 아파……."

엄마는 문자 그대로 나를 자동차에 처넣고 '분노의 질주' 모드로 들어갔다. 응급 차선으로 들어가 비샤까지 시속 160킬로로 달렸다. 내가 운동복을 입고 있는 것에 대해서 한 마디도 하지 않았다. 고통이 멈췄다고, 괜히 겁먹었던 것 같다고 말해 봤자 소용이 없었고 병원 6층까지 나를 끌고 올라가서 안내 데스크에 대고 내가 대동맥 파열이 일어나고 있는 중이니 지금 당장 응급으로 검사를 하지 않으면 안 된다고 소리소리 질러 댔다. 모두 너무 놀라서 미친 듯이 움직였다. 이제 안 아프다고 설명하려 했지만 나는 곧장 검사실로 옮겨졌다.

의사는 진료실 문을 닫고 들어와 우리에게 자기 의자 앞에 놓인

자리를 가리켰다. 그러고는 엄마 쪽을 보고 부드럽게 말했다.

"대동맥 파열의 경우는 고통이 극도로 심해서 저절로 가라앉지 않습니다. 일반적으로 환자는 움직일 수 있는 상태가 아니며 구토가 일어날 수도 있습니다."

엄마는 고개를 끄덕이고 의사는 말을 이어 나갔다.

"따님들 중에 누구라도 이런 증세를 보이면 바로 구급차를 부르고 마르팡 증후군이라는 걸 알려야 합니다. 그러면 구급대가 바로 응급실로 데려다줄 겁니다. 어머니께서 직접 데리고 오시면 안 됩니다. 그런 상황에서는 분초를 다퉈야 합니다."

엄마는 창백한 얼굴로, 잘못하다가 걸린 초등학생처럼 고개를 끄덕이면서 가방 끈을 만지작거리고 나는 완전히 죄책감에 사로잡혀서 끼어들려고 시도를 한다.

"제 잘못이에요……. 제가 너무 놀라서, 그런 줄……."

"통증에 대해서 얘기를 한 건 잘한 거예요, 레아. 조금이라도 의심 증상이 있으면 진료를 받는 게 항상 옳아요. 그런데 그런 증상이 나타날 때 뭘 하고 있었죠?"

나는 입술을 깨물었지만 결국 대답했다.

"농구하고 있었어요."

"그러니까, 계속 농구를 정기적으로 했다는 건가요?"

나는 침을 삼킨다. 엄마 쪽을 보니 내 옆 의자에 꼼짝도 안 하고 앉아 있다. 물론 엄마를 내보내 달라고 요청할 수 있을 것이다. 의료 비밀이라는 게 있으니까 엄마도 어쩔 수 없을 것이다. 하지만 지금 내가 혼자 있게 해 달라고 하면 엄마는 그 이유를 알게 될 것이다.

"매주요, 음, 휴가 갔을 때는 안 했고요."

"그런데 이런 통증을 느낀 건 처음이고?"

"네."

의사는 안경을 내리고 내 서류를 훑어본다.

"베타선 차단제는 언제부터 복용하기 시작했죠?"

내가 대답을 하지 못하자 엄마가 목이 쉰 소리로 내 대신 대답을 한다.

"지난 5월부터요."

의사는 믿을 수 없다는 듯이 눈썹을 찌푸리며 나를 쳐다본다.

"레아?"

사라져 버리고 싶다. 나는 손톱을 내려다본다. 농구 때문에 항상 짧게 깎아 왔다. 선택의 여지가 없었다. 전에는 손톱이 항상 단정하고 깨끗했다. 이제는 내가 하루 종일 물어뜯는 바람에 손톱 주변에 피가 맺혀 있다. 이런 건 처음부터 신중하게 다뤘어야 했다. 이게 그냥 '이런 거'는 아니니까.

"이제 시작했어요."

나는 차마 눈을 들지 못한다. 엄마가 숨 막히는 소리를 내는 게 들린다. 엄마 눈길을 받아 낼 수가 없다. 의사는 엄마와 나의 대답이 일치하지 않는 것에 대해서 아무 언급이 없이 말을 이어 나간다.

"이제 이해가 가네요. 레아, 베타선 차단제가 어떤 역할을 하는지 알고 있나요? 그 약은 심장이 너무 빨리 뛰는 걸 방해하는 거예요. 심장을 아껴 쓰게 하는 거죠. 농구를 하든, 아니면 심장 리듬이 갑자기 빨라지게 만드는 어떤 운동을 하든, 아니면 버스를 타러 갑자기 급하게 뛰어가든, 서서히 준비하지 않고 갑자기 격렬하게 춤을 추든지 그러면 심장이 빨리 뛰기 위해서 투쟁을 벌이는데 베타선 차단제가 그걸 못 하게 해요. 가슴에 통증이 일어난 건 그 때문이에요. 통증이 시작될 때 현기증이 날 수도 있고 힘이 풀어질 수도 있는데 그런 건 부차적인 증상에 속하죠. 그러면 균형을 잃게 될 수 있고 아마 그래서 공포가 밀려왔을 텐데, 사실 이 증상 자체는 위험한 건 아니에요."

"알겠습니다……." 나는 기어 들어가는 소리로 대답한다.

"그렇지만 농구는, 전에도 말했듯이, 위험해요. 정확히 말해서 농구는 계속해서 심장이 속도를 높였다가 낮췄다가 하도록 만들기 때문에, 그리고 쇼크의 위험이 너무 많기 때문이죠."

엄마가 무슨 말이든 했으면 좋겠다. 나한테 소리 지르고 화를 내든지 아니면 따귀라도 때리든지. 하지만 엄마는 완전히 넋이 나가 있는 것 같아 보인다.

"해도 되는 운동도 있어요. 심장에 규칙적이고 점진적인 노력을 요구하는, 너무 힘들이지 않고 지구력을 요하는 운동 같은 것들. 하지만 농구는 정말 그만둬야 해요."

나는 대답을 하지 않는다. 엄마의 침묵이 나를 완전히 마비시켜 버린다.

"둘째 따님은 오늘 오후 마취과 마르텡 선생님과 예약이 있는 거 맞죠?"

"네."

이렇게 상담을 끝내는 의사의 얼굴에 예의 그 너그러운 미소가 나타나자 나는 그 사람이 너무 미워졌다. 왜냐하면 우리 엄마의 스트레스를 감지했을 테니, 안심을 좀 시켜 주고 나로서는 불가능한 위로를 해 줄 수도 있었을 텐데 하지 않았기 때문이다.

엄마는 들릴락 말락 감사 인사를 하고 일어선다. 마치 나는 존재하지 않는 것처럼 문 쪽으로 걸어간다. 나는 엄마 바로 뒤를 기계적으로 따른다. 엄마는 복도를 지나서 다시 안내 데스크 앞을 거쳐간다. 못마땅하게 쳐다보는 직원들의 시선엔 관심도 없다. "여긴 진짜로 문제 있는 사람들이 오는 병원인데 응대하는 직원의 시간을 낭비하게 만드는 건 무책임한 행동이라고." 하고 투덜거리는 간호사의 말소리가 들린다. 엘리베이터 앞에 도착하자 엄마는 핸드폰을 꺼낸다. 여전히 나는 없는 사람 취급이다. 나는 엄마가 눈을 감고 숨을 깊이 들이마시는 걸 본다. 핸드폰에 대고 드디어 말을 하는데, 창백한 얼굴과는 달리 목소리는 차분하다.

"우리 딸, 엄마가 미안해. 언니를 비샤에 데리고 와야 했거든. 다시 너 데리러 가면 예약 시간에 늦을지도 모르는데 우버 예약해 줄 테니, 여기 와서 우리랑 만날까? 응응, 걱정 마, 괜찮아. 별일 없어."

핸드폰 속 아나이스가 대답하는 소리는 들리지 않는다. 이것도 내 잘못이다. 동생은 나 때문에 이 먼 길을 혼자서 와야 한다. 아나이스의 검사가 나의 이 웃기는 위기 상황보다 더 중대한 것인데도 말이다. 나는 더 이상 존재하지 않는 것 같은 느낌으로 엘리베이터를 타고 엄마를 따라간다. 엄마는 카페테리아에서 내리더니 참치 마요 샌드위치와 콜라를 주문한다. 좀처럼 일어나지 않는 일이다. 엄마는 퀴노아 샐러드와 녹차를 마시는 부류에 속한다.

"뭐 먹을래?"

엄마는 쳐다보지도 않으면서 지치고 허탈한 목소리로 내게 말을 건다. 몇 분 전에 아나이스한테 했던 것처럼 괜찮은 척하는 수고를 하지 않는다. 나는 고개를 젓는다.

"배 안 고파."

목구멍이 꽉 막힌 느낌이다. 갑자기 후회가 된다. 내 모든 거짓말, 엄마의 걱정, 우리의 말다툼들. 엄마가 내게 욕조차 하지 않으려는 게 이해가 간다. 이보다 나쁠 수는 없다. 이제 엄마까지 나를 포기하면 내게는 아무도 남지 않는다.

우리는 마주 앉는다. 카페테리아의 와글거리는 분위기 속의 좀비 둘. 가운을 입은 의사들과 휠체어에 앉은 남자의 식사를 돕는 젊은 여자 사이. 그 남자는 호흡 보조 장치와 코에 연결된 튜브를 끼고 있다. 소름이 끼친다.

"엄마, 미안해."

엄마는 반응이 없고 나는 엄마가 내 말을 들었는지 모르겠다고 생각한다. 엄마는 눈을 감으면서 콜라를 여러 모금 마신다. 엄마는 갑자기 음료수 캔을 플라스틱 쟁반에 쾅 내려놓는다.

"있지, 엄마가 그 문제를 자세히 알아봤어." 드디어 엄마가 입을 연다.

나는 무슨 말인지 몰라서 엄마를 유심히 쳐다본다.

"몇 날 밤을 새면서 찾아봤다고. 네가 생명의 위험을 무릅쓰지 않고 운동을 계속할 수 있는 방법이 있는지 알고 싶어서. 세상에 마르팡 증후군에 걸린 농구 선수가 너 하나는 아니니까."

엄마는 샌드위치를 잘게 뜯는다. 다섯 번 뜯어서 한 번 정도 먹으면서. 참치를 그렇게 싫어하면서 왜 저걸 골랐는지 모르겠다.

"조나단 잔느, 이사이야 오스텡…… 뭐 떠오르는 거 있지? 간단히 말하면, 마르팡 증후군 진단받은 선수들이 있는데 프랑스나 자기 나라에서는 운동 금지 명령을 받았지만 스페인, 중국 같은 외국에 가서 활동을 계속했던 선수들이 있어. 물론 관리 감독하에. 어쨌든 자기 목숨은 자기가 책임지는 거니까……. 그런데 말이지, 마르팡 증후군에 걸린 선수들을 절대 안 받아들이는 데가 있어. 그게 NBA야. 신인 드래프트가 될 뻔하다가 오로지 마르팡 때문에 떨어진 선수들이 있을 정도야."

나는 아연실색한 채 듣고 있다. 엄마 입에서 나온 '신인 드래프트' 낱말 하나만으로 마치 엄마가 갑자기 네덜란드어를 하기 시작한 것처럼 도무지 실제상황 같지가 않다. 엄마가 나를 위해서 그런 일을 할 수 있을 거라고는 단 한 번도 상상해 본 적이 없고 내가 너무나도 바보같이 느껴져서 기계적으로 고개만 끄덕이고 아무런 대답도 할 수가 없다. 엄마는 샌드위치 남은 걸 쟁반 위에 툭 던져 버린다.

"몇 달만 지나면 열일곱 살이니, 레아 너도 거의 어른이 다 된 거야. 넌 이제 아이도 아니고 어쩌면 내가 너를 애처럼 다루는 게 잘못일지도 모르겠다. 엄마는 그냥……(보일락 말락 눈가가 젖고 엄마는 말을 삼킨다) 네가 죽을 수 있다는 생각에…… 아빠처럼…… 글쎄…… 언젠가 아이를 낳으면 네가 이해할지도 모르겠다. 너는 젊고, 똑똑하니까 뭔가를 하려고 결정하면 참을성을 보여 줘야 하고 어른들이랑 해도 보통 수준은 훌쩍 뛰어넘는 훈련을 해야 할 거야. 아빠가,

제대로 된 스포츠가 뭔지는 네게 가르쳤잖니. 이제 네가 어디까지 도달했는지만 보면 돼. 그래, 네가 플랜 B에 만족할 수 있는 부류의 사람이 아니라는 건 엄마도 잘 알아. 하지만 엄마는 말이지, 네가 플랜 B를 정하면 새로운 플랜 A도 찾아낼 수 있을 거라는 확신이 생겼어."

엄마는 잠시 멈추고 한 손을 얼굴로 가져갔다가 나를 쳐다보지 않고 천천히 말을 이어 나갔다. 내뱉는 낱말 하나하나가 자기 손톱 밑을 찌르는 날카로운 바늘인 것처럼.

"이다음에, 만일 농구 없는 인생이 현실적으로 네게 정말 의미가 없는 거라면, 네가 다른 미래를 계획하는 게 진짜로 불가능하다면, 그래서 위험을 감수하고 계속하겠다면…… 어쩌면 엄마가 받아들일 수 있을지도 모르겠다. 하지만 몰래 숨어서, 관리하는 사람도 없이, 약도 안 먹고, 위험한 변두리 구석에 박혀서 혼자서는 아니야. 필요하면 엄마는 모든 경기, 매 훈련마다 너를 따라갈 거고, 혹시 모르니 구급차 번호에 엄지손가락을 대고 있을 거야. 오늘 아침 같은 일을 다시 겪는 것보다는 그게 훨씬 나을 거야……."

엄마는 애원하는 듯한 강렬한 눈빛으로 내 눈을 깊이 들여다보았다. 주머니에서 핸드폰이 울리는 게 느껴진다. 핸드폰을 한 번 쳐다본다.

토니 농구
괜찮아?
내일 만나서 복수전 할까?

"레아, 거짓말은 이제 그만하자. 엄마가 너한테 요구하는 건 그것 뿐이야." 엄마가 말을 맺었다.

나는 주변을 둘러본다. 너무나 익숙한 이 병원, 환자들, 무시하고 싶지만 영원히 존재하게 될 이 현실. 불쑥, 엄마 말이 맞다는 걸 알아차린다. 이렇게 계속할 수는 없는 거다. 그래서 기어 들어가는 소리로 말한다.

"약속할게. 이제 거짓말 안 할게."

그러고 나서 나는 더 이상 생각을 안 하기 위해서 빠르게 손가락을 놀린다.

레아 마르텡
미안. 내일은 안 돼.

31

아나이스가 병원에서 검사하는 동안 나는 대중교통으로 집에 가면서 벤 삼촌에게 전화를 걸어 오늘 오후에 당장 만나서 얘기하고 싶다고 말한다. 삼촌은 내가 전화를 한 것만으로도 기뻐하는 것 같다. 체육관에서 나를 내쫓은 이후로는 내가 한 번도 말을 건 적이 없으니까. 그 일 이후로 열 번도 넘게 전화가 왔지만 나는 한 번도 받지 않았었다.

벤 삼촌은 카페 스트라다에서 만나자고 했다. 삼촌은 쿨해 보이고 싶은 것 같았고 내가 편안하게 느낄 수 있는 익숙한 장소를 찾으려는 것 같았다. 실패다. 카페 스트라다엔 어른이 없다. 그래서 우리가 거기 가는 거다. 선생님들은 그걸 잘 알고 있기 때문에 카페가 교문 바로 앞에 있는데도 절대 발을 들여놓지 않는다.

호기심 어린 눈초리가 나의 대부를 따라온다. 나무꾼처럼 어깨가 떡 벌어진 삼촌은 눈에 안 띄기가 어렵다. 나는 화장실 문과 커다란 화분 사이에 박혀 제일 눈에 덜 띄는 테이블에 앉아서 삼촌에게 손을 들어 신호를 보낸다.

삼촌이 다가와 내 맞은편에 앉으면서 큼직한 스웨터 목 부분의 지퍼를 내린다.

"또 나한테 화내려고?"

벤 삼촌은 말을 빙빙 돌리는 스타일이 아니다. 나는 대답 없이 어깨를 으쓱하고 삼촌은 종업원을 부른다.

"기네스 하나 주세요. 레아, 넌 뭘로 할래?"

카운터 위에 세워 둔 메뉴판에는 계절 시그니처 음료 광고가 있다. 나는 손가락으로 그걸 가리킨다.

"호박 라떼 먹어 볼래요."

종업원이 멀어지자 삼촌이 내 쪽으로 몸을 돌린다.

"나한테 무슨 말 하려고?"

"엄마가 다시 운동해도 된댔어요."

나는 엄마와 나눴던 대화를 빠르게 삼촌에게 설명한다. 듣고 있던 삼촌은 생각하는 듯이 몇 초간 침묵을 지키더니 몸을 앞으로 구부려 내 눈을 깊숙이 들여다본다.

"너 완전 당나귀 고집이구나. 아빠보다 더하네. 엄마는 네가 선택지를 남기지 않으니까 할 수 없이 져 준 거야. 엄마는 네가 숨어서 목숨을 걸고 멍청한 짓거리를 하게 놔두는 것보다 네가 어디에 있는지 아는 게 더 나은 거지. 하지만 나는 거기 합세하지 않을 거니까 꿈도 꾸지 마라. 나는 너를 훈련시키지 않을 거고, 내가 거기서 일하는 한 너는 체육관에 발도 들여놓을 수 없을 거다."

테이블 밑에서 손가락이 굳어지는 게 느껴진다.

"아빠를 위해서라도 나를 도와주면 안 돼요?"

"레아, 나는 널 돕는 일만 하고 있는 거야, 너네 아빠를 위해서! 도대체 넌 무슨 생각을 하는 건데? 아빠라면 네가 운동하게 내버려 뒀을 거 같니?"

"당연하죠! 아빠랑 나랑 우리 둘의 꿈이었다고요! 내가 계속할 수 있도록 아빠는 뭐든지 했을 거예요!"

벤 삼촌은 감동과 짜증 사이에 내밀려서 고개를 젓는다.

"딱 한 번만, 말 끊지 말고 내 얘기 듣는다, 오케이?"

화가 너무 나서 나는 대답하지 않는다. 종업원이 우리가 주문한 걸 가지고 온다. 그녀는 내 앞에 살짝 오렌지 빛이 도는 카페라테 컵을 내려놓는다. 생크림 위에는 얼음사탕 조각이 뿌려져 있고, 곁들일 비스킷도 나왔다.

"불편하게 생겼네. 그런 건 어떻게 먹는 건지도 모르겠다." 벤 삼촌이 투덜거린다.

나는 계피 맛 가을 냄새가 나는 생크림에 입술을 갖다 댄다. 달콤하다. 삼촌이 다시 시작한다.

"너는 우리 선수 중에 최고야. 우리 선수라는 건 물론 남자 선수 포함해서 너네 아빠랑 내가 훈련시킨 모든 선수들을 말하는 거고. 너는 우리에게 행운이었어. 너로 인해서 우리 클럽은 한 사람을 아주 높은 수준까지 올려놓을 수 있고 WNBA에도 보낼 수 있다는 희망을 가졌지. 그건 너만의 개인적인 목표가 아니라 우리 팀의 야망이었다고. 네가 특별한 재능을 타고 난 건지, 너네 아빠가 여섯 달 애기 때부터 네 손에 공을 쥐어 줬기 때문인지 모르겠지만 너는 노든 코치가 기르고 싶어 하는 선수야. 나이 든 나랑 너네 아빠가 네 코치였기 때문에 하는 말은 아니다. 어쨌든 너처럼 뛰어난 선수는 일생에 두 번 만나기 어려워. 넌 아마 목표에 도달할 수 있었을 거야. 맞아. 그랬을 거야."

"도달할 거예요."

"넌 아무것도 몰라. 알에서 깨어나기도 전에 망가져 버린 경력이 얼마나 많은데. 너 혼자만 이런 게 아니라고, 레아. 문제는 성공한 사람들만 눈에 띈다는 거야. 정상에 올라갈 수 있는 기회가 되는 경기 전날에 부상당했던 선수들, 운 나쁘게도 경기가 있는 날 무슨 일이 생겼던 선수들 얘기는 절대로 하지 않는다는 거야. 레아, 내가 아는 건, 나는 단 한 점의 의심도 하지 않아. 내 말 잘 들어 봐. 너네 아빠는 농구가 네 건강에 위험할 수 있다는 걸 알았다면 바로 그 순간부터 네가 운동장에 발을 들여놓는 걸 절대 내버려 두지 않았을 거야. 너보다도 너네 아빠 가슴이 더 찢어졌을 거고 그 꿈을 위해서 네가 생명의 위험을 무릅쓴다고 하면 다리를 부러뜨려서라도 막았을 거다. 이렇게 말해도 네가 그건 아니라고 생각한다면 너는 아무것도 모르는 거야, 정말 아무것도."

나는 사브레 비스킷을 집어 생크림에 적셔 먹으면서 설탕이 혓바닥 위에서 녹는 걸 느낀다.

"나를 훈련시켜 줄 사람을 찾아야겠어요."

벤 삼촌은 눈썹을 찌푸리고 맥주를 한 모금 마신다.

"그러든지. 어쨌든 나는 너한테 무슨 일이 일어나도 책임 안 질 거다. 있지, 사실 어떤 나라에서는 너 같은 애도 뛰게 할 수 있어.

어쩌다 팀 선수 중 한 명이 발을 삐면 시즌에 한 번, 3분쯤 뛸 수 있기를 기다리느라 인생을 낭비하게 할 수도 있지. 근데 내가 잘못 안 게 아니라면 그게 네 꿈, 네가 가진 야망에 부합하는 건 아니지 않니. 그게 너네 아빠가 너를 위해서 꿈꿨던 건 아니라는 말은 해 두자. 그리고 미국이나 프랑스에서는 너한테 운동해도 된다는 진단서를 써 줄 의사가 하나도 없을 거야. 네가 갈 수 있는 대부분의 나라에서는 경기에 참여할 수 없을 거야. 왜지 알아? 네 목숨이 그 나머지 모든 것보다 중요하기 때문이지. 너네 아빠가 운동장에서 쓰러졌을 때 나는 거기 있었어. 어떤 꿈도 그런 위험 부담을 정당화할 수는 없는 거야!"

"삼촌은 몰라요. 나는 다른 선택권이 없다고요!"

"아니, 있어. 현실을 인정할 선택권이 있지. 너한테 농구는 끝났어. 그걸 받아들이는 게 네게 남은 유일한 길이야. 거지 같고 불공평하고 말도 안 되고 엉망진창이지. 그래, 하고 싶은 말 다 해도 돼……. 너는 내 경력의 가장 큰 회한이고 앞으로도 그럴 거야. 하지만 너는 아직 어리잖니. 네 앞에 인생이 있어. 넌 똑똑하고, 자발적이고, 어려움을 잘 헤쳐 나가는 능력이 있어. 뭐든지 다 할 수 있다고! 네가 지금까지 해 온 모든 일은 놀라운 경험이야, 최고의 수업이라고. 네가 농구에 쏟아부을 수 있었던 노력과 다짐의 수준을 네가 언젠가 다른 데 쏟아붓기로 결정한다면 너는 분명히 성공할 거야. 하지만 결정을 해야 해, 레아. 아빠가 너한테 그런 말을 얼마나 많이 해 줬니. 인생은 투쟁이다, 하지만 네가 선택했던 투쟁은 일찌감치 패배로 끝나 버린 거야."

벤 삼촌은 내가 어떤 주장을 해도 들을 생각이 없었다. 대화를 끝내 버리기 위해서 나는 급한 약속이 있다고 핑계를 댔다. 화가 머리끝까지 난 나는 집으로 돌아와 현관문을 쾅 닫아 버린다. 도대체 어째서 어른들은 항상 내 대신 모든 걸 결정하려고 하는 거지? 오늘의 유일한 즐거움이 될 안토니와 통화를 하기 위해 허겁지겁 이층 내 방으로 올라가려는데 엄마가 병원에서 돌아와 낮은 탁자에 와인을 한 잔 놓고 소파에 앉아 있는 게 보인다. 자켓도 구두도 벗지 않은 채 한 곳만 뚫어지게 쳐다보고 있다. 내가 들어온 것도 모르는 눈치다.

"엄마."

대답이 없어서 나는 천천히 엄마 곁으로 다가간다. 말없이 나는 소파에, 엄마 옆에 앉는다. 엄마 팔에 어색하게 손을 얹는다.

"괜찮아?"

엄마가 고개를 든다. 눈이 발갛게 충혈되고 마스카라가 눈썹 밑으로 번졌다. 아주 잠깐, 나는 혹시 나 때문인가 생각했지만, 이상하게도, 그건 아니라고 믿는다.

"레아, 얘기 좀 해야겠다." 엄마가 기운이 하나도 없는 목소리로 말했다.

나는 눈썹을 찌푸린다. 일부러 감춰 왔던 무언가가 올라왔고 공포감이 느껴지면서 얼음 망토가 내 몸을 감싸는 느낌이 들었다.

"엄마, 아나이스는 마취과 예약을 왜 한 거야?"

32

아나이스는 내일 입원을 해서 모레 수술을 한다. 대동맥이 너무 부풀어서 금이 가거나 아빠처럼 터져서 내출혈이 일어날 수 있다고 한다. 엄마는 너무 혼란스러운 상태여서 내게 더 이상 자세하게 설명할 수 있는 상황이 아니다. 그래서 나는 아마도 오래전부터 했어야 할 일을 하기로 했다. 컴퓨터 앞에 앉아서 숨을 깊이 들이쉬고 내게는 현실보다도 더 겁을 주는 이 불가사의한 낱말을 검색했다. 마르팡 증후군.

몇 시간이고 앉아서 읽었다.

아나이스는 내일 저녁에 입원한다.

가슴을 열게 될 것이다.

흉골뼈를 잘라내고,

' 벽장 문 두 짝을 열듯이 갈비뼈를 벌려서,

몸에서 심장을 꺼내서 두 시간 동안 기계에 연결하고,

대동맥의 일부를 인공 튜브로 바꿔 넣고,

심장을 다시 집어넣고,

갈비뼈를 닫고,

흉골뼈를 연결하고,

다시 꿰맬 것이다.

마지막 단계까지 모두 잘 진행된다면. 이런 수술의 성공률은 환자의 나이와 건강 상태에 따라 다르다고 기사는 밝히고 있다. 그러므로 실패하면 다시 말해서 피바다 속에 끝나고, 정육점 도마 위의 고깃덩어리처럼 수술대 위에서 가슴이 열린 채 죽을 수도 있는 거다.

그리고 잘 진행된다고 해도 오랜 시간 수술을 해야 하고 적어도 보름은 입원을 해야 하고 수개월간의 회복기를 거쳐야 한다. 여러 달 동안 웃을 때마다 통증을 느낄 것이다.

나는 약간 얼이 빠진 채 화면을 뚫어지게 쳐다보면서 수술복을 입고 마스크를 쓴 채 열어 놓은 몸 위로 고개를 숙이고 있는 의사들의 얼굴과 피와 수술 장갑 사진들을 기계적으로 클릭한다. 머릿속에선 너무 많은 생각들이 몰아쳐서 어지럽다. 구토가 올라오는 것 같다. 그런데 잠든 환자들의 몸에 잔뜩 연결된 구불구불하고 뒤섞인 이 모든 관들을 보니 아르카숑의 부엌 식탁에 놓여 있던 할머니의 스파게티가 생각난다. 이게 인생이 끌고 가는 우리의 스파게티-운명이다. 어쩌면 아나이스는 아빠보다 더 일찍 생명 줄이 딱 끊겨져 버릴 수도 있었다. 이제 그런 위험을 안고 수술대 위에 의식 없는 채로 누워 있어야 하는 게 개의 운명이다. 우리 가족도 숫자가 반으로 줄어 영원히 파괴될 운명인지 모른다. 그냥, 불이 펄펄 끓는 냄비 속처럼 우주의 대혼란 속에서 모든 게 논리도, 질서도, 무엇보다도 최소한의 의미도 없이 마구 섞이고 얽힐 뿐이다.

"언니, 뭐 해?"

깜짝 놀라서 뒤를 돌아보니 동생이 바로 등 뒤에 와 있다. 나는 공포에 사로잡혀서, 열었던 창을 모두 닫는다. 이 아이는 이런 걸 보면 안 된다, 알면 안된다. 그러다가 정신이 든다. 어쩌면 얘는 이미 다 보고, 다 읽고, 그 이상을 공부했을지도 모른다. 우리 가족 중에서 눈을 가리고 있는 건 나밖에 없다. 나는 내가 듣기에도 어색한 목소리로 대답한다.

"아무것도 아니야. 학교 숙제 때문에."

동생은 두꺼운 안경알 뒤에서 눈을 위쪽으로 치켜뜨더니 다시 내 모니터를 봤다.

"너무 일찍 좋아할 거 없어. 나 아직 안 죽었어."

아나이스가 발걸음을 돌려 복도 쪽으로 나가는 뒤에 대고 나는 냅다 소리를 지른다.

"나는 너 죽는 거 싫어!"

저절로 튀어나온 말이다. 저번에 싸울 때 아멜이 뱉어 냈던 것과 똑같은 낱말들이다. 내가 모르고 있었던 너무나 당연한 사실, 가슴에서 터져 나오는 말. 하지만 나는 동생에게 이걸 이해시킬 필요가 있다. 왜냐하면 난 이미 동생에게 태어나지 않았으면 좋았을 거라거나 남자애였으면 나았을 거라거나 동생이 내 인생을 망치고 있다거나 어쩌면 입양된 건지도 모른다고 소리소리 지르며 화를 낸 적이 있으니까……

하지만 나는 결코 동생이 죽을 수 있다는 가능성은 생각해 본 적이 없다. 동생이란 건 원래 죽지 않는다. 그럴 리 없다. 달리 보면, 나는 아빠가 죽을 수 있다는 생각 역시 한 번도 해 본 적이 없다. 그랬는데 지금 이렇다.

대답도 안 하고 아나이스는 자기 방에 들어가서 분홍색 이불 위에 벌러덩 눕는다. 침대맡 탁자에서 책을 집어 든다. 나는 아무 말 못 하고 문가에 서 있는다. 물어볼 게 너무 많아서 무슨 말부터 해야 할지 모르겠다. 동생은 과장되게 한숨을 쉬더니 방금 펼쳐 든 책을 탁 덮는다.

"지금 수술하는 게 낫대. 그게 가장 덜 위험한 거래. 의사 선생님이 다 설명해 줬어."

"그럼 학교는 어떻게 할 건데?"

"1월에 다시 시작할 거야, 충분히 회복되고 나서."

"무슨 다른 수가 있을 거야. 어떻게 그렇게 단번에 결정을 할 수가 있어. 이틀 후에 수술을 한다니, 너무 빠르잖아……."

동생은 어쩌면 저렇게 차분한지 모르겠다. 나는 미칠 것 같은데 말이다. 호흡을 가다듬은 다음 마음을 가라앉히고 생각을 해야 한다. 못 하겠다. 손이 땀에 젖어 차가워지고 숨이 빨라진다. 얼굴에 놀라움이 스쳐 지나가더니 아나이스는 천천히 몸을 일으켜 침대 위에 앉은 채 이야기를 시작한다. 마치 내가 살짝 명청해서 똑같은 얘기를 여러 번 설명해 줘야 한다는 듯이.

"언니 진짜 너무해. 단번에 결정을 한 게 아니야. 첫 번째 진료 때부터 수술 얘기가 나왔었고 날짜는 6월에 결정했어."

나는 할 말을 잊고 입만 좀 벌리고 있다.

"그런데…… 그런데…… 왜 아무도 나한테 말을 안 한 거야?"

아나이스의 목소리에 분노가 어린다.

"처음에는 엄마가 언니 힘들까 봐 그러자고 했는데 언니 상태가 도대체 좋아지지 않으니까 나는 말하고 싶지 않았어."

"내 상태? 무슨 상태? 내가…… 뭐? 말을 했어야지, 내가 도와줄 수도 있었잖아, 내가……."

나는 말을 하다 말고 한 손을 이마에 갖다 댄다. 이건 아니다, 나쁜 꿈일 거다.

"됐어. 영화 그만 찍어. 언니한테만 드라마가 있는 게 아니라고. 언니 문제, 언니 농구, 언니 진로. 그래, 아빠가 언니한테만 몰입하고 있던 몇 년 동안 나는 어디 있었던 거 같아? 난 엄마가 언니한테 말했으면 했어. 언니는 신경 안 쓸 테니까, 원래 자기밖에 모르니까. 그래서 아마 언니가 관심 받을 방법을 또다시 찾아냈을지도 모르니까. 자, 봐. 이게 현실이야. 언니가 나한테 진짜 관심이 있었으면 왜 내 베타선 차단제 용량이 언니보다 4배나 높은지 궁금했을 거고 나랑 병원에 같이 갔을 거고, 이해를 하려고 애를 썼을 거라고. 그런데 언니는 알고 싶어 했던 적이 없잖아. 오로지 농구만 중요하잖아! 농구, 농구 농구! 나머지는 아무것도 상관을 안 하잖아. 나도, 엄마도. 심지어 언니는 아빠 묘지에도 안 가잖아. 얘기 나온 김에 말해 두는데, 이따 저녁에 엄마한테 화내는 거 안 하면 좋겠어, 한 번만이라도. 왜냐면 당장 할 게 많거든. 언니 멍청하게 구는 것까지 봐줄 수가 없다고!"

나는 망연자실한 채 동생에게서 눈을 떼지 못한다. 이 아이의 말한 마디 한 마디가 가슴을 세게 때리는 공 같다. 대꾸할 말이 없다. 동생 말이 맞다. 전부 다 맞다. 아나이스는 수술을 받을 거다. 병원에서 몇 주를 보낼 거다. 여름이 오기 전부터 모두가 다 알던 사실이다. 나만 빼고 모두 다. 동생이 내게 말하지 말라고 했기 때문에. 나는 한 팀이 아니니까, 내가 너무 혼자 뛰니까, 너무 나만 생각하니까. 나는 완벽하게 배제되었던 거다. 내가 조금 일찍 알았다면, 동생이 나를 믿었다면…… 내가 뭘 할 수 있었을지 모르겠다, 그렇지만 적어도 뭔가 시도해 볼 수는 있었을 것이다.

"미안해, 너무 미안해……." 나는 떠듬떠듬 말했다.

안경알 뒤로 아나이스의 눈이 동그래졌다. 동생은 사과를 기대하지 않았던 모양이다. 내가 심각하게 당황한 기색을 보이자 동생은 한참 말없이 있다가 지친 목소리로 이렇게 말했다.

"그런 거지 뭐. 근데 의사 선생님 진짜 좋아. 엄마가 전부 다 확인했어. 확실히 능력 있는 의사를 찾으려고 여러 군데 예약했었거든. 이 수술 많이 하는 사람이래."

동생 목소리에 담긴 허탈함 때문일까, 너무 어른 같은 이 아이의 말과 침대 위에 붙여 놓은 셀레나 고메즈의 포스터가 안 어울려서일까, 나는 무슨 전기 충격이라도 받은 느낌이다. 안심이든 위로든 내가 아나이스에게 받을 일은 아니다. 내가 동생을 지지해 줘야 한다, 나는 이 아이 언니다. 동생을 더 걱정시키는 대신에 힘을 주어야 한다. 충동적으로 나는 침대로 가서 동생 곁에 앉아 손을 잡는다. 동생은 마치 내가 하프를 꺼내서 일본 노래를 연주하기라도 한 듯 깜짝 놀란다.

"알았어……. 네 말이 맞아. 지금은 힘든, 너무너무 힘든 시간이지만 다 지나갈 거야. 나중에, 심장이 다 낫고 나면 아빠한테 일어났던 일이 너한테는 이제 안 일어날 거라고 안심할 수 있게 될 거야."

"맞아, 그럴 거야……."

"그리고 6개월 학교 빠지고 넘어가는 거…… 그건 완전 꿀인데!"

동생은 어깨를 으쓱한다.

"난, 학교 좋아……. 그런데 한참 결석을 하고 가면 성적도 엉망일 테고 공부 못하는 애 되면 너무 힘들 거 같아. 난 그런 건 익숙지가 않아."

보통 때 같으면 나는 아마도 저런 말은 꼬아서 들었을 거다, "나는 언니랑 달라서 공부 못하는 애 되는 게 익숙지 않거든"이라고 말이다. 그런데 이번엔 동생 말의 진짜 뜻을 알아듣는다. 동생은 무서운 거다. 항상 일등이고 모범생이고 안경 끼고 맨 앞줄에 앉아서 선생님이 질문할 때마다 가늘고 긴 팔을 들어올리는 아나이스는 학교로 되돌아갔을 때 열등생이 되는 게 무서운 거다. 세상이 뒤집어지는 느낌이겠지.

"전문가 말이니 믿고 들어 봐. 공부를 못하게 되려면 6개월보다 더 오래 공부를 하나도 안 해야 돼. 모든 과목에서 중간 이하를 받으려면 넌 모르겠지만, 몇 년쯤 걸려. 겨우 그 정도로 나처럼 될 수 있다고 생각하면 오산이라고!"

아나이스가 살짝 웃는다. 내 손에 잡혀 있는 손가락에 긴장이 살짝 풀어지는 것도 같다.

"아나이스?"

"응."

"나 내일 병원에 갈 거야. 앞으로도 매일 갈게. 수업한 거 가져다 줄게. 제시카한테 필기 노트 빌려다가 복사해서 갖다주고, 네가 해 달라는 거 다 해 줄게. 회복기 내내 옆에 있어 줄게. 지금까지는 내가 언니 같지도 않았겠지만 이젠 아니야. 잘못한 거 다 따라잡아야지. 약속할게."

33

토니 농구

에어 레아, 내일 만날까?
애들 다 모였어.
좀 일찍 만나서
3시에 농구하러 같이 갈까?

레아 마르텡

미안해, 난 못 가.
내일도, 모레도 안 돼.
안녕.

토니 농구

너 괜찮아?

레아 마르텡

응, 왜?

토니 농구

지난번부터 느낀 건데
네가 날 피하는 거 같아…

레아 마르텡

아니야, 집안 일이야.
미안한데, 시간이 없어.
이번 주에는.

토니 농구

얘기하고 싶으면
전화해도 돼.
뽀뽀

레아 마르텡

걱정 안 해도 돼.
다 괜찮아.
뽀뽀

34

어제, 엄마는 아나이스 입원실 간이침대에서 잤다. 내가 집에 가지 않겠다고 하자 엄마는 근처 호텔 방을 예약해 주었다. 나는 동생이 수술실로 들어가기 전에 뽀뽀를 해 주려고 7시가 되기 전에 비샤에 도착한다. 밤새 잠을 자지 못했다. 병실에 들어가서 엄마 얼굴을 보니 엄마도 그런 모양이었다.

아나이스는 약간 창백한 얼굴로, 입원을 앞두고 창고에서 꺼내 온 애착 인형인 색 바랜 분홍 토끼의 귀를 잡아당기고 있다. 동생은 배가 고픈데 아무것도 먹으면 안 된다며 투덜거린다. 수술 전에는 금식을 해야 한다. 간호사가 빼꼼 들여다본다.

"20분 후에 데리러 와도 되죠?"

"네, 그러세요." 엄마가 쉰 목소리로 대답한다.

20분이 200년은 되는 것처럼 느껴진다. 나의 일부는 앞으로 다가올 24시간이 휙 지나가도록 '빨리 감기' 버튼을 누르고 싶다. 그러나 또다른 일부는 20분이 영원히 흐르지 않았으면 좋겠다고 생각한다.

이 뒤에 우리를 기다리고 있는 건 더 나쁜 일일 테니까. 내가 같이 있겠다고 했을 때 엄마가 설명해 줬다. 아무 소식도 못 듣고 여덟아홉 시간은 기다려야 하고 그동안 우리가 할 수 있는 거라고는 복잡한 상황이 안 생기기를, 아나이스가 계속 숨을 쉬기를 바라는 것뿐이라고.

절제력이 강한 엄마는 아나이스를 끌어안고, 정말 용감하다고, 다 잘될 거라고 말해 준다. 엄마는 신경이 곤두서서 동생을 안아 준 것일 텐데도 무척 차분해 보인다. 엄마는 동생의 머리카락을, 뺨을, 손을 어루만진다. 아나이스가 나중에는 너무 만지작거린다고 짜증을 내며 엄마를 밀쳐 낼 정도로.

"됐어, 엄마. 좀 이따 볼 건데 뭐."

엄마는 굳은 얼굴에 웃음을 띠며 고개를 끄덕인다. 반사적으로 다시 아나이스의 머리를 만지고 싶지만 참고 있는 게 보인다.

나는 분위기를 좀 가볍게 해 볼까 하고 제안한다.

"좋은 생각이 있어. 너, 수술 후에 먹고 싶은 거 목록을 만들어 보자. 병원 음식 진짜 별로인 거 같더라."

"좋아……."

무뚝뚝한 목소리로 아나이스는 내가 가져다줘야 하는 걸 전부 나열하기 시작한다. 소시지, M&M 초콜릿, 오랑지나, 체리 그리고 온갖 종류의 말도 못하게 자세한 사탕 이름들, 책, 밀크 초코 에콜리에 비스킷, 드라마 볼 수 있는 태블릿 PC…….

나는 핸드폰 메모장에다가 동생의 요구사항을 꼼꼼하게 다 적는다. 아나이스는 신이 나서 마치 게임을 하는 아이 같다. 간호사 두

명이 데리러 오자 나는 우리가 여기서 뭐 하고 있는 건지 잊어버릴 정도였다.

"자, 아가씨, 이제 시간이 되었어요." 둘 중 한 사람이 격려를 보내듯 웃어 보이면서 말한다.

엄마는 '마지막으로' 동생에게 열두 번은 뽀뽀를 한다. 이어서 간호사들이 바퀴 달린 침대를 복도로 끌고 나가고 나는 멍청하게 동생이 형광등 불빛 아래로 멀어져 가는 걸 지켜본다. 아나이스는 손을 흔든다. 마치 방학을 맞아 캠핑이라도 떠나는 것처럼.

"그리고, 쿠키 드림에서 쿠키도 사다 줘!" 동생이 소리를 지른다. 쿠키 드림은 파리에서 제일 좋은 가게일 거다.

"알았어, 알았어."

나는 더 이상 적지 않고 침대 뒤를 기계적으로 따라간다. 엄마하고 손을 꼭 잡은 채로. 나는 간호사들을 밀치고 동생을 못 데려가게 막고 싶은 걸 겨우 참는다. 지금은 뭔가 격려가 되는 긍정적인 이야기를 해야 할 타이밍이라는 생각을 하면서…….

하지만 아무 생각도 나지 않는다.

그런데 아나이스가, 수술실로 들어가는 이중 문으로 침대가 굴러 들어가는 순간 손 키스를 날린다. 저 문을 지나면 우리는 더이상 따라갈 수 없는데 동생은 믿을 수 없는 용기와 웃음을 보여 준다.

"좀 이따 보자구!"

"그래, 곧 보자, 내 아가." 엄마가 중얼거린다.

하지만 너무 작게 말해서 동생이 들었는지 모르겠다. 이어서 침대 바퀴 소리가 사라지고 흔들거리는 문에 달린 작은 창으로 보이는 복도는 텅 비어 있다. 동생이 진짜로 갔다. 기다리는 동안 나도 마취를 해 줬으면 좋겠다. 한참 뒤에 깨어나서 다 끝났다는 걸 알게 되면 좋겠다. 하지만 생각할 시간이 없다, 왜냐하면 바로 내 옆에서 신음 소리를 내며 엄마가 바닥으로 쓰러져 버렸기 때문이다.

안녕,

나야.

아나이스의 수술에 대해서 사실에 근거한 자세한 이야기를 하고 싶었는데 쓰고 지우고 다시 쓰기를 반복하는 게 벌써 네 번째야. 명확하게 해야 하는데 나한테는 그럴 능력이 없네. 머릿속은 엉망진창이고 너무 힘들어서 다 잊어버리고만 싶어. 나는 그냥 어떤 순간들은 내 기억 속에 새겨져서 몇 년 후가 되어도, 심지어 내가 늙어도, 여전히 아픔을 느끼면서 생생하게 떠올리게 될 거라는 걸 알 뿐이야.

양쪽으로 밀어서 열리는 문이 닫히고 "어쩌면 저 애를 보는 게 마지막일지도 몰라." 하고 생각한 순간도 있었어. 디테일 하나하나가 다 기억나. 복도 끝에서 깜빡거리던 형광 안내판, 가느다란 동생 목이 드러나던 환자복, 침대 난간 위에 걸쳐진 피아니스트처럼 기다란 손가락이 너무 긴장해서 하얗게 되었던 것까지 전부. 영화를 천천히 돌렸을 때처럼 이 상황에도 동생이 보여 주던 웃음과 용기가 기억나.

한순간 엄마가 울면서 바닥으로 쓰러지기도 했어. 내가 일으켜 세우려고 해 봤지만 다리가 풀려서 버티질 못하더라고. 그래서 내가 바닥에 앉아 무릎에 엄마 머리를 눕히고 다 잘될 거라고, 믿음을 가져야 한다고 속삭여 줬어. 사실은 하나도 모르겠고 어떤 믿음도 없지만 그래도, 둘이 같이 겁을 내고 있을 수는 없으니까 거짓말을 한 거야.

수술실 옆, 벽에 아무것도 걸려 있지 않고 창문도 없는 텅 빈 방에서 보낸 여덟 시간 45분은 고문이었어. 어떤 소식도 없고 침묵 속에서 기다리고만 있으니 1분이 한 시간 같았어. 플라스틱 의자에 오래 앉아 있었더니 등이 너무 아파서 바닥에 눕고 싶더라고. 그렇지만 그럴 수 없었어. 왜냐면 그러려면 엄마 손을 놔야 했거든.

의사가 지친 모습으로 그 방에 들어온 순간을 기억해. 내가 결코 잊지 못할 그 말, "다 잘되었습니다."라고 하는데 가서 껴안고 싶은 걸 꾹 참았어.

수술이 끝나고도 몇 시간이 지난 후에야 겨우 아나이스를 보러 회복실에 갔어. 아나이스는 몽롱한 상태로 말도 안 되는 소리들을 중얼거리더라. 환자복 단추 위로 나온 붕대, 베타딘인지 피인지 알 수 없는, 피부 위에 난 갈색 자국과 초록빛이 도는 헝겊. 동생 몸으로 들어가고 나오는 그 모든 고무 호스들과 삐삐거리는 소리, 그 주변을 둘러싸고 있는 기계 모니터에서 나오는 빛. 우주선을 탄 전쟁 부상자 같았어. 나는 링거 주삿바늘이 꽂혀 있는 동생의 손을 조심조심 잡았어. 아나이스는 말할 기운도 없었지만 내 손가락을 잡더라고. 겨우 느껴질락 말락 한 힘이었지만 동생은 내게 지워지지 않을 자국을 남겼어. 그 자국은 내게, 우리 이거 견뎌 냈어, 이제 어떤 것도 전과 같지 않을 거야, 하고 말해 줬어.

아빠가 떠나고 난 뒤 처음으로, 나는 아빠가 나를 자랑스러워해도 좋을 거라고 생각했어. 아빠, 나 거기 있었어. 처음부터 끝까지 쭉. 아무것도 놓치지 않았어. 자동판매기에 가서 감자칩이랑 물, 시리얼바 같은 걸 사다 날랐고 엄마가 억지로라도 식사를 거르지 않도록 했어. 엄마는 카페테리아에 가면 동생에게서 멀어지니까 한사코 안 가려고 했거든. 화장실에도 따라갔어. 엄마는 화장실 가는 것도 잊어버릴 지경이었거든. 엄마가 울 때마다 나는 한 번도 무너지지 않았어. 엄마를 안고 달래 줬어. 그러는 동안 내내, 말이 안 되는 것 같지만, 나는 눈물을 참았어. 여러 달 동안 흘리지 않고 있던 눈물이 갑자기, 터져 나오는 웃음만큼이나 자연스럽게 나올 준비가 되어 있었어. 나는 눈물을 흘리는 느낌을 잊어버리고 있었어. 숨을 못 쉬게 하고, 목구멍이 부풀어오르는 느낌으로 차오르는 눈물, 코는 따끔거리고 눈이 아픈 느낌…… 참기 어려운 고통. 사실은 그게 확 쏟아져 나왔으면, 이 흉한 바닥에 도랑이 되어 흘렀으면, 나이아가라 폭포처럼 쏟아져서 온 벽에 다 튀어 버렸으면 했어. 하지만 나는 강하게 버텼어. 이제는 알 것 같아. 아빠가 이를 악물라고 했던 거, 인생은 전투라고 했던 거, 자제력을 기르라고 했던 거, 고통을 참고 서 있으라고 했던 거, 그거, NBA나 INSEP 그런 걸 위해서가 아니었어. 바로 이 전투를 위한 거였어.

아나이스는 괜찮아졌어. 그러고 보니, 이 얘기 먼저 시작했어야 했던 거 같네. 고비는 지나갔어. 아직 수개월의 회복기를 거쳐야 하지만, 통증이 있고, 쉽지 않겠지만 동생은 죽지 않을 거야. 중요한 건 그거야. 인생은 아름답지.

이제 우리가 이야기 나눠야 할 다른 주제가 있어. 아빠가 살아 있을 땐 우리 사이에 절대 비밀이 없었잖아. 아빠가 죽었다고 해서 거짓말을 하지는 않을 거야. 더 이상 아빠에게 감출 수 없는 뭔가 좀 있어. 아빠가 가르쳐 줬지, 사람은 자기 운명의 주인이라고. 내가 늘 사건을 선택할 수 없어도, 상황에 맞서는 반응은 선택할 수 있는 거라고. 그래서 그렇게 했어. 상황에 맞서서 이런 결정을 했어.

그 지도 그만둘래, 아빠.

가슴이 찢어지는 것 같지만 우리의 꿈을 포기할 거야. WNBA에 가서 뛰는 일은 결코 없을 거야.

농구도 없을 거야.

INSEP에 들어가는 일도 없을 거야.

뉴욕에 가는 일도 없을 거고, 노란 택시도 없을 거야.

내가 WNBA 팀에 선발되는 일은 결코 없을 거야.

내가 프로 농구 선수가 되는 일도 결코 없을 거야.

내가 연습을 게을리했거나 재능이 없거나, 그만큼 실력이 안 되거나, 무엇보다도 무섭기 때문이 아니야.

그게 아니고, 엄마랑 아나이스한테, 내 가족한테 그럴 수가 없어서야. 이걸 이해하는 데 너무 오래 걸렸어. 근데 이젠 알아. 내 팀, 진짜 내 팀, 그건 엄마랑 아나이스야.

아빠가 이해했으면 해. 굉장한 경기였어. 완전히 공평했어. 세상에 맞서서 나는 끝까지 싸웠어.

내가 졌지. 최고의 선수들에게도 일어나는 일이니까.

뽀뽀를 보내며, 어쩌면 금방 또 다시 쓸게.

레아.

35

나는 한밤중에 땀에 흠뻑 젖은 채 소스라치게 놀라서 깨어난다. 심장이 전속력으로 뛴다. 그러자 생각이 난다. 다 잘 끝났다. 아나이스는 회복실에서 나왔다. 수술 후에 피곤해지면 안 된다고 고작 몇 분간만 동생을 만날 수 있었다. 의식이 겨우 돌아온 것 같았지만 동생은 내게 웃어 보였고 더듬거리면서도 말을 전하는 데 성공했다

"쿠키 잊어버리지 마."

엄마는 병원에서 동생이랑 잔다. 나는 혼자서 전철을 타고 집으로 돌아왔다. 8시 30분에 잠자리에 들어서 푹 쓰러진 채 잠들었다. 지난 며칠 동안 마음을 너무 써서 기진맥진한 탓이다. 침대맡 테이블에서 핸드폰을 집어 들어 시간을 확인하니 새벽 3시 27분이다. 부재중 통화 하나, 문자 두 개가 있다. 전부 안토니다.

문자를 되풀이해서 읽어 본다. 그는 내가 괜찮은지, 왜 연락을 안하는지 묻고 있다. 걱정하고 있다. 더 이상 내일 만나자고 하지 않는다. 문자의 끝에 '뽀뽀'라고 쓰는 인사도 없다. 하트 이모티콘도 없

다. 똑똑한 그는 뭔가 경고음이 울리고 있다는 걸 알아차린 것이다.

최소한 동생 때문에 병원에 와 있다고 고백했어야 했다는 건 안다. 설명했어야 했다. 문자를 쓰기 시작한다. 지운다. 엄두가 안 난다. 처음부터 얘기를 했더라면 안토니가 이해했을 거다. 하지만 하나에 또 하나, 그렇게 차곡차곡 더해진 이 모든 거짓말은 그와 나 사이에 넘을 수 없는 벽돌담이 되어 버렸다. 사실, 농구가 아니면 우리 사이에 공통점이 뭐가 있을까? 운동은 나의 개성, 나의 야심 그리고 나의 꿈을 규정하는 것이다. 그게 없으면 나는 가진 게 아무것도 없고 아무것도 아니다.

우리 관계에 가능한 출구가 없다는 걸 나는 안다. 현실적으로 보면 우리는 절대 만나지 말았어야 할 운명이다. 우리의 운명은 부엌 식탁 위에 떨어진 딱딱한 스파게티 두 줄처럼 영원히 평행선으로 남았어야 했다. 우리의 세계는 공통점이 하나도 없어서 만나 봐야 서로의 삶을 혼란스럽게 만들 뿐이므로. 내가 진실을 말하고 나서 아마도 그가 나를 떠나게 되든지, 계속 거짓말을 늘어놓다가 나 자신마저 속이고 결국 내가 진짜 어떤 인간인지 그가 알게 되든지 둘 중 하나다. 그렇기는 하지만 그가 떠난다는 생각을 견디기 위해서라도 나는 안토니가 너무 필요하다. 답문을 보낸다.

레아 마르텡
괜찮아. 내일 볼 수 있을까?

몇 초 뒤에 핸드폰이 울린다. 화면에 그의 이름이 나타나고 나는 도시의 저쪽 끝에서 나처럼 자지 않고 있는 그를 생각한다.

토니 농구

좋아, 오후 2시?

나는 '오케이'를 치고 이어서 '잘 자'를 치고 다시 하트 모양 이모티
콘을 덧붙인다. 그는 답하지 않는다.

안토니는 운동장 밖 철책 옆에 죽 늘어서 있는 벤치 중 하나에 앉
아서 나를 기다린다. 양다리 사이로 공을 기계적으로 튕기고 있는
모습이 생각에 푹 빠져 있는 것 같다. 나를 보자 그가 웃어 주고 나
는 나도 모르게 달려가 그의 품에 안겨 키스를 한다. 지난 며칠간의
불안이 다시 올라왔다가 꽉 껴안아 주는 따듯한 그의 품에서 녹아
버린다. 나는 떨면서 더 세게 그에게 몸을 밀착시킨다.
"괜찮아? 너, 쌩쌩한 거 같지 않은데."
"아무것도 아냐. 걱정할 거 없어."
내 목소리가 작다. 전에는 거짓말이 자연스럽게 나왔는데 이제는
거짓말 때문에 목구멍이 탄다.
그는 망설이면서 내 얼굴을 찬찬히 훑어본다. 나 자신도 이해하지
못하는 걸 그가 알아차릴 리 없을 텐데도 내 머릿속에서 일어나고
있는 일을 읽어 내는 듯한 주의 깊은 눈길이다.
"운동하고 싶니?"
나는 고개를 젓는다. 또 거짓말이다.

"좋아, 그럼 가자. 너 데려가려고 좋은 데 알아 뒀거든."

10분 후에 그는 볼품없는 시멘트 타워 비상구로 나를 안내하고, 거기서 곧장 지붕으로 이어진다. 안테나와 환풍구가 잔뜩 있는 노천 자갈 정원이다. 조심조심 나는 그의 곁에 붙어 앉아 말없이 눈앞에 펼쳐진 풍경을 응시한다. 9월의 하늘엔 구름 한 점 없고 발 아래 펼쳐진 지붕들의 바다는 살짝 어지럼증을 느끼게 한다. 저 멀리 파리까지 보인다. 에펠탑이랑 몽파르나스 타워가 보인다.

"저게 타르니 시청이고, 저 커다란 회색 건물이 너네 학교고 너네 집은 아마 저 공원이랑 그 주변 사무실 건물들 사이 어디쯤 있을 거야." 안토니가 손가락으로 살짝 오른쪽을 가리키며 말한다.

"조용하다."

마치 내 말을 반박하듯이, 방금 오를리 공항에서 이륙했을 비행기 한 대가 시끄러운 굉음을 내면서 우리 머리 위로 지나간다.

"난 항상 저 사람들이 어디 가는지 궁금해. 여행하는 사람들 말이야." 안토니가 하늘을 쳐다보면서 말한다.

"넌, 어디 가고 싶은데? 로스엔젤레스? 싱가포르? 타이티?"

나는 푸른 하늘을 배경으로 또렷하게 보이는 안토니의 옆얼굴을 살핀다. 약간 꿈꾸는 듯한 표정이 각진 턱에 이르러 끊긴다. 잠시 뜸을 들이던 그가 말한다.

"난 항상 뉴욕에 가는 꿈을 꿨어. 센트럴파크랑 높은 빌딩들을 구경하고 영화에서 본 것처럼 그 웃기는 커다란 고무장갑 같은 거 끼고 메디슨 스퀘어 가든에서 경기 관람하고 타임스퀘어 전광판이며 엠파이어 스테이트 빌딩 등등 관광객들이 다들 보는 그런 구경이

랄까……. 너는?"

그의 질문이 돌연 내 가슴속에 통증을 일으킨다. 나도 뉴욕에 가는 꿈을 꿨었다. 아빠랑.

"아니, 뉴욕은 싫어. 난 절대 뉴욕엔 안 갈 거야."

내 말투가 거칠다. 나는 두 무릎을 끌어다가 가슴 부근에 모아 감싸 안고 그 위에 턱을 고인다. 그가 내 쪽으로 고개를 돌리고 다시 한번 주의 깊게 살핀다.

"에어 레아, 넌 비밀이 너무 많아."

"비밀 없어. 나는…… 나는 너한테 다 말한다고 느끼지 않을 뿐이야."

자기방어가 작동해서 내 말투는 의도치 않게 딱딱해졌다.

"물론 너는 사생활을 지킬 권리가 있지만 나는 네가 왜 그렇게 극에서 극으로 치닫는지 이해할 필요가 있다고. 어느 날은 5분에 한 번씩 문자를 보내다가 그다음 날에는 답장도 겨우 하고, 나랑 같이 잤는데도 그다음에 만났을 땐 뛰쳐나가면서 따라오지 말라고 하고, 며칠 동안이나 모른 척하다가, 한밤중에 오라고 해서는 내가 네 인생의 연인이라는 듯이 내게 뛰어들잖아. 네가 원하는 게 뭔지 이해하기 어려워."

그는 차분하게, 화내지 않고 말한다. 나는 내 무릎을 좀 더 꽉 끌어안는다. 해가 나는데도 덜덜 떨린다.

"무슨 말인데? 더 이상 함께하고 싶지 않다는 말이야?"

나는 가슴이 찢어지는 것 같은데도 차갑게 물었다. 달리 어떻게 해야 하는지 모르겠다. 놀란 표정이 그의 얼굴을 스친다.

"내 말은 그런 게 아니라, 네 머릿속에 무슨 일이 일어나고 있는지 이해하려고 애쓰는 것뿐이야."

"복잡해."

"그러니까, 설명을 해 봐……. 나한테는 말할 수 있잖아……. 힘들 때 그 얘기를 할 수도 없다면 누군가와 함께한다는 게 무슨 소용이겠니?"

"이해할 수 없을 거야."

"확실한 건, 네가 나한테 아무 말도 안 하면 이해하려는 시도조차 할 수 없다는 거야!"

겉보기엔 차분해도 짜증이 묻어 나온다. 내가 토니에게 상처를 줬다. 그는 나를 더 이상 견뎌 낼 인내심이 없을지도 모른다. 나를, 설명도 못 하는 나의 알 수 없는 행동들을. 나는 왜 그에게 화가 나는지 모르겠다. 아멜의 말이 생각난다. 슬퍼하는 것보다 화내는 게 더 쉽다는 말. 괴로움을 직면하기보다는 분노하는 게 더 쉬운 출구라는 걸 잘 알겠다. 비록 그 문이 막다른 길로 인도한다고 해도 말이다.

"내 인생이 요즘 좀 쉽지 않아, 오케이? 이미 복잡한 내 인생을 네가 더 복잡하게 만들지 않았으면 좋겠어."

그가 딱딱한 웃음을 아주 잠깐 보인다. 먼 곳을 바라보는 그의 회색 눈은 웃지 않는다.

"요즘에만? 널 안 뒤로 너는 모든 게 복잡해 보였어. 단순한 것도 그렇더라."

그의 목소리에 들어 있는 빈정거림이 내 가슴을 찢는다.

"네 판단은 필요 없다고. 됐어."

"맞아, 그렇지. 나는 판단할 게 없어. 아는 게 아무것도 없으니까. 하지만 겉보기엔, 솔직히 말하자면, 네가 불평하는 건 앞뒤가 안 맞아. 넌 모든 걸 다 가졌잖아. 미친 듯한 재능, 커다란 집에 사는 다정한 가족, 명문 학교, 조금의 장애물도 없이 쭉 이어지는 미래. 그럼에도 불구하고 결코 괜찮지가 않다니……."

나는 멀리 에펠탑에 눈을 고정한다. 마치 무너지지 않으려면 거기 매달려야 한다는 듯이. 그러니까, 그는 나에 대해서 그렇게 생각하는 거다. 앞으로 숙여 허공으로 몸을 던지면 단박에 모든 걱정을 날려 버릴 수도 있을 것이다. 왜 상황이 더 나빠질 수 없다고 믿을 때마다 뭔가 다른 게 또 터져서 이미 산산조각이 난 가슴을 또다시 찢는 걸까?

"넌 아마 관심도 없을 테지만, 우리 형이 오늘 아침에 체포됐어, 이번에는 감옥 신세를 면할 수 없을 거야. 그래서 엄마는 몸져누웠어."

"마음이 안 좋네."

"진짜? 어떨 땐 너는 그냥 너 자신 말고는 그게 뭐가 됐든 아무 관심도 없어 보이거든."

나는 내가 아무 말 안 해도 이해해 주길 바랐지만 그건 불가능하다는 게 명백하다. 그는 점점 더 날카로운 톤으로 이야기를 이어 갔고, 나는 그의 온몸에서 분노가 부르르 타오르는 걸 느낀다. 마치 너무 오래 그 안에 들어 있어서 온갖 방어 막을 다 뚫고 마침내 터져 나올 것처럼.

"진짜 걱정이 있는 사람들도 있다는 생각을 해 봐. 내가 전에 우리 형 감옥 갈까 봐 대마초가 내 거라고 말해서 이틀 동안 유치장에 들어갔었단 얘기 했지? 우리 엄마는 지난주에 직장에서 쫓겨났어. 그런데 불법적인 일자리라서 어떻게 해 볼 수 있는 게 없어. 거기다가 아빠라는 인간한테 뭐라도 좀 받아 내려면 재판을 받아야 해. 한 번만 더 월세를 못 내면 집주인이 쫓아낸다고 했거든."

나는 너무 놀라서 말문이 막혀 버렸다. 그리고 안토니가 이 말을 하는 방식에 더 놀랐다. 그가 침착하고 조용한 태도 뒤에 이렇게나 많은 불만을 감추고 있는 줄은 몰랐다. 이해하지 못했다. 서로 안다는 느낌, 8월 한 달 내내 이불 속에서 나눴던 전화 통화······ 모든 게 환상이었다. 서로의 거짓말이었다. 우리는 서로를 모른다. 서로를 이해하지 못한다. 어쩌면 이게 내가 그에게 이야기를 할 수 없는 이유인지도 모른다. 서로 그렇게 가까운 게 아니기 때문에. 그 거지 같은 증후군에 걸렸고, 지나치게 마음이 약하고, 농구를 하면 안 되고, 병원에서 며칠을 보내고 온 진짜 나······ 나 같은 여자애를 그가 받아들일지 알 수 없기 때문인지도 모른다.

우리 사이에 침묵이 길어지고 나는 내가 뭔가 대답을 해야 한다는 걸 알지만 입이 떨어지지 않는다. 나의 침묵에 실망한 그가 한숨을 내쉰다.

"너를 처음 봤던 날부터 알았어. 너와 사랑에 빠지는 건 최악의 바보짓이라는 걸. 우린 너무 다른 세상에 살아."

나한테는 바보짓이 아니었을 단 한 가지가 그와 사랑에 빠진 거였으며, 내가 허우적거리고 있는 바다에서 구명조끼가 되어 준 건 그였다는 말을 하고 싶다. 하지만 나는 이 모든 거짓말을 더 이상 참을 수가 없다. 우리가 함께했던 모든 것들을 더럽히지 않고 이 상황에서 벗어나는 길은 한 가지밖에 없다. 그래서 나는 잿빛 하늘 속에 우뚝 서 있는 에펠탑을 노려보면서 목구멍에 올라온 것을 삼키고, 그를 쳐다보지 않고 말한다.

"네 말이 맞아. 여기서 그만두는 게 낫겠어."

"그게 진짜 네가 원하는 거야?" 잠시 침묵한 후 그가 묻는다.

나는 담장에서 내려와 비상구 쪽으로 향하면서 내뱉는다.

"응, 더 이상 안 만나고 싶어."

비상구라는 이름이 이처럼 적절했던 적이 또 있을까. 적어도 이건 내 마지막 거짓말이 될 것이다.

36

병원까지 대중교통으로 왔다. 엄마가 데리러 올 수가 없었다. 개학 날은 꿈결인 듯 지나갔다. 아나이스는 일주일 전부터 병원에 있다. 안토니가 사과 문자를 보내 왔다. 자기가 말한 대로 생각하는 건 아 니라면서. 나는 이제 문자 보내지 말라고 답했다. 그가 말도 못 하게 보고 싶다. 하지만 달리 끝내는 방법이 가능하지 않다는 걸 알고 있 다.

처음 며칠 동안 아나이스는 너무 힘이 없어서 말도 겨우 할 수 있 었다.

"안녕, 언니 학교 안 갔어?" 내가 들어서는 걸 보고 놀라서 동생 이 묻는다.

"마지막 수업 빼먹고 너 보러 온 거야."

동생은 희미하게 웃는다. 나는 가방을 열어서 동생 친구 제시카가 수업 내용을 꼼꼼하게 필기해서 복사해 준 거랑 하리보 사탕 네 봉 지, 미니 소시지, 오랑지나 두 병 그리고 수술하러 들어가기 전에 일

일이 주문한 목록에 있는 간식들을 전부 다 꺼낸다.

"오…… 진짜 고마운걸. 그런데 나 배가 별로 안 고파." 아나이스가 힘없이 말한다.

나는 아무렇지도 않은 척 웃었지만 속이 상했다. 동생이 콕 집어서 주문한 과자를 사러 파리 시내에 있는 쿠키 드림까지 갔다 왔는데 말이다.

"걱정 마, 여기다 둘게. 그럼 나중에 배고파질 때 먹으면 되지 뭐."

나는 창문턱, 동생 손이 닿을 만한 데다가 간식들을 죽 늘어놓는다. 아나이스는 내가 하는 걸 지켜보고 있다. 피곤해 보이지만 언니가 와서 좋아하는 것 같다. 나는 동생 침대에 걸터앉는다.

"좀 나아 보이네……."

"조금……. 근데 아직도 많이 아파."

나는 고개를 끄덕이지만 아직도 동생 가슴을 두 쪽으로 가르는 세로로 난 흉터 위를 감고 있는 붕대가 하트 무늬 파자마 밖으로 비어져 나온 걸 쳐다볼 엄두가 나지 않는다. 저 밑에는 결코 완전히 닫히지 않을 균열 같은, 벌어진 상처가 있을 것이다.

우리는 수다를 떤다. 동생은 열심히 몰아서 보고 있는 드라마 얘기, 농담을 걸어 주는 친절한 간호사 얘기, 한 시간마다 검사를 하러 오는 통에 지긋지긋한 의사들 얘기를 종알종알 늘어놓는다. 그러다 잠깐 말이 없더니 나한테 묻는다.

"언니는? 잘 지내?"

"응응, 개학은 잘 지나갔고, 일년 내내 거지 같은 성적 때문에 고군분투해야 할 거 같아. 이제는 농구 핑계를 댈 수도 없으니까. 그런데 거의 모든 수업을 아멜이랑 같이 들으니까…….”

니코가 화해시키려고 여러 차례 시도를 했는데도 아멜이랑은 개학하고 나서 단 한 번도 말을 걸지 않았다는 얘기는 피한다.

동생은 고개를 끄덕인다, 망설이는 것 같다.

“언니한테 말한 적은 한 번도 없지만 나도 마음이 안 좋아.”

“왜 마음이 안 좋아?”

“농구…… NBA, 그런 거 다…….”

나는 어깨를 으쓱해 보인다.

“안 좋을 거 없어. 네가 뭐 어떻게 한 것도 아닌데.”

“근데 진짜, 언니 마음은 어떤데?”

나는 한숨을 쉰다. 나도 모르겠다, 이 질문엔 어떻게 대답해야 할지.

“잘 모르겠어……. 넌 모든 걸 걸었던 뭔가를 포기해 본 적 있니?”

아나이스는 길게 생각하더니 얼굴이 희미하게 밝아진다.

“나 아홉 살 때 엄마가 사 준 굽 있는 구두 생각나?”

누가 봐도 그렇게 흉하게 생긴 구두를 잊어버릴 수는 없다. 아나이스가 생일 몇 달 전부터 울고불고 조르고 졸라서 샀던, 토 나오게 촌스러운 분홍 구두. 엄마는 동생이 그렇게 굽이 높은 신발을 신기에는 너무 어리다면서도 결국은 사 줬다. 아나이스는 생일 다음 날 발을 삐었고, 그 후로는 절대 그 구두를 신지 않았다.

“응, 생각나지.”

“음, 그러니까 그게 내가 포기해야 했던 꿈이랑 가장 비슷한 거 같기는 해."

"글쎄, 솔직히 말하면 그런 거랑 관계가 있는 건지 모르겠는데……."

WNBA 선수가 되려는 나의 야심과 동생의 구두 한 켤레를 비교하는 게 짜증이 났지만 공격적이지 않은 무덤덤한 말투를 유지하려고 애를 썼다

"나도 알아. 비교하는 건 아닌데, 내가 몇 달씩이나 기대하고 꿈꿨는데 막상 얻고 나서는 한 번도 못 신었거든."

"그래서 너는 그 끔찍한 비극에서 어떻게 벗어났는데?"

비웃는 투를 완전히 숨기지 못했지만 아나이스는 기분 나빠 하는 것 같지 않다. 살짝 초점을 잃은 눈으로 최대한 진지하게 대답한다.

"침대맡 탁자 위에다 구두를 놓아두고 목발 짚고 울면서 몇 날 며칠을 들여다봤어. 내가 그거 신어도 되는 나이가 되면 내 발이 커져서 그 안에 안 들어갈 거라는 걸 알았거든. 그런데 어느 날 아침에 엄마가 바보 같다면서, 내가 신을 수 없다면 그나마 조금 위로가 되는 유일한 방법은 멋진 포장지에 싸서 좋아하는 사람에게 선물하는 거라고 했어."

나는 말없이 동생 얼굴을 들여다보면서 죄책감과 수치심이 올라오는 걸 어쩌지 못한다. 아나이스는 내가 이미 알고 있는 이 이야기의 결말을 기다리고 있는 줄 아는지 이렇게 밝힌다.

"언니한테 선물했잖아. 그러니까 진짜 좀 위로가 되더라."

완벽하게 기억한다. 그 당시에는 나이 차이가 두 살 나는데도 불구하고 아나이스랑 나랑은 키가 같았고 신발도 같은 치수를 신었다.

가장 기억에 남는 게 하늘하늘한 여러가지 색깔의 종이로 싼 괴상한 선물 포장이었는지, 상자 속에 가득 채워 넣어서 몇 년이 지나도록 거실 쪽마루 사이에서 하나씩 발견되곤 하던 금박이었는지, 아니면 내가 그렇게도 분홍과 높은 구두를 싫어했는데도 동생이 내게 분홍색 굽 높은 구두를 선물했다는 사실이었는지 모르겠다. 내가 그걸 한 번도 신지 않았단 걸 밝힐 필요는 없을 거다. 나는 이 선물의 의미를 새겨 봤던 적이 한 번도 없었다. 사실대로 말하자면 잘못 생각하기도 했다. 그냥 동생이 그걸 어째야 할지 모르겠고, 돈 쓰기는 싫고, 배려가 부족할 뿐만 아니라 내 취향과 관심사에 대해 아는 게 없어서 나한테 선물한 거라고 생각했다. 한마디로, 늘 그렇듯이, 나는 아무것도 이해를 못 했던 것이다.

병원 침대에 누워 있는 창백하고 힘없는 동생을 가만히 바라보면서 나는 내가 몇 번이나 이 아이의 말과 행동을 잘못 해석했는지, 우리가 상대방 말의 속뜻을 지레짐작하고 섣부른 판단을 하면서 서로의 말을 제대로 듣지 않고 소통이 안 되기 시작한 게 언제부터였는지 생각한다.

겨우 입을 열어 말한다.

"고마워……."

동생은 어깨를 으쓱해 보이면서 살짝 웃고는 창문 너머 멀리 뭔가를 쳐다보면서 아주 부드러운 목소리로 말을 이어 갔다.

"물론 언니한테는 심각하겠지. 언니 인생의 지난 10년을 잘 포장해서 언니가 좋아하는 사람한테 선물할 수는 없으니까……. 그래, 그렇지만 이제 침대맡 탁자에서 그 상자 치워 버리고, 온종일 그걸

293

쳐다보는 건 그만둬야 될 거 같아. 내 생각엔 그렇게 하는 게 언니한테도 좋을 것 같아. 그건 전 남친 페이스북 들여다보는 걸 멈추는 거랑 비슷한 거야……."

37

두 시간 후에, 나는 집으로 돌아왔다. 너무 피곤하고 에너지를 다 써 버린 느낌이다. 전철을 타러 가면서 아나이스를 이 커다란 병원에 혼자 두고 간다고 생각하니까, 그리고 동생이 퇴원을 해도 회복 센터에서 몇 주간을 더 보내야 한다고 생각하니 가슴이 미어지는 것 같았다. 내일 다시 동생을 보러 갈 것이다.

이제 집에 오면 나를 맞아 주는 건 적막뿐이다. 동생이 없으니 집이 더 텅 빈 것 같다. 이렇게 동생을 아쉬워할 거라고 상상해 본 적은 한 번도 없다. 침대에 앉아서 내 방을 가만히 둘러본다. 스테판 커리 포스터, 선수들의 경기 사진, 메달들, 문 위에 플래카드처럼 걸어 놓은 골든스테이트 워리어스 스카프……

그 신발 이야기를 떠올리며 미친 듯이 벽장을 뒤져서 찾아냈다. 아나이스는 반짝이 테이프로 하트를 그려서 상자 위에 붙여 놓았다. 열어 보니 하늘하늘한 종이 색깔은 좀 바랬지만 안에 있던 반짝이들이 흩날려서 바닥 카펫에 들러붙는다. 분홍 구두가 그 속에 있다.

여전히 촌스럽지만 새 신발 같다. 기억했던 것보다는 덜 흉하다. 꺼내서 얼룩 하나 없는 소가죽 표면을 살살 쓰다듬는다. 몇 년 전, 동생이 자기가 받았던 제일 귀한 선물을 내게 주었을 때 느꼈어야 할 감정이 울컥 올라와 목이 멘다. 이건 그저 그렇고 그런 구두 한 켤레가 아니다. 동생의 자라고 싶은 욕망이었고, 신데렐라의 꿈이었고, 학교에서 좀 더 잘 어울릴 가능성이었고, 알록달록한 이런 구두를 신고 오는 멍청한 걔네 반 여자애들만큼 예뻐지고 싶은 마음이었다. 그게 내 동생이 아홉 살 때 내게 선물한 거다. 좀더 일찍 이걸 이해하지 못한 게, 이 선물에 예의를 갖추지 못한 게 후회된다.

동생의 말을 다시 생각한다. "침대맡 탁자에서 그 상자 치워 버리고, 온종일 그걸 쳐다보는 건 그만둬야 될 거 같아."

나는 책상 서랍을 열어서 리스트를 꺼낸다. 열 살이 되던 해 시작해서 해마다 정성스럽게 WNBA에 들어간 프랑스 여자 농구 선수들의 이름을 추가해 왔던 목록이다.

1. 이자벨 피잘코브스키
2. 루시엔느 베르티외
3. 로르 사바스타
4. 오드리 소렛
5. 에멀린 엔동그
6. 에밀리 고미스
7. 사브리나 팔리
8. 에드위지 로슨-웨이드

9.   셀린 뒤메크

10.   산드린 구루다

11.   발레리안 아야이

12.   엔데네 미옘

13.   마린 요하네스

그다음 마지막 줄은 검은색 사인펜으로 세 번 죽죽 긋는다.

~~14.   레어 마르탱~~

　다음에는 농구화를 꺼내서 침대 위에, 스테판 커리 포스터 바로 앞에 놓는다. 저 포스터를 붙일 때 엄마가 엄청 화를 냈었다. 꽃무늬 벽지를 발라 줬을 때 저런 장식을 하리라고는 생각지 않았던 거다. 첫 번째 압정을 떼어 내다가 손톱이 부러졌다. 너무 깊이 박혔다. 압정을 떼어 내니 포스터 한쪽이 앞으로 접히면서 내 히어로의 웃는 얼굴을 가린다. 포스터를 잘 말아서 구석에 두고, 벽장에 붙여 놓은 경기 사진들을 하나씩 떼어 내고, 메달들은 침대 발치에 내려놓는다. 타미카 캐칭, 코비 브라이언트, 마이클 조던, 세이모네 아우구스투스와 수 버드, 운동복, 잡지에서 오려 낸 것들. 모든 게 다 멀든 가깝든 농구와 관련이 있다. 카펫 바닥에 하나 가득 늘어놓는다. 끝내고 보니 벽에는 거의 아무것도 없고 선반도 절반은 비어 보인다.
　그런 다음 나는 아나이스의 구두를 가슴에 꼭 껴안고 침대에 드러눕는다. 숨을 깊이 들이마시고 마지막으로 딱 한 번, 어렸을 때 아빠가 가르쳐 준 이미지트레이닝 할 준비를 한다. 스포츠 훈련법으로, 성공의 이미지를 계속해서 자기에게 주입하면 두뇌에 성공 회로가 생긴다.

그러니까 뉴욕행 비행기 속에서 아빠 손을 잡고 있는 상상을 한다. 공항의 노란 택시, 타임스퀘어의 어마어마한 전광판들. 우리가 링컨 센터에 도착하는 게 보인다. 여전히 우리 둘이다. 시끌벅적한 경기장 내부, 검은 테이블보로 덮힌 원탁, 거기서 선수들이 자기가 호명될 것인지 초조하게 기다린다. 한 장소에 이렇게 많은 희망이 모여 있는 것을 상상하는 건 쉽지 않다. 실제로는 그렇지 않다는 걸 안다. 링컨 센터에서 여자 선수들은 선발되지 않으며 사건을 지켜보는 사람들도 훨씬 적기 때문이다. 하지만 어차피 그런 일은 일어나지 않을 거니까, 그리고 내가 이런 꿈을 내게 허락하는 게 마지막이니까, 럭셔리한 버전을 실컷 즐기는 거다. 관중들의 함성과 동요가 들린다. 전광판이 깜빡이고 사회자가 마이크로 내 이름을 부른다. 나는 캔디스 파커*처럼 로스앤젤레스 스파크스에 선발된다. 나는 일어나서 연단으로 향하는 길에 손가락 끝으로 매직 존슨**을 스친다. 아빠는 선 채로 미친 듯이 박수를 치고 있다. 우리 똥강아지, 아빠는 너무너무 자랑스럽구나.

나는 눈을 감은 채 미소를 짓는다.

마지막으로 내 손 끝에 공이 닿고 내 살갗에 운동복이 스치는 감

* 캔디스 파커 Candace Parker. 미국 WNBA의 여자 농구 선수
** 매직 존슨 Magic Johnson. 은퇴한 미국의 농구 선수이자 WNBA 로스앤젤레스 스파크스의 구단주

촉을 느낀다.

이어서 아나이스가 반짝이 테이프로 붙인 하트 무늬가 잔뜩 그려진 상자를 보면서 천천히 회상한다. 나의 어린 시절 함께했던 이 이미지들과 경기의 추억, 차고 뒤에서 아빠랑 처음으로 골을 넣던 일, 처음으로 니코랑 뛰었던 일, 처음으로 이겼던 경기, 그 모든 것들을 다 그 안에 담았다. 아빠와 함께했던 매 순간, 발전하거나 낙담하던 날들, 실패하거나 성공하던 날들, 좋았던 순간과 힘들었던 일들…….

끝내고 나서 상자를 닫은 다음 다시 열지 않기 위해서 커다란 금색 리본으로 꼭꼭 묶는다. 숨을 깊이 들이마시고 다시 눈을 뜨자 내가 무엇을 해야 할지 정확하게 알 것 같다.

벨이 몇 번 울리고 나서 벤 삼촌이 전화를 받는다.

"안녕, 레아. 어떻게 지내니?"

"잘이요. 날 위해서 뭐 하나 해 줄 수 있어요?"

"뭔지 들어 보고. 또 운동하기 위해서 뭔가 수를 쓸 방법을 찾는 거라면……."

"아니, 절대 아녜요. 농구장 주소 하나 드릴 테니까 다음 주 수요일 오후 4시에 거기 가세요, 오케이죠?"

"음…… 오케이……. 근데 왜?"

"카페 스트라다에서 저한테 하신 말씀 생각나세요?"

"응…… 너네 아빠라면 절대로 너 운동 계속하게 내버려 두지 않을 거라는 말."

"아니, 그거 말고요. 저 같은 선수는 일생에 한 번 만날 수 있을까 말까 하고 제가 삼촌한테 가장 큰 회한이 될 거랬나 뭐 그런 말이요."

"맞아, 레아. 그건 사실이야."

"나는 결코 삼촌 경력에 최고의 기회였던 적이 없다고 생각해요. 난 아빠의 기회였어요."

핸드폰 저쪽에서 침묵이 느껴졌다. 내가 의도한 건 아닌데 삼촌한테 상처를 준 것 같지만 그래도 계속했다.

"삼촌의 기회는 발 플뢰리에 있어요. 사회복귀센터 건물 뒤 농구장에요. 못 찾을 수가 없어요. 푸른 머리 여자애 간판 다음에 우회전하면 돼요. 거기 가면 안토니라는 선수가 있는데 꼭 가서 만나 보셔야 해요. 설득해서 농구 클럽에 들어가게 하세요……."

핸드폰 너머의 침묵 속에서 나는 삼촌이 정보를 흡수하기를 기다린다. 삼촌은 갈 것이다. 나를 기쁘게 하기 위해서라도 한 번은 가서 안토니가 운동하는 걸 15분은 지켜볼 거고, 그러면 된 거다.

"몇 살인데?"

"열일곱 살이요."

"어디서 뛰는데? 코치는 누구고?"

"아직은 아무 데도 소속이 없어요. 하지만 삼촌이 안 가면, 걔가 삼촌 경력 최고의 후회가 될 거예요. 제 말 믿으셔야 해요."

삼촌은 한숨을 내쉰다.

"열일곱이면 시작하기엔 늦었는데……."

"삼촌은 항상 진짜 재능엔 법칙이 없다고 했잖아요……. 부탁이에요. 걔한테 기회를 주세요. 저를 봐서라도요, 네? 그리고 한 가지가 더 있는데…….”

“응, 뭔데?”

“저한테 소식 전하실 필요 없어요. 삼촌이 결정하세요. 걔한테 제 얘기도 절대 안 하셨으면 해요. 제가 보냈다고도 하지 마시고, 저를 안다고 하지 마세요. 약속하시죠?”

침묵이 이어지고 나는 삼촌이 눈을 위로 들어올리는 게 보이는 느낌이다.

“오케이, 레아. 내가 걔한테 기회를 주면 이제 네가 나한테 화 안 내는 거지?”

“아마도요.”

“그럼 됐다.” 삼촌 목소리에 웃음이 묻어 있다.

“좋아요.” 나는 감정을 감추기 위해서 시큰둥하게 말한다.

어쨌거나 나는 토니가 미치도록 보고 싶었다는 게 느껴진다.

“그래, 잘 지내라.”

“안녕히 계세요.”

나는 전화를 끊는다. 어쨌거나 목표는 클럽의 누군가를 NBA에 집어 넣거나 프로 선수로 키우거나 개인의 승리가 아닌 팀의 승리를 끌어내는 것이었다. 잃어버린 자기 꿈으로 할 수 있는 유일한 일은 그 꿈을 자기가 좋아하는, 그 꿈을 살아 낼 자격이 있고 그 꿈의 의미와 중요성을 이해하는 다른 사람에게 선물하는 것이다. 어쩌면 아나이스 말이 맞는지도 모르겠다.

나는 깊은 한숨을 내쉬고 꽃무늬 벽지에서 사진과 포스터를 떼어 낸 자리에 남은 솜더 색깔이 밝은 네모난 자국을 응시한다. 앞으로 채워 나가야 할 이 모든 공백. 생각하니 어지럽다.

어디서부터 시작해야 할지 몰라서 바지 주머니에서 핸드폰을 꺼낸 다음 침대에 드러누워 이어폰을 낀다. 유튜브를 켜고 아멜 계정에 가 본다. 주로 물리나 수학 강의 혹은 언어 영역 바칼로레아 수험서 분석인 여러 가지 비디오들이 저장되어 있는데 그 가운데에서 나한테 해 준다고 약속한 플레이 리스트를 찾아낸다. 나는 생각을 거부하고 '레아-울기 위한 노래들'이란 링크를 클릭한다. 첫 번째는 우리가 어렸을 때 좋아했던 〈토이 스토리〉의 사운드트랙, '나는 네 친구'다. 이건 내가 아멜 전화 수신음으로 지정했다가 고등학교에 들어오면서 너무 애들 같아서 바꿨던 거다. 나는 세 번째 소절에서 무너진다. 마치 억수 같은 급류의 압박에 내 가슴속 바리케이드가 산산조각 나 터져 날아가는 것 같다.

그리고 운다, 드디어.

38

엄마가 내 방문을 두드리고 나는 한쪽 눈을 뜬다.

"레아?"

나는 웅얼거림으로 대답한다.

"응."

엄마는 문을 살짝 열고 들여다본다.

"아멜이……."

엄마는 말을 딱 멈춘다. 그리고 깜짝 놀란 눈으로 텅 빈 벽과 바닥에 늘어놓은 기념품들을 쳐다본다.

"오, 레아, 그 포스터들이랑 메달들이랑……."

엄마는 뛰어 들어와 아무거나 바닥에 있는 트로피를 하나 집어 든다. 갑자기 그게 귀중한 보석이라도 된다는 듯이.

나는 침대에 일어나 앉아 한숨을 쉰다.

"다들 내가 그만두기를 원하니까……. 됐어, 이제 그만둘게……."

엄마는 대답을 못 하고 내 얼굴을 뜯어본다. 너무 슬퍼 보여서 나는 또다시 목구멍이 꽉 막히는 느낌에 소리를 꽥 지른다.

"왜 이렇게 일찍 깨우는데? 설마 아나이스한테 무슨 일 있는 거 아니지? 아나이스 잘 있어?"

엄마는 그제야 왜 왔는지 생각난 듯 손에 들고 있던 금테 두른 플라스틱 컵을 침대맡 테이블에 조심스럽게 내려놓는다.

"응, 아니야. 나쁜 소식은 없어. 아멜이 왔네. 너한테 할 말 있대다……."

"알았어. 땡큐."

나는 잠옷 위에 후드 티를 뒤집어쓰고 실내화를 신는다.

"이거…… 이거 다 박스에 넣어 줄까?" 나가려고 하는데 엄마가 묻는다.

나는 어깨를 으쓱해 보인다.

"엄마가 그거 다 쓰레기통에 갖다 버려 주면 좋겠어. 내가 그렇게 할 용기가 날지 모르겠으니까."

아멜이 현관에서 서성거리고 있다. 갈색 눈썹을 찌푸리고 뭔가에 집중하고 있는 모습이 할 말을 준비하는 것 같다. 어젯밤 11시 30분에 아멜이 만들어 준 플레이 리스트를 전부 다 듣고 대여섯 시간 내내 운 다음(내 안에 그렇게 많은 물이 들어 있었는지 몰랐다. 익사할 것 같은 느낌이었던 게 놀라운 일은 아니다), 아멜에게 고맙다고, 보고 싶다고 문자를 보냈다. 당연히 아멜은 아침 일찍부터 찾아왔고 나는 또 울고 싶지만 이번엔 슬픔 때문은 아니다

"미안해." 나를 보자마자 아멜이 말한다.

내가 대답을 할 새도 없이 와서 나를 꽉 끌어안는다.

나는 몸을 돌려 이층에다 대고 소리를 지른다.

"엄마, 나 아멜이랑 좀 나갔다 올게!"

"잠옷 입고?" 엄마가 내 방에서 소리친다.

"응, 오래 안 있을 거야!"

"너네들, 다녀와서 아침 먹을래? 병원 가기 전에 팬케이크 해 줄 수 있는데."

엄마가 팬케이크를 굽는 건 한 번도 본 적이 없다. 이런 일은 항상 아빠 몫이었다. 하지만 아나이스의 빈자리를 느끼며 엄마가 혼자 아침을 먹게 내버려 둘 수는 없다.

"오케이, 금방 올게!"

나는 얼른 운동화를 신고 아멜을 길 끝에 있는 광장까지 끌고 간다. 이 시간에는 애들이 없다. 나는 흔들거리고 있는 그네에 앉고 아멜은 미끄럼틀 끝에 철퍼덕 주저앉는다.

"아, 차가워!" 아멜이 벌떡 일어나면서 소리를 지른다.

나는 웃음이 터지는 걸 참을 수가 없다. 아멜은 투덜거리면서 치마를 잡아당기고 내 옆쪽 그네에 슬쩍 걸터앉는다. 주머니에서 트윅스를 꺼내 두 쪽 중 하나를 떼어서 나한테 내민다.

"그러니까, 미안하다고. 내가……." 아멜이 말을 시작하지만 끊고 내가 말한다.

"아냐, 내가 미안해. 너한테 거짓말하고 그렇게 화내면 안 되는 거였어. 친구한테 거짓말하는 거 아닌데, 후회되고……."

아멜은 내 말을 멈추고 끼어들려고 한 손을 든다.

"알아, 올해는…… 네가 겪은 모든 일들이…… 너무 힘들었을 거야. 너네 아빠 일이랑, 운동 못 하게 된 거, 그리고 잘 모르지만……
아나이스 수술 얘기, 너네 엄마한테 들었어……. 솔직히 내가 너라
면 어떤 느낌일지 상상조차 할 수 없어. 그래서 너의 결정, 너의 애
도 방식에 대해 내가 뭐라고 판단할 일이 아니야. 중요한 건 내가 안
심하는 게 아니라 네가 조금이라도 잘 지낼 방법을 찾는 거니까. 더
미안한 건, 네가 나한테 거짓말을 해야겠다고 느꼈다면, 네가 하는
일을 숨겨야 했다면, 그건 내가 네 곁에 있어 주는 법을 몰라서일 거
야."

나는 초콜릿 바를 깨물고 혓바닥 끝에 느껴지는 캐러멜 맛을 음
미한다.

"그건 아니야, 아멜. 넌 내가 만났던 최고의 친구야……."

"아닌 거 같아. 내가 너한테 물어봤어야 했어. 네가 말하도록 만
들어야 했어. 그냥 겉으로만 보고 네가 좀 나아지는 줄 알았는데 이
제야 전혀 그게 아니었다는 걸 알겠어. 근데 네가 날 원망한다고 생
각하면 견딜 수가 없어. 레아, 너는 나한테는 가족이야. 우린 싸우면
안 돼. 너랑 말 안 하고 지내니까 병이 나더라. 네가 문자 보내자마
자 확인했어. 며칠 동안이나 잠을 안 자고 있었거든."

나는 아멜 어깨를 툭 친다.

"나도 더 이상 너랑 싸우기 싫어. 너랑 말을 안 하는 건 나한테
일어날 수 있는 최악의 일 중에 하나더라. 근데 우리 아빠가 그랬어.
사랑하는 사람들끼리는 가끔 싸워야 된대. 그래야 화해하면서 서로
가 얼마나 중요한지 알게 된다고 그랬어."

아멜이 웃고 나는 덧붙여 말한다.

"네가 너무 보고 싶었어. 있지, 그 플레이 리스트…… 나 같으면 3분 만에 울고 말 거, 너는 잘 알잖아. 그렇게 멍청한 플레이 리스트를 누가 만들겠어!"

"그럴 것 같더라니까!"

"라라 파비앙까지 있었던 거 보면……."

"음악적 가치가 중요한 게 아니고, 너네 아빠가 너 학교에 데려다줄 때마다 너한테 말했던 거, '라라 파비앙식으로 말하자면, 사랑해.' 그 말이 생각나서. 난 항상 그게 너무 귀여웠거든."

나는 내 운동화 코를 쳐다보면서 그네를 살살 흔든다. 잠시 침묵 뒤에 아멜이 말을 잇는다.

"묘지에 안 갔지?"

"응……."

"알았어. 비밀 코드는 '당근이 익었다'니까 잊어버리지 마."

나는 어색하게 웃었고 아멜이 슬쩍 팔꿈치로 나를 쳤다.

"좋아. 이제 남자, 토니, 너의 그 잘생긴 딜러 얘기할까?"

"걔 딜러 아니야……."

"어이쿠, 그러니까 잘생겼다는 건, 오케이구나……."

나는 눈을 위로 치켜뜬다. 하지만 웃음을 감출 수가 없다. 또다시 슬픔이 나를 덮쳐 오는데도 불구하고. 나는 아멜에게 끝났다고, 내 거짓말에서 만들진 관계였으며 안토니는 진짜 나에 대해서 아는 게 없다고 얘기한다. 아멜은 모래밭에다 발끝으로 둥근 선을 그리면서 내 얘기를 귀담아듣는다. 내가 말을 끝내자 조심스럽게 대꾸한다.

"있지, 너, 걔가 소중하다면 가서 진실을 말해야 할 거야. 어떻게

307

생각할지, 그리고 너를 용서할지 말지는 걔가 정할 일이고."

"그럴 수 없어⋯⋯. 분명 내가 미쳤다고 생각할 거야. 그러면 우리가 함께했던 모든 추억이 다 망가질 거고⋯⋯ 그리고 그가 내게서 좋아한 거, 감탄한 건, 우리가 같은 열정을 나누기 때문이었어. 농구가 아니면 나한테 흥미를 느낄지 모르겠어."

"그럼 확인해 볼 필요가 있지 않아? 너를 오로지 농구 때문에 좋아한다면 바보 같은 놈이지. 네가 다 알고 싶다면 말해 줄 수 있는데, 난 그놈의 농구 얘기 항상 지겹기만 했어. 그래도 너는 내가 세상에서 가장 좋아하는 여자애라고⋯⋯."

"고마워⋯⋯. 그런데 내가 요즘 하도 뺨을 맞아서⋯⋯ 걔가 보일 반응이 너무 두려워. 나쁘게 끝나는 걸 보느니 우리 이야기를 오점 없는 추억으로 간직하는 게 더 쉬울 거 같아."

아멜은 조용히 고개를 끄덕이며 아무 말도 하지 않고 트윅스 남은 걸 먹는다. 집에 돌아오니 엄마가 식탁을 무슨 브런치 카페라도 되는 것처럼 오렌지 주스, 잼, 브리오슈, 크루아상까지 다 차려 놓고 커피 향을 맡으며 우리를 기다리고 있다. 그제야 방금 트윅스 반 개를 먹었는데도 배가 고파서 죽을 것 같다는 느낌이 들었다.

"결국은 빵집에 가서 크루아상이랑 브리오슈를 사 왔어. 팬케이크를 시도하긴 했는데, 분명 밀가루에 무슨 문제가 있나 봐." 엄마가 털어놓는다.

엄마가 팬에 넣고 구우려고 했던 이상한 반죽 덩어리를 쳐다보고 웃음이 나는 걸 참는다. 파이 반죽만큼이나 두꺼운 데다가 버터 넣는 것도 빼먹었다.

"당연히 밀가루 문제지, 그럼······."

4쿼터

수용

39

옷장에서 내가 가진 유일한 원피스를 꺼낸다. 짙은 회색인데, 2년 전 할아버지 생신 파티 때 엄마가 사 준 거다. 울 재질의 겨울 원피 스라서 창문으로 들이비치는 4월 중순의 햇살 아래에서는 너무 두 꺼운 데다 요 몇 달 동안 키가 좀 커서 상당히 짧다. 엄마가 빌려준 스타킹을 신고, 같이 샀던 못생긴 검정색 발레리나 구두를 꺼낸다. 구두 안으로 발을 욱여넣으니 인상이 찌푸려진다. 진짜 작지만 선택 의 여지가 없다. 나는 거울을 한 번 쳐다보고 눈을 위로 치켜뜬다. 착한 여자애들이 다니는 기숙학교 공개수업 날에나 볼 것 같은 멍청 이 꼴이다. 망설이다가 서랍에서 아빠가 미국 갔다가 사다 준 시카 고 불스의 컬러풀한 스카프를 꺼내서 목 주위에 두른다.

꽃무늬 벽지 위엔 내가 좋아하는 포스터 몇 장이 다시 붙어 있다. 내가 요청했는데도 엄마는 아무것도 버리지 않았다. 다시 꺼낼 때 가 오기를 기다리며 모든 걸 박스에 정성껏 정리해 넣어 두었다. 심 리 상담사는 애도를 해야 한다고 해서 자신의 과거 존재에 관한 모든 흔적을 다 없애 버려야 하는 건 아니라고 한다. 농구는 언제까지나 내 역사의 일부일 거고 내가 그걸 부인할 필요는 없다고 한다. 그건 마치 아빠가 더 이상 존재하지 않는다고 아빠와 연결된 모든 것을 없애 버리는 것과 같을 거라고. 그래서 스테판 커리 포스터랑 메달 몇 개, 그리고 무엇보다도 아빠랑 같이 찍은 사진 몇 장은 다시 붙였다. 나머지는 다 앨범에 끼워 두었다. 가끔씩 펼쳐 보는데 어떤 것들을 보고 추억하면서 웃는 나 자신에 놀란다. 차이점은 이제 벽에는 농구 말고 다른 것도 붙어 있다는 거다. 고장 난 즉석 사진 촬영 부스에서 아멜이랑 찍은 진부한 사진들, 지난 2월에 아나이스랑 같이 갔던 콘서트 티켓 두 장, 아빠가 살아 있을 때 가족 여행 갔던 사진, 영국에 어학 코스 갔을 때랑 니코 생일 파티 때 사진, 그리고 니코, 아멜, 아나이스랑 같이 디즈니랜드에서 놀이기구 타면서 공포에 질려 소리 지르던 사진은 액자에 넣어 걸어 두었다. 아빠가 선물해 준 오스카 와일드의 인용문도 다시 꺼내 두었다.

심리 상담사랑 심장 전문의 그리고 엄마랑 한참 의논을 한 다음, 나는 운동을 가끔씩만 하기로 했다. 너무 오래 하거나 너무 자주는 하지 않는 걸로. 벤 삼촌은 여전히 나를 체육관에 오지 못하게 하지만 다른 야외 농구장을 찾았다. 엄마는 마침내, "리스크가 있다는 걸 아시죠? 어떤 사람들은 위험하지만 하기로 결정합니다. 당신들의 결정입니다."라고 결론을 낸 의사와 긴긴 대화 끝에 타협을 했다. 나는 검사를 좀 더 자주 하고, 절대로 약 먹는 걸 잊지 않겠다고 맹세했다. 검사 결과가 좋으면 그만큼 리스크가 줄어들 것이다. 만약 좀 나빠지면, 그때 가서 보기로……. 내가 니코에게 처음으로 다시 뛰자고 제안을 했을 때, 나는 걔가 혼자 와서 한 시간 동안 골을 넣을 줄 알았고, 그래도 좋을 것 같았다. 그런데 농구장에 도착해 보니 애들이 다섯이다. 니코랑 내 이전 팀의 여자애들 넷. 내가 남자 팀에서 뛰겠다고 두고 나온 애들. 심지어 살로메도 있었는데 친한 척 팔꿈치로 툭 치면서 나를 맞아 주었다.

"오, 마르텡 양, 이게 뭐야. 나사가 좀 풀린 거 아냐? 시합에는 제시간에 와야 되는 거 몰라?"

걔네들을 가서 안아 줄 수도 있었을 거다. 그만큼 나는 감동했다.

내가 운동을 할 때 딱 한 가지 조건은 엄마한테 미리 알리는 거다. 대부분 엄마는 어떻게 해서든지 시간을 빼서 오고 벤치에 앉아 노트북을 켠다. 어떤 때는 경기를 좀 보기도 한다. 한번은 "반칙!" 하고 화가 나서 소리를 지른 적도 있는데 어떤 선수가 내 발을 걸었기 때문이다. 엄마가 올 수 없을 때는 니코가 명령을 받는다. 조금이라도 이상한 기미가 보이면 바로 엄마한테 전화를 하는 걸로. 이런 경기는 스트레스도, 목적도 없고 어렸을 때처럼 마냥 신나는 운동이다. 어떤 때는 이게 더 기분이 좋고, 어떤 때는 다시 흥분과 도전의 전율을 느끼고 싶기도 하다.

한두 번쯤, 니코랑 여자애들이 벤 삼촌이 변두리 구석에 가서 '새로운' 농구 천재를 찾아내 데려왔다는 말을 슬쩍 한 적이 있다. 나는 그 말에 대꾸하지 않았다. 니코가 그 얘기를 더 길게 하지는 않는데 내 자리가 다른 선수로 대체되었다는 말에 내가 상처 받을까봐 그런 것 같다. 그날 지붕 위에서 싸운 이후로 나는 안토니를 다시 본 적이 없다. 불쑥불쑥 그에게 전화하고 싶었는데 심리 상담사는 우리의 이야기가 내 머릿속에서는 진짜로 끝난 게 아니라고 생각한다. 하지만 시간이 지날수록 조각들을 다시 이어 붙이는 게 점점 더 불가능해 보인다. 잠이 안 오는 밤이면 그동안 주고받았던 메시지들을 다시 읽어 보기도 하지만, 안토니는 나를 잊어버렸을 거고, 벤 삼촌이 그에게 1분의 휴식도 허락하지 않았을 거란 생각도 든다.

아멜이랑 같이 공부를 많이 한다. 일주일에 네 번, 두 시간씩. 나는 정신을 딴 데 팔지 못한다. 뒤처진 걸 따라잡느라 점점 더 많이 노력한다. 두 번째 학기에는 모든 과목에서 중간 점수를 받는 데 성공했고, 영어나 수학 같은 어떤 과목들은 덜 고통스럽게 느껴졌다. 심지어 수업 시간에 다뤘던 어떤 책이 너무 좋아서 두 번이나 읽은 적도 있다. 샐린저의 『호밀밭의 파수꾼』.

발레리나 구두가 너무 작아서 얼굴을 찌푸리면서 계단을 내려간다. 애기 때, 활짝 웃는 아빠 옆에서 시카고 불스 운동복을 입고 찍은 사진 옆을 지난다. 엄마는 단호했다. 여긴 자기 집이니 이 사진은 결코 여기서 떼어 낼 수 없다고.

엄마가 현관에서 나를 기다리고 있다. 검은색 원피스 위로 밝은 회색 자켓을 걸쳐 입는 중이다. 언제나 그렇듯이 머리 손질과 화장이 완벽하다. 저렇게 높은 구두를 신고 어떻게 걷는지 모르겠다. 엄마는 내 머리끝부터 발끝까지 빠르게 훑어보고는 눈살을 찌푸린다. 나는 검정과 빨강색으로 된 스카프에 대해서 지적 받을 각오를 하고 있다.

"발레리나 구두 신었네? 너무 작지 않아?"

"내 구두는 다 너무 작아."

"그래, 알아. 새 신발을 사다 놨는데, 내일 주려고 했지만 신을 게 없으니……."

엄마는 신발장 선반에서 하얀 상자를 집어서 내게 내민다.

"아나이스랑 같이 가서 골랐어. 너 성적 올라서 칭찬해 주려고."

"감사."

나는 기계적으로 상자를 받는다. 아무리 아나이스랑 같이 골랐다고 해도 엄마가 지금 내가 신고 있는 것보다 덜 불편한 신발을 찾아내는 데 성공한다는 건 통계적으로 불가능하다. 하지만 나는 상자를 열고 몇 초 동안 말문을 열지 못한다.

"마음에 드니?"

나는 천천히 얇은 종이를 벗겨 내고 운동화를 꺼낸다. 발목까지 올라오는 모델이다. 광택이 있는 검정색에 발목 부분에 주황색 줄이 있고 옆에는 나이키 로고가 형광 오렌지색으로 넓게 펼쳐져 있다.

"이건……."

나는 운동화 바닥을 쓸어 보면서 낱말을 고른다. 그 안에 코를 박고 새 가죽 냄새를 맡고 싶다. 이건 딱…….

"마음에 안 들면 교환할 수 있어. 그러려면 지금 신으면 안 되지."

"아니, 그게 아니라…… 이건…… 너무 완벽해."

엄마는 마음이 놓인다는 듯이 웃으며 힘차게 핸드백을 멨다.

"됐네!"

나는 황홀한 웃음을 띠고 맨 아래 계단에 앉아서 새 신발을 신는다. 다시 일어나서는 갑작스런 충동에 휩싸여 엄마를 끌어안는다.

"엄마, 고마워."

"한정판이야……. 미국에서 주문했어." 엄마는 자랑스러움을 감추지 않고 나를 더 꼭 껴안는다.

"내가 중간 점수 넘을 때마다 새 신을 샀으면 엄마랑 언니 둘 다 아주 신발에 깔려 죽었을걸." 마침 계단을 내려오던 아나이스가 투덜댔다.

나는 동생 등을 툭 쳤다.

"엄청 잘 골랐네. 고마워."

"지난번에 내가 선물해 준 것보다는 더 자주 신어야 해." 아나이스가 잘난 척하며 말했다.

동생은 내게 눈을 찡긋하고 나는 여전히 옷장 속에 잘 모셔 둔 분홍 구두를 생각하면서 웃음을 참는다.

체육관에 좀 일찍 도착한다. 제일 큰 공간, 내가 그렇게도 자주 운동을 했던 곳으로 들어가기 전에 나는 숨을 깊게 들이마신다. 마지막으로 여기에 왔을 때 페스트 환자처럼 쫓겨났었지. 계단식 좌석은 아직 반쯤 비어 있고 벤 삼촌은 임시로 마련한 단상에서 마이크를 테스트하고 있다. 삼촌은 우리를 보자마자 내려와서 두 팔을 활짝 벌려서 힘껏 안아 준다.

"자, 발언자 자리에 가서 앉으세요!"

나는 핸드폰을 만지작거리고 있는 아나이스 옆에 앉는다. 아나이스는 지난 달부터 남자 친구가 생겨서 서로 하루 종일 뭐 했는지 시시콜콜 얘기하고, 하트를 보내고, 같이 있었던 얘기까지 하느라 정신이 없다. 사람들이 도착하기 시작하고 웅성거리는 소리가 점점 커져서 천장이 높은 체육관이 울린다. 봄 햇살이 창문으로 들어오고 하얀 빛줄기가 지난 수년 동안 수천수만의 운동화 자국으로 닳고 닳은 바닥을 어루만진다. 나는 천천히 나무와 고무의 친숙한 냄새를 들이마신다. 과거의 냄새.

벤 삼촌이 조용히 해 달라고 하더니 마이크를 잡고 말하기 시작한다. 나는 뒤를 돌아보지 않았다. 누가 와 있는지 사람들이 얼마나 되는지는 짐작할 수도 없지만 사람들이 많다는 건 알겠다. 오늘은 체육관 확장 공사 준공식을 하는 날이다. 장애인 선수들이 적응할 수 있도록 내부 구조를 다 변경했다. 그리고 이 새 건물에 우리 아빠 이름을 붙이기로 했다. 비록 이렇게 성과가 나는 걸 보지는 못하지만 이 프로젝트를 맨 처음 제안한 사람이 아빠였기 때문이다. 벤 삼촌은 나를 포함해서 여러 선수들에게 나와서 한마디 하라고 청했다. 나는 많이 망설였다. 사람들 앞에 나서서 말하는 걸 싫어하는 데다가 이렇게까지 나랑 깊은 관련이 있는 상황에서는 더 싫었지만 결국은 받아들였다. 나는 단상 위에 올라가서 애들이 하는 말을 귀 기울여 듣는다. 각자 아빠에 대한 일화를 하나씩 얘기한다. 어떤 여자애는 덩크슛 이야기를 했다. 마지막은 니코 차례다. 니코는 오로지 아빠만 가르쳐 줄 수 있었던 훈련의 엄격함에 대해서 이야기하고 마지막으로 내 눈을 보면서 웃었다. 여자애들을 유혹할 때나 선생님들의 환심을 사기 위해 짓는 미소가 아니라 그 애의 진짜 미소다.

"끝으로, 이 체육관에서 그 애가 뛰는 걸 보는 게 영광이었던 우리의 최우수 선수, INSEP에 합격한 유일한 선수에게 마이크를 넘기겠습니다. 여러분들은 텔레비전이 아니라 여기서 이 선수를 보는 행운을 누리고 계십니다. 왜냐하면 지금, 이 세상보다 좀 덜 바보 같은 세상이라면 이 선수는 분명히 미국 WNBA 최고 팀에서 플레이오프 경기를 준비하고 있을 테니까요……. 레아, 이제 네 차례야."

나는 여기저기서 조금씩 박수 소리가 나는 가운데 일어선다. 다리가 좀 떨리는 것 같다. 땀으로 젖은 손에는 지난밤 출력해 둔 인사말 종이가 네 번 접혀서 젖고 구겨져 있다. 나는 단상으로 올라가 마이크 높이를 조절하면서 필요 이상으로 시간을 끈다. 나는 A4 용지를 조심조심 펴서 탁자 위에 올려놓고 손바닥으로 접힌 부분을 누른다. 안토니라면 멍청한 할리우드 영화에서처럼, 이라고 말했을 것이다. 지금이 바로, 내가 준비한 것과는 아무 상관도 없는 말을 즉흥적으로 해야겠다고 결정을 내릴 순간인지도 모르겠다. 하지만 내가 올해 배운 게 있다면 그건, 인생은 할리우드 영화 같은 게 아니라는 거다. 웃음을 띤 채 손바닥으로 엄지를 접어 넣고 나머지 손가락으로 닫아서 한 마디가 넘치게 나온 오른손을 흔들어 보이는 아나이스와 눈길이 마주친다. 병원에서 우리에게 시켰던 첫 번째 테스트인데 마르팡 증후군 증상의 하나다. 나한테는, 그것 말고는 겉으로 드러나는 증상이 별로 없다. 이건 이제 아나이스랑 나 말고 다른 사람은 아무도 알아볼 수 없는 우리 둘만의 농담 같은 게 되었다. 탁자 아래에서 나는 엄지손가락 위로 나머지 손가락들을 접어 보며 용기를 내고, 숨을 깊이 들이마신다. 그리고 시작한다.

"안녕하세요, 저는 레아 마르텡입니다. 타르니에서 오랫동안 농구를 가르쳤으며, 장애가 있는 스포츠인들에게도 접근이 가능할 수 있도록 이 확장 공사를 맨 처음 시작했던 알렝 마르텡의 딸입니다. 여러분께서 모두 오랫동안 자신들을 지켜 주었던 코치에 대해서 이야기했고, 저와 저의 가족은 그 증언에 몹시 감동했습니다. 하지만 저는 코치에 대해서 말하러 온 것이 아닙니다. 제 아버지에 대해서 말하러 왔습니다."

이어서 나는 자신감이 부족한 목소리로, 계단에 걸려 있는 사진, 어린 시절의 내 꿈을 실현시켜 주기 위해서 아빠가 바쳤던 자기 인생의 시간들에 대해서 말한다. 그리고 일요일 아침의 팬케이크, 산부인과 예약, 감자칩과 누텔라를 엄청 먹으면서 플레이오프 경기를 봤던 밤들도 얘기한다. 마르팡 증후군에 대해서도 얘기한다. 이 병이 좀더 알려졌더라면, 어쩌면, 아빠가 죽지 않았을 수도 있으니까. 주저하지 않고 말한다. 아빠한테 물려받은 게 그거라서가 아니다. 사람들이 나를 마르팡 증후군에 희생된 사람으로 기억하게 되는 걸 거부하기 위해서다.

이때 나는 처음으로 고개를 들어 청중들을 기계적으로 훑어본다. 그러다가 딱 멎어 버린다. 물론, 안토니가 올 수도 있겠다는 생각은 했다. 하지만 오늘은 토요일이고, 토요일에 그는 시청에서 일한다. 자기가 한번 본 적도 없는 사람을 기념하기 위해서 체육관 확장 공사 준공식에 참석하는 것보다 더 나은 일이 얼마든지 있을 것이었다. 나는 숨이 멎는 것 같다. 침묵이 너무 무겁게 느껴져서 군중들이 그대로 굳어 버린 느낌, 우리가 말없이 눈길을 주고받는 걸 모든 사람들이 다 의식하는 것 같은 느낌이 든다. 그는 내가 기억하고 있는 것보다 머리가 더 짧고, 사람들이 가득 찬 체육관에서도 알아볼 수 있을 만큼 눈빛이 치열하면서도 탐색하는 듯하다. 사람들이 웅성거리기 시작했고 나는 말을 하다 말고 문장 한가운데서 멈춰 있다는 걸 알아차린다. 종이 위로 고개를 떨구지만 더 읽어 나갈 수가 없다. 모든 게 뿌옇다. 눈을 감았다가 뜨고 다시 시작한다.

"저는 농구에는 재능이 있는 것 같습니다만, 불행히도 언어에는 그런 것 같지 않습니다. 그래서 우리 아버지에 대해서 저보다 더 잘 설명해 주는 인용문을 하나 골라왔습니다. 오스카 와일드의 말입니다. '언제나 달을 겨냥해야 한다. 그러면 실패를 하더라도 별에는 도착한다.' 이게 바로 제 아버지가 제게 물려준 교훈입니다. 아주 어렸을 때부터 아버지는 제게 가르쳤습니다. 의심을 치워 버리라고, 의문을 품지 말라고, 자기를 믿으라고, 불가능한 꿈을 꾸고, 어떻게든 그 꿈을 이루어 내라고, 어떤 방해물이 있더라도, 남들이 뭐라고 하든, 최선을 다하라고……. 제가 건강 문제로 운동을 금지 당했을 때, 그래서 어린 시절의 꿈을 결코 이룰 수 없다는 걸 알았을 때 세상은 무너졌습니다. 오랜 시간이 흐른 후에야, 훈련하고, 운동하고, 희망하며 보냈던 그 많은 시간들이, 그 모든 노력들이 헛된 게 아니라는 걸 알게 되었습니다. 저는 거의 매일 아침 제 아버지라는 놀라운 사람과 함께 제가 세상에서 가장 좋아하는 일을 하기 위해서 일어나는, 엄청나게 행복한 유년기를 보냈습니다. 이제 저는 그게 상상을 초월하는 행운이었다는 걸 알게 되었습니다. 그리고 제가 좋아하던 어떤 사람이 말했듯이 '우리가 해피 엔딩으로 끝나는 멍청한 할리우드 영화 속에 살고 있는 게 아니'라 할지라도, 그리고 불행히도 저는 결코 달에 갈 수 없을지라도, 오늘 저는 제 아버지 덕분에, 미친 꿈을 좇아 달렸던 시간들 덕분에, 저, 레아 마르텡은 별들을 스치는 엄청난 행운을 가졌습니다."

40

사람들이 새로 공사한 체육관 안에서 이리저리 흩어진다. 시장이 사람들과 악수를 하고 플라스틱 샴페인 잔이 돈다. 엄마는 벤 삼촌과 이야기를 한다. 엄마는 삼촌이 아빠의 프로젝트를 끝까지 밀어붙인 데 감동한 것 같다. 인생은 참 이상하다. 저 두 사람은 아빠가 살아 있을 때보다 더 의견이 잘 맞는다. 누군가 내 등을 가볍게 치는 걸 느끼고 돌아본다.

"와우, 너 연설, 끝내주던데! 네가 말을 그렇게 잘하는 줄 몰랐네……."

"잘하는 거 아냐. 이십만 번쯤 연습했을 뿐이야."

니코는 웃으면서 플라스틱 잔에 든 걸 마신다. 내년이면 그는 남서부에 있는 농구 선수 훈련소로 떠날 것이다. 니코를 위해서 잘된 일이지만 보고 싶을 거다.

"근데, 너 신발 너무 멋진 거 아냐……?"

나는 내 새 운동화를 내려다보면서 살짝 으쓱하는 기분이 된다.

"고마워."

"레아……(그는 말을 고르는 듯이 잠시 망설인다) 사실은 이 말 하려고 온 건데, 우리 집에서 팀 친구 둘 초대해서 플레이오프 개막 경기 보려고 하는데…… 너는 너네 아빠랑 같이 보던 거 아니까…… 이제는 농구 경기 안 보는 거 아니까…… 근데 혹시 모르겠더라고……. 너도 올래?"

대답을 하는 데 몇 초는 걸린다.

"그게 뭐…… 오케이……. 갈 수 있을 거 같아."

"진짜? 미국이랑 시차를 생각해서 밤 11시쯤 와, 알았지?'

고개를 끄덕이는데 사람들 속에 저만치 안토니가 서 있는 게 보인다. 그는 내게 등을 돌린다. 나는 겨우 1초 망설인다.

"나, 뭐 할 게 있는데, 갔다 올게."

"노 프러블럼, 이따 봐."

니코는 활짝 웃으면서 다른 사람이랑 얘기하러 간다. 나랑은 반대로 니코는 이런 자리에서 완전히 물 만난 고기다.

안토니는 바지 주머니에 손을 넣고 있다. 그가 셔츠를 입고 있는 건 처음 본다. 두근거리는 가슴을 안고 슬며시 그에게 다가간다. 경기하러 갈 때보다 더 심하게 긴장된다.

"안녕……."

그는 보일 듯 말 듯 망설이더니 뒤를 돌아본다. 우리 주변에서는 사람들이 떠들고 있고 아무도 그와 나 사이의 이렇게나 두터운 불편함을 알아차리지 못한다. 나는 불편해서 숨이 막힐 것 같다.

"연설 잘하더라……." 그가 말한다.

324

내가 그의 목소리를 얼마나 좋아했었는지 잊고 있었다.

"고마워……. 너는 토요일엔 항상 시간이 없는 줄 알았는데."

"이젠 아냐……. 토요일마다 훈련이 있거든. 일을 그만둬야 했어."

이 소식을 듣고 나는 이상하게도 행복해진다. 이건 어쩌면 그가 자신의 재능을 진지하게 받아들이게 되었다는 뜻인지도 모른다.

"너네 아빠 일, 유감이야……."

"고마워……. 너네 엄마는 괜찮으셔? 일자리 다시 얻으셨어?"

"응, 심지어 전보다 급여가 좀 더 많아졌어. 엄마는 다시 태어난 거 같대. 형이 3개월 교도소에 있다 나와서 다시는 대마초 안 판다고 했거든. 형은 남쪽 지방으로 떠났어. 거기서 지금 피자 가게에서 일해."

"너네 식구들이 잘 지내게 돼서 좋다……. 그래서 너, 이제 타르니 클럽에서 뛰는 거야?"

"응, 벤자멩 선생님은 내가 프로가 될 수도 있을 거 같대. 발 플뢰리에 와서 내가 운동하는 걸 한번 보고는 그때부터 날 놓아주지 않아서 결국 내가 졌어."

"웃기다. 그거 진짜 잡기 어려운 행운이잖아……. 그런 식의 기적은 할리우드 영화에서나 일어날 뿐이라고 어떤 애한테 들은 지 얼마 안 됐는데 말이지……."

"맞아. 그런데 체육관 사무실에서 너랑 너네 아빠랑 같이 찍은 사진을 보고 그 굉장한 행운이 단지 우연은 아니었구나 알게 되었지."

나는 그냥 웃는다.

"너, 프로 선수 되는 거보다 더 잘될 수도 있을 거 같아. 있잖아,

진짜 애를 써서 경기하는 법을 배우고 개인 플레이 덜 하고 그러면 언젠가는 NBA에 가서 더 클 수도 있어. 내가 봐서 알아."

그가 다시 웃자 턱에 보조개가 패인다. 나는 그의 뺨에 손을 갖다 대지 않기 위해서 나 자신에게 거의 폭력을 행사해야 한다.

"이게 그 '체육관이 생긴 이래 뛰는 걸 보는 것만으로도 영광이었던 최고의 선수'가 인정하는 거라면, 네 말을 믿어야겠지……."

그는 말을 잇기 전에 침묵이 흐르게 놔둔다.

"열두 번도 더 너한테 전화하려고 했었어……. 너한테 고맙다고 말하고 싶었어. 벤 선생님을 내게 보내서 운동하는 걸 보게 해 준 거. 그리고 너한테 물어보고 싶은 것도 있었는데, 네가 다시는 나랑 얘기하고 싶지 않다고 해서, 그래서 참았어……."

"뭘 물어보고 싶었는데?"

내 목소리가 떨린다. 끊임없이 그를 생각했던 요 몇 달 동안, 어쩌면 그도 내 생각을 했고, 나만큼 후회하는 거라는 생각에…….

"너한테 내 코치를 해 줄 수 있는지 물어보고 싶었어."

"내가 코치를?"

이건 아니다. 이것만 아니면 더 좋았을 것 같다. 그런데 잘 모르겠다. 내가 실망한 건지, 칭찬을 받아 좋은 건지.

"응. 너, 아빠가 해 준 거라면서 다른 애들한테 조언해 준 거 기억나?"

"그걸 진짜 코칭이라고 할 수는 없지……."

"그게 딱 코칭이었어. 그때부터 우리 팀의 수준이 완전히 달라졌거든. 너는 각자의 강점과 약점을 알아보는 눈이 있어……. 우리가 처음으로 만나서 이야기하던 날, 너는 본능적으로 나한테 와서 너무 개인 플레이 한다고 그랬지. 지브릴, 테디, 로메오 전부 다 너를 만나기 진에는 경기기 먼지도 모르던 애들이야. 걔네들도 다 인정하는 사실이라고……."

"난 열일곱 살이야. 아직 바칼로레아도 안 치렀고 너한텐 벤 삼촌…… 그러니까 벤자맹 선생님이 있잖아. 경험이 많은 분이야. 그 선생님이 너를, 네가 될 수 있는 최고의 선수로 만들어 줄 거야."

"맞아, 훌륭한 분이야. 하지만 넌, 너한텐 다른 게 있어. 내게 절대적으로 필요한 거. 너는 의심을 하지 않고, 절대로 놓치지 않아. 너는 결코 포기하지 않아. 너 연설하는 거만 봐도 그래. 넌 절대 어중간하게 안 하고, 타협도 없고, 쉬지도 않아. 어떻게 표현해야 할지 모르겠는데, 종교적인 경계랄까. 너는 신념이 있고, 그게 전염이 돼. 나는 정말로 믿어 주는 누군가가 필요해. 왜냐면 내 약점은 멘탈이거든. 난, 내가 뭘 하든, 미래가 막혀 있는 환경에서 자랐어. 내게는 모든 게 가능하다고 끊임없이 상기시켜 주는 사람이 필요해. 그리고 너랑 같이 뛸 때만큼 내가 농구를 사랑했던 적이 없는 거 같아. 네가 나한테 도전했을 때만큼 잘하고 싶고, 이기고 싶었던 적이 없었어. 개인 플레이 아무리 해 봤자더라. 운동은 팀으로 하는 거고, 성공하려면 내 팀에 네가 있어야 돼."

나는 그가 하는 말에, 그리고 그 말에 담긴 진심에 감동한다. 아주 어렸을 때부터 아빠가 인정하던, "레아는 내가 한 번도 못 가져 봤던 거, 극소수의 사람들만 가진 걸 가지고 있어. 걔한테는 불덩어리가 있어."라는 말을 다시 생각한다. 그리고 이상한 건, 내가 아직도 믿고 있다는 거다. 자기와 격렬하게 싸우면 꿈을 실현할 수 있다고, 넘을 수 없는 장애물이란 없다고. '불덩어리', 아직도 그게 있는 거다. 그걸 사용해서 나는 다시 일어나고 나를 다시 만들어 나갈 수 있다. 삶의 맛을 되찾은 건 안토니 덕분이다. 갑자기 나는 존재의 난장판에서 나의 운명이 왜 그의 운명과 만났는지 이해한다. 둘이서는 성공할 수 있다. 우리 둘 다 각자 혼자서는 할 수 없었던 걸 해낼 수 있다. 혼자서는 둘 다 좋은 선수였지만 함께하면 우리는 천하무적이 되는 거다. 멋진 한 팀이 되는 거다.

"오케이, 좋아. 할게!" 나는 새로운 에너지에 갑자기 생기 있게 말한다.

"좋아!"

약간 어색한 침묵이 이어지고 나는 우리 사이에 밝혀 둬야 할 게 아직 남았다는 걸 안다. 생각하지 않으려고 애쓰면서 뛰어든다.

"나도, 지난 가을부터 천 번도 넘게 전화하고 싶었어……. 말하고 싶었던 게…… 거짓말해서 미안하고, 아빠랑, 농구 얘기 바로 안 했던 거……. 내가 너무 못 지내다가 거짓말만 하고 다 망쳐 버렸어."

그는 천천히 고개를 끄덕이면서 탐색하는 듯한 그 회색 눈동자로 내 얼굴을 뚫어지게 바라본다. 가서 껴안고 싶다. 그의 냄새를, 온기를 다시 느끼고 싶다. 그가 여전히 나를 원할 리 있을까? 그런데도 나는 계속한다. 그를 사람들 속에서 알아보면서 나는 심리 상담사 말이 맞았다는 걸 이해했다. 우리의 이야기가 끝났다는 걸 인정하기 위해서는 설명이 필요하다.

"아직 관심 있는지 모르겠지만, 설명하고 싶어……. 함께 있을 때

애기 못 했던 거……. 근데 이해는 해. 네가 벌써 다 정리했고, 내가 왜 그렇게 행동했었는지 알고 싶지 않다고 해도 말이야……. 괜찮으면 다른 데 기서 얘기해도 될까? 여긴 사람들이 너무 많아서……."

나는 말을 끊지 못한다. 그의 얼굴에 감정이 드러나지 않고 그의 침묵이 불안하기 때문이다. 아직도 화가 나서일까, 아니면 더 최악이겠지만 아무래도 상관 없어서 말을 안 하는 걸까?

"그럼, 괜찮지. 너 하고 싶은 대로 하자."

그의 말투는 형식적이고 나는 그런 반응에 겁이 난다. 하지만 할 수 없다. 적어도 그는 진짜 내가 어떤 사람인지 알게 될 테니까. 나는 샴페인을 홀짝이고 있는 사람들 사이를 뚫고 살살 유리문이 흔들거리는 데까지 간다. 복도에도 또 사람들이 있고 어딜 가야 조용할지 알 수 없어서 여자 탈의실 문을 밀어 본다.

"여기 앉으면 되겠다."

나는 두 줄로 늘어선 사물함들 사이에 있는 벤치 위에 책상다리를 하고 앉았다. 안토니는 정강이가 내 옆에 오도록 와서 선다. 너무 가깝기도 하고 동시에 너무 멀기도 하다.

"그러니까, 사실은 이래. 내가 우리 아빠에 대해서 말한 거, 아빠랑 나의 관계, 어렸을 때부터 훈련시켜 준 거, 그거 다 진짜야……. 그런데, 이제 알았겠지만 아빠는 작년에 돌아가셨어. 그런데 내가 계속 현재형으로 너한테 얘기한 건, 너를 못 믿어서가 아니라 내가 너무 힘들어서 현실을 인정하지 못해서였어."

"힘들었겠다."

"너무 급작스러웠어……. 작년에 우리 학교로 자전거 가져왔던 날 생각나지? 그 바로 며칠 전에 일어났던 일이야."

"우리가 만났던 그 두 번 사이에 너한테 무슨 일이 일어났을 거라고 항상 생각했었어. 처음 운동하러 왔을 때의 열정적이고 쾌활한 레아는 그다음부터 볼 수가 없더라고······." 그가 낮게 웅얼거린다.

나는 어떤 사물함 문짝에 칼로 새겨 놓은 깨진 하트 모양에 눈을 고정시키고 내 이야기를 이어 나간다. 진단, 운동 금지, 포기에 대해서 그리고 여러 달 동안 약도 안 먹고 현실을 부정하고 지냈던 거······.

"그러니까 수요일마다 우리랑 운동하러 왔을 때는 이미 위험하다는 걸 알고 있었던 거네?"

"응······."

"그래서 아직도 운동하니?"

나는 어깨를 으쓱한다.

"가끔씩 하는데 깊이 들어가지는 않고, 정기적으로 검사를 받고 있어."

"이런 얘기, 다, 6개월 전에 나한테 할 수는 없었어?"

"네가 날 미쳤다고 생각할까 봐, 나랑 운동 안 하려고 할까 봐, 그리고······ 실망할까 봐 무서웠어. 나는 농구 빼면 흥미로운 사람이 아니니까······. 네가 떠날까 봐 무서웠어."

그는 한쪽 눈썹을 움찔하고, 처음으로 입가에 살짝 웃음기가 서리며 눈 속 깊은 곳에서 내가 잘 아는 빛이 반짝인다.

"그러니까 내가 제대로 이해를 했다면, 너는 지금 내가 너를 떠날까 봐 무서워서 나를 떠난 거라고 설명하고 있는 거지?"

"알아, 바보 같은 거. 그날, 헤어지려는 생각은 없었어. 바로 그 전에 동생이 수술을 했고, 엄마는 내가 운동한다는 걸 알아 버렸고, 모든 게 무너졌었어. 더 이상은 현실에 거리를 유지할 수가 없었어……. 그런 데다가 네가 했던 말이……."

나는 말을 삼킨다. 더 이상 나아가는 게, 지나간 아픔을 자극하고, 흉터가 되었다고 생각했던 상처에 대해서 말하는 게 아프다.

"내가 뭐랬는데?"

"나랑 사랑에 빠지는 게 역시 최악의 선택이라고 했잖아……. 그 말은 진짜 아팠어. 왜냐면, 난…… 너랑 사랑에 빠지는 게 아마도, 작년 내내 내가 했던 짓 중에 유일하게, 잘한 일이었거든."

안토니는 말을 고르는 듯이 나를 주의 깊게 살핀다.

"미안해……. 너네 아빠, 동생, 연기가 되어 날아가 버린 너의 꿈 그리고 너한테 그런 날카로운 말이랑 다른 얘기 많이 한 것도 미안해. 사실은, 바로 그 전에 우리 형이 체포됐고, 엄마는 아침부터 밤까지 계속 울고 있는데 네가 내게서 멀어져 가고 점점 더 벽을 치는 걸 보니 미칠 거 같았어……. 한눈에도 넌 불행해 보였는데, 위로해 주고 싶었는데 내 자신이 무력하게 느껴졌고, 네가 너무 밀어내서……."

"내가 다 망친 거 후회돼……."

그의 눈을 마주 볼 엄두를 내지 못하고 바보같이 내 손톱만 내려다보고 있으려니 울고 싶다. 우리 사이에 침묵이 이어지고 마침내 그가 먼저 침묵을 깼다. 그의 가벼운 말소리에 나는 쳐다보지도 않았는데도 그의 눈이 웃고 있다는 걸 알 것 같다.

"너 원피스 입고 있는 걸 보니 진짜 어색하다."

"잘 안 입는데……."

"나를 유혹하려고 그런 거라면 정직하게 말할게. 내가 반한 건 골든스테이트 워리어스 저지를 입은 레아였어."

나는 웃지 않으려고 입술을 깨문다.

"너 유혹하려는 거 아냐. 기념식인데 추리닝 입고 올 수는 없잖아"

"오, 그렇군. 그러니까 네가 날 여자 탈의실에 끌고 들어와 가둬버린 것도 역시 이 신축 체육관을 기념하기 위한 거구나."

"갇히긴 뭘 갇혀. 나가고 싶을 때 나가면 돼."

그는 몸을 숙여 내 귀에 속삭였다.

"인정해, 넌 항상 날 유혹했다고. 나를 보자마자 안 그럴 수가 없다고."

그는 조금 더 내 가까이로 몸을 숙인다. 이제 너무 가깝다. 모직 원피스 속의 살갗엔 땀이 차고 심장이 두근거린다.

"그리고 이게 해피 엔딩으로 끝나는 멍청한 할리우드 영화 같은 거라고 해도 너는 내 손을 잡을 거라고."

그의 몸이 너무 가까워서 소름이 돋는다. 나는 반사적으로 그의 손에 내 손을 얹는다. 고개를 들어 보니 그의 얼굴이 바로 코앞이라 내 입술 위로 번지는 그의 숨결을 느낄 수 있다.

"하지만 네가 나한테 길게 설명했듯이 우린 해피 엔딩으로 끝나는 멍청한 할리우드 영화 속에 있는 게 아니잖아……."

"그럼에도 불구하고 너는 또 예고도 없이 나한테 키스할 거잖아."

"너한테 키스하려는 거 아니야."

"맞잖아, 넌……."

나는 그가 말을 끝내도록 내버려 두지 않고 우리를 가르는 몇 센티미터를 단박에 넘어 그의 입술에 내 입술을 갖다 댄다. 순간적으로, 그는 나를 끌어안고 몸을 밀착한다. 나는 다리로 그의 허리를 감싼다. 그리고 세상을 잊는다. 그 없이 몇 달이나 어떻게 살아남았는지, 어떻게 그를 멀리하면 내 인생이 더 단순해질 거라고 생각할 수 있었는지 모르겠다.

한참 후에 우리는 서로에게서 떨어진다. 그는 꼭 붙들고 있는 내 손을 놓지 않고 나를 몇 초 동안 들여다본다.

"보고 싶었어, 에어 레아……."

"나 이제 에어 레아 아니야……."

그가 갑자기 웃음을 터뜨렸다. 전혀 예상 밖이다.

"당연히 에어 레아지……. 그럼 뭐야? 마이클 조던이 운동 그만뒀다고 에어 조던이 아닌가?"

그는 웃으며 다가와 내 머리카락을 귀 뒤로 꽂아 준다.

"넌 영원히 에어 레아야."

안녕,

나야.

여기 오는 데 일 년도 더 걸렸네. 알아, 이건 아니라는 거. 하지만 이제 왔잖아. 수첩이랑 만년필을 가져왔어. 난 아직도 비석에다 대고 말하는 게 어색하니까. 내가 여기 두고 갈 이 엉성한 편지들도 이젠 결론을 내야 되니까. 저세상과 소통하는 방법으로는 좀 어색하지만 내가 시작한 방법으로 계속할래. 편지 쓰는 걸로.

아멜이 입구에서 기다려 주고 있어. 보온병에 커피도 넣고 트윅스도 챙겨 왔더라고. 나갈 때 내 기분을 북돋아 준다고. 늘 그렇듯이, 걔가 옳아. 어떨 땐, 적당한 말이 존재하지 않으니까 암호를 만드는 게 낫다는 거. 그래서 한밤중에 니코네 집에서 안토니랑 여러 명이 같이 플레이오프 경기를 보고 난 다음에 아멜에게 문자를 보냈어. "당근이 익었다"라고. 아멜은 아침 8시에 내 방문 앞에 와 있었어. 근데 아멜이 요새 하고 있는 엉뚱한 생각이 뭔지 아빠는 진짜 짐작도 못 할 거야! 걔는 내가 이 모든 얘기를 꼭 써야 한다고 난리야. 굉장히 멋진 소설이 될 거라면서 잘못 쓴 거는 자기가 수정도 해 주겠다는 거 있지. 하긴, 내가 올해 아빠한테 편지를 꽤 쓰긴 했지. 그래도 그거랑 책을 쓰는 거랑은…… 나는 어떻게 시작을 해야 할지도 모르는데 말이야. 아니, 어쩌면 알 수도 있겠다. 처음 시작을, '이 이야기는 아빠로부터 시작된다', 이렇게 할 것 같아.

이 묘지 괜찮네. 타르니 클럽 사람들이 아빠를 위해서 한쪽 구석에 농구공을 새겨 넣은 표지판을 만들어 줬고 꽃병에는 생생한 꽃이 있어. 엄마는 매주 여기 와. 살면서 엄마 같은 아내를 만나다니 아빠는 운도 좋지. 아니, 정확하게 말하면, '죽어서도'랄까. 엄마는 아직도 슬픔에 빠져 있어. 있지, 사고 전날 아빠가 입었던 파자마를 입고 잘 때도 많아.

요양원에 매주 할머니를 만나러 가고 있어. 아빠 어렸을 때 얘기를 많이 해. 할머니는 이제 완전히 1980년대 속에 갇혀 버린 거 같아. 할머니 마음속에 아직 아빠가 우리랑 같이 있는 평행 세계가 있다고 생각하면 위로 같은 게 느껴지기도 해. 그러니까 우리 둘 다 행복해지는 거지. 아빠한테 전해 줄 커다란 새 소식도 있어. 나한테 새로운 지도가 생겼어. 잠깐, 플랜 B라고 생각하면 안 돼. 살짝 수정된 플랜 A일 뿐이라고. 나는 결코 WNBA에 들어가는 열네 번째 프랑스 농구 선수가 될 수 없을 거야. 첫 번째가 될 수 있는데 열네 번째가 되는 건 바보잖아. 그 대신, 나는 WNBA의 첫 번째 프랑스인 코치가 될 거야. 아빠가 나한테 가르쳐 준 거 다, 다른 사람들을 발전시키는 데 써먹을 거야. 특히 여자 선수들한테. 사람들은 프로 수준에서는 여자들을 별로 중요하게 생각 안 하니까. 아빠 모를 거야, 이 계획이 얼마나 나를 흥분하게 만드는지. 엄마는 내가 어떤 교육을 받

335

아야 하는지 알아보려고 말도 못하게 많이 조사를 했어. 벤 삼촌은 내가 클럽의 주니어들을 훈련시켜도 된다고 했어. 공식적으로 9월부터 일주일에 한 번씩. 보니까, 내가 남들에게 동기 부여를 별로 못하지 않더라고. 누구를 닮아서 그런지 모르겠지만······.

그리고 물론, 안토니가 있어. 걔는 의구심이 있어. 걔가 발전하는 걸 보면서 조금씩 줄어들기는 하지만 벤 삼촌도 의심스러워하기는 해. 하지만 지금부터 최대 2년 안에 타르니 클럽에서 선수 하나는 NBA에 넣을 수 있다는 데에, 그리고 그건 안토니일 거라는 데에 내 대동맥을 걸게. 정말 그렇게 되면 난 자랑스럽게 말할 수 있을 거야. 그건 그의 재능과 연습과 참을성 덕분이지만 또한, 나, 아빠, 벤 삼촌 그리고 많은 다른 사람들 덕분이라고. 왜냐하면 결국, 성공이란 팀워크니까. 아마도 이게 내가 농구를 하면서 배운 가장 중요한 교훈 같아.

그러니까 아빠, 걱정하지 마. 나 지금 아주 잘 지내. 결국, 인생은 연약한 것임을 알게 된 건 굉장한 행운이야. 이번 기회에 아무도 자기에게 시간이 얼마나 있는지는 결코 알지 못하니까 낭비를 하면 안 된다는 것도 알게 됐어. 그러니까 아빠 시간 전부를 나한테 준 거, 내 인생의 첫 열여섯 해에 모두 베풀어 준 거, 고마워.

나, 아빠가 나한테 계속 되풀이해 주던 말 자주 생각해. 내가 전문적인 수준의 스포츠는 여자애들에게는 너무 힘들다고 불평할 때마다 말이야. "너는 그걸 핑곗거리로 만들 수도 있고, 너만의 이야기로 만들 수도 있어" 하던 그 말. 내가 결코 마르팡을 핑곗거리로 만들지 않을 거라는 점은 분명해. 하지만 그걸로 내 이야기를 만들지도 않을 거야. 내 이야기는 우리의 이야기야. 아빠, 엄마, 아나이스, 안토니 그리고 나, 우리 모두를 더한 것 그 훨씬 이상이야. 마르팡은, 할머니 말처럼, 우리들의 스파게티 신드롬이야. 우리 존재는 곧고 똑바르고 조용했을 수도 있지만 인생이 우리 운명을 온통 헝클어뜨렸어. 스파게티가 끓어서 익는 것처럼 인생은 운명들을 혼란스럽게 섞어 놓기도 하고, 어떨 땐 예고도 없이 끊어 놓기도 하고, 결코 마주치지 말았어야 할 운명들을 얽히게 만들기도 해. 끓는 물 속에 빠지면 자신을 속이지 말아야 해. 너무 아플 수가 있으니까. 하지만 잘 들여다보면, 혼돈의 한가운데에서 예기치 못한 아름다움을 알게 될 수도 있어. 절대 만나지 말았어야 할 남자애를 만나 사랑에 빠진다든가, 공통점이라고는 하나도 없는 동생을 애지중지할 수도 있다는 걸 이해한다든가, 손에 손을 잡고 최악의 시련을 겪으면서 다시 가족이 되는 법을 배울 수 있다든가 하는 것처럼.

마지막으로, 내가 가장 애석해하는 건, 아직도 너무 자주 아픈 건, 프로로 뛰는 걸 포기한 거나 INSEP에 못 가게 된 거나 내 꿈을 끝까지 이루게 될지 알 수 없다는 게 아니야. 그게 아니라 만약 좀 더 나은 인생이었다면, 난 아직도 4, 50년은 아빠랑 같이 살 수 있었을 텐데 이제 내 존재의 가장 큰 부분이 아빠(와 아빠의 그 잔소리) 없이 굴러가게 되었다는 거야. 여기에는 절대로 완벽히 익숙해질 수 없을 거야. 난 좀 멍청하긴 한가 봐. 그동안은 아빠가 절대로 죽지 않을 거라고 믿고 있었거든.

이제 가야겠어. 그래서 네 마디로 마무리를 지으려고 해. 아빠한테 자주 이 말을 해 주지 않은 게 후회돼. 결국 중요한 건 이거 하나

뿐인데 말이야.

라라 파비앙식으로 말하면, 사랑해.

다음 주에 또 올게, 뽀뽀.

에어 레아

마지막으로 덧붙이는 한 마디

자기가 어떤 이야기를 쓸지 항상 선택하는 건 아닌 것 같다. 가끔은 이야기가 당신을 선택한다. 이게 내가 이 소설에서 배운 것이다.

2016년, 몇 달 간격을 두고, 내 아버지는 수정체 탈구를 두 번이나 겪었다(수정체가 떨어져 나가서 완전히 앞을 볼 수 없었다……). 두 번에 걸쳐 아버지를 수술한 의사는 매우 이례적인 일이라고 하면서 아주 놀랐다. 그만큼 통계적으로 가능하지 않은 현상이었다. 너무 일어날 법하지 않은 일이 일어나니까, 의식 있는 의사 한 분이 "혹시 모르니까 확인을 해 보자"면서 심장 초음파 처방을 내렸다. 초음파는 대동맥 하나의 직경이 너무 커서 치명적인 위험이 있다는 걸 알려 주었다. 아버지는 마르팡 증후군에 걸린 게 틀림없다는(나중에 유전자 분석을 통해서 증명되었다) 얘기가 나왔다. 아버지는 크리스마스 바로 다음 날, 응급 수술을 받았다. 동화적인 분위기와는 아주아주 먼 이 연말의 나날들에 대해서는 자세히 설명하지 않고 그냥 넘어가겠다.

나는 남동생이 셋이다. 마르팡 증후군이 유전이므로(걸린 사람이 자식에게 옮길 가능성은 통계적으로 절반이다), 우리들은 전부 다 병원에 불려 가서 레아와 아나이스가 겪은 것과 대략 비슷한 절차를 밟았다. 이야기의 리듬을 너무 무겁게 만들지 않기 위해서 나는 소설 속에 시간적인 자유를 좀 부여했다. 현실이라면 레아와 아나이스는 아빠가 죽은 바로 다음에 첫 번째 테스트를 받았어야 했을 것이고, 유전자 분석을 통해서 몇 달 후에 그 결과가 확인되었을 것이다. 내 경우에는, 내가 제일 먼저 진단을 받고 첫째 동생과 조카들 중에 두 명이 2017년 2월에 마르팡 증후군 진단을 받았다. 나는 눈에 보이는 증상이 거의 없었다. 레아처럼 손을 접으면 엄지손가락의 관절 하나가 바깥으로 삐져 나갔고, 청소년 시절부터 척추측만증이 있었고, 어쩌다가 무릎이 이상해서 기분 나쁘게 절뚝거리게 되는 정도였다. 레아처럼 나도 아주 건강하다고 느껴지는데도 베타선 차단제를 복용하면서 살아야 한다는 걸 받아들이는 데 여러 달이 걸렸다.

그때부터 나는 파리에 있는 비샤 병원 북쪽 6층 대기실에서 상당한 시간을 보냈다. 그때 나는 임신중이었는데 마르팡 증후군에 걸린 여성들에게는 특별히 더 위험하다고 알려진 기간이었다. 나는 거기서 환자들을 관찰하면서 내 상상력이 표류하도록 내버려 두는 기회를 가졌다. 마르팡 증후군에 대해서 쓰려는 생각이 간혹 스쳐 가기는 했지만 언젠가 내가 농구에 대한 소설을 쓸 거라고는 결코 상상하지 못했었다. 심지어 NBA 플레이오프 경기를 미국 시간으로 보겠다고 한밤중에 알람을 켜 놓는 농구광이랑 결혼을 한 덕분에 나는 이 스포츠에 대해 별로 좋은 감정을 갖고 있지도 않다……. 그렇지만, 우연히 르몽드지에서 NBA에 뽑힌 프랑스의 어린 농구 선수가 건강검진에서 마르팡 증후군이 발견되어 결국 탈락했다는 기사를 읽고 나는 뒤집어졌다. 기사는 읽고 또 읽어서 구겨졌지만 아직도 내 책상에 있다. 얼마 지나지 않아서 레아, 그 아이의 태도, 재능 그리고 마르팡 증후군이 내 머리 한구석에 나타났다. 그 아이의 고집스러운 성격은 내가 자기 이야기를 하겠다고 받아들일 때까지 나를 놓지 않았다. 내가 『스파게티 신드롬』을 쓰게 된 건 이렇게 해서였다.

여기서 한 가지, "너는 그걸 핑곗거리로 만들 수도 있고, 너만의 이야기로 만들 수도 있어(You can make this your excuse or you can make it your story)"라는 문장은 내 것이 아니라는 점을 분명히 해 두고 싶다. 굉장한 미래가 약속되어 있었지만 마르팡 증후군이 한쪽 눈과 NBA 커리어를 앗아가 버린 미국 농구 선수 이사야 오스틴의 엄마가 한 말이다. 이사야 오스틴처럼 조나단 잔느도 농구를 계속하는 선택을 했다. 그들은 지금 프로 리그가 건강 문제에 좀 덜 엄격해서, 마르팡 증후군에 걸린 선수가 자기 열정을 실현하는 걸 금지하지 않는 나라에 가서 운동을 하고 있다.

마르팡 증후군은 오백만 명에 한 명꼴로 걸리지만 프랑스에서는 아직도 별로 알려져 있지 않다. 일부 의사들조차도 잘 알지 못한다. 진단 부재가 우리 가족과 내가 가진 행운을 갖지 못한 수많은 가정에 비극을 일으켰고, 아직도 일으키고 있다. 진단을 받고 제때 치료하면 그 병에 걸린 사람들 대부분이 위험하지 않은, 정상적 삶을 살 수 있고 소설을 쓸 수도 있는 만큼 너무나 유감스러운 일이다.

역자 후기

청소년에게는 청소년소설이 필요하다

청소년소설이란 무엇인가. 많이 이야기되지만 속 시원하게 답이 나오지 않는 질문입니다. 하지만 그게 그렇게 어려운 문제는 아닙니다. 좋은 청소년소설을 한 편 읽기만 해도 쉽게 이해가 되니까요. 『스파게티 신드롬』을 처음 읽었을 때 아주 후련하게, 바로 이런 게 청소년소설이라는 생각이 들었습니다. 역시 좋은 생각을 하기 위해서는 좋은 텍스트가 필요한 거죠. 하지만 저로 하여금 이 작품을 삼키듯이 읽어 치우도록 만든 것은 그런 '생각'이 아닙니다. 좋은 소설이 으레 그렇듯이 이 작품을 요약해서 말하기는 쉽지 않습니다. 어떤 독자들에게는 성공의 의지로 불타는 농구 천재의 이야기로 읽힐 것이고, 어떤 독자들에게는 꿈 같은 로맨스 이야기로 읽힐 것이고, 어떤 독자들에게는 애도의 이야기 혹은 우정의 이야기로 읽힐 것입니다. 어떤 독자들은 여성들의 이야기로 읽을 수도 있을 것 같습니다. 또 어떤 독자들은 청소년기 아이를 양육하고 교육하는 어른의 이야기로도 읽을 수 있을 것 같습니다. 어떻게 읽든 청소년소설이기에 이 작품은 어떤 아이에게 무슨 일이 일어나고 그 일을 통해서 그 아이가 성장하는 이야기입니다. 직업적으로, 그 평범한 공식에 너무나도 익숙한 제게 이 이야기가 마음 깊이 다가왔던 것은 많은 것을 생략하고 잘게 나눈 40개의 챕터로 잘 짜여진 작품 전체에 퍼져 있는 그 어떤 절실함 때문이었습니다. 작가가 하고 싶은 이야기는 낯설기만 한 '마르팡 증후군'에 관한 것이었다지만 제 마음에 가장 깊은 울림을 준 것은 '지도'였습니다. 주인공 레아가 가지고 있던 탄탄한 인생의 지도요. 책임져야 할 인생의 무게와 산적한 세상의 과제에도 불구하고 바라보고 갈 수 있는 별이 있다면, 거기에 도달하는 지도를 그릴 수 있다면 비록 길을 잃고 방황하고 옆길로 새거나 돌아가더라도 두렵지는 않을 것 같아서요.

마르팡 증후군으로 아빠를 잃고 그 병의 유전자까지 지닌 레아가 완벽하게 설계된 탄탄한 지도를 수정하는 이 이야기는 네 개의 챕터로 구성되어 있습니다. 작가는 농구의 네 쿼터를 암시하기 위해 1장이 아니라 1쿼터라고 쓰고 거기에 충격이라는 제목을 달았습니다. 이어지는 2, 3, 4장에는 분노, 타협, 수용이라는 제목이 붙어 있습니다. 학자에 따라 4단계 혹은 5단계로 나뉘는 정신분석의 애도 이론과 농구의 규칙을 작품에 맞게 변형하여 버무려 놓은 것이지요. 누구나 레아처럼 소중한 대상을 영원히 상실하는 경험을 하는 건 아니지요. 그러나 누구나 자신의 한 시절을, 자신이었던 어떤 존재를 영원히 상실하면서 인간성을 형성해 나갑니다. 법적, 사회적으로 성인이 되었다고 해서 갑자기 혼자서 모든 것을 해 나갈 수 있는 능력을 갖추게 되는 것은 아니어서, 인간은 아무리 나이가 들어도 엄마 품을 그리워하고 틈만 나면 퇴행욕구를 충족시키고 싶어 합니다. 예술가는 가장 승화된 형태로 그 욕구를 충족시키지만 보통의 인간은 뒤죽박죽인 내면을 그때그때 나름대로 방어하면서 살아가고 있고요. 청소년기가 그런 혼란의 정점이라고 명쾌하게 정리해놓은 정신분석가가 있습니다. 장 다비드 나지오 Jean-David Nasio 는『위기의 청소년』(Nun, 2015)에서 청소년기는 '처음과 끝이 있는 삶의 한 시기에 불과하다'며, '유년기와 작별하는 시기'라 불안과 우울과 반항 사이를 오가는 시기라고 말합니다. 엄마, 벤 삼촌, 안토니, 아멜, 니코에 이르기까지 이상적인 조력자들의 사랑으로, 떠나간 아빠를 자기만의 방식으로 추억하고 농구와 새롭게 관계 맺는 방법을 스스로 배우는 레아는 분명히 현실에서는 찾아보기 어려운 행운아일 것입니다. 이런 특별한 아이의 이례적인 이야기가 보편성을 지니는 것은 바로 아이든 어른이든, 누구나 자신의 유년기와 작별하느라 고군분투하고 있기 때문이 아닐까요. 잘 만들어진 허구가 현실의 벽을 뚫고 언어의 경계를 넘어 지구의 반대편에 살고 있는 저 같은 독자에게 이렇게 오롯이 와닿는 것은 또한 문학만이 가진 힘 때문이기도 합니다.

농구 천재라는 점만 빼면 지극히 평범한 주인공과 다양하고 매력적인 조연들, 그리고 이어지는 충격적인 사건들 때문에『스파게티 신드롬』은 딴생각할 틈이 없이 읽히지만 그보다 저를 오래오래 흡족하게 해 준 것은 자극적이지 않은 문체, 절실한 감정, 믿을 수 있는 어른 인물들이 만들어내는 안정감 같은 긍정적인 것들이었습니다. 세상은 점점 위험해지고 그중에서도 대한민국은 뭔가 더더욱 위태로워 보이는데 그런 경향은 아이들 책 속까지 깊이 파고들어 학교는 폭력과 온갖 세속적이고 소모적인 욕망들이 노골적으로 드러나는 작은 세상으로만 그려지고, 지켜야 할 가치나 인간에 대한 예의 같은 것은 실종된 것처럼 보입니다. 오로지 부와 명예와 권력을 더 많이, 더 빨리 가지는 것만이 삶의 목표 내지 척도가 되어 버린 우리 사회에서 아이들도 어른들처럼 바쁘기만 합니다. 하지만 청소년기야말로 목적 없이 형이상학적인 문제들에 대해서 생각할 여유가 있는 시기입니다. 그리고 실제로 많은 아이들이 엉뚱한 질문을 품고 현실과 관계없는 고민에 빠지곤 합니다. 이런 아이들에게 청소년문학이 필요한 이유는 자기들과 동시대에 '지금, 여기'의 세상을 살아가는 또래들의 삶을 통해서 자연스럽게 인간성을 탐구하고 성공이 아니라 성장을 내면화하기 위해서라고 저는 생각합니다.

책을 발견하고 저작권 계약을 하고 번역을 마치기까지 일 년 가까운 시간이 흘렀습니다. 그사이에 좋은 소식이 들려왔습니다. 이 작품이 엥코상을 받았다고요. 엥코상은 제가 가장 주목하고 있는 프랑스의 문학상입니다. 엥코는 '엥코륍티블'의 약자입니다. 엥코륍티블 incorruptible은 '부패할 수 없는'이라는 뜻이고요. 이 의미도 심장한 이름의 상은 어린이·청소년 독자가 직접 심사위원으로 참여해 수상작을 선정하는 상입니다. 1988년 비영리 단체에 의해 설립되었으며 2013년 이후로 프랑스 교육부에서도 공식 인정한 대표적인 청소년문학상입니다. 매년 관련 전문가(교사, 사서, 서점 직원, 활동가 등) 1,200명 이상으로 구성된 위원회가 각 학년별로 5~6권의 책을 선정하고, 수십만 명 규모의 어린이·청소년 심사위원들이 이 책을 모두 읽고 투표하는 방식으로 선정됩니다. 『스파게티 신드롬』이 고등학생(청소년) 부문 대상을 받은 올해에는 무려 55만 명의 독자들이 대상 도서를 읽고, 토론하고, 투표한 것으로 집계되었다고 합니다. 55만 명이라니요. 1,200명으로 구성된 위원회라니요. 프랑스도 우리나라처럼 독서 인구가 줄고 있고 아이들이 점점 책을 읽지 않는다는 걱정의 목소리가 높지만 실제로 프랑스에 가 보면 한국인인 제 눈에는 여전히 책 읽는 사람들이 어딜 가도 눈에 띄는 게 놀랍습니다. 이렇게 55만 명이나 되는 '독자'가 있으니까요. 프랑스에는 이런 상이 여럿 있습니다. 이런 데에 참여하는 교사와 사서와 서점인과 활동가들이 풀뿌리처럼 퍼져 있습니다. 그리고 아이들은 학교에 다니는 동안 누구나 많은 책을 읽어야만 합니다. 학교에서 제공되는 목록에 있는 책들을 읽어야 시험을 치를 수 있기 때문입니다. 그런 환경에서 아이들은 읽고, 쓰고, 생각하면서 마침내 자기 생각을 가진 괜찮은 사람으로 자랄 가능성이 많아 보입니다. 부럽고 부러운 이 대목에서 저는 성장하느라 안간힘을 쓰고 있을 게 분명한 대한민국 구석구석의 아이들을 생각합니다. 문제투성이인 것처럼 보여도, 환경이 엉망인 것처럼 보여도, 아이들은 마침내 성장하고야 맙니다. 오로지 입시를 위해서만 설계된 것처럼 보이는 교육과정 속에서 성장통을 앓고 있는 청소년 독자들, 힘겹게 버티면서 그 아이들의 곁을 지켜 주는 부모들, 제도적 뒷받침이 없는 채로 학생들의 조력자가 되어 주려 독서교육을 위해 부단히 노력하고 있는 교사와 사서와 활동가들에게 레아의 이 멋진 성장 스토리가 위로가 되고 즐거움이 되어 주기를 바랍니다.

2023년 태풍이 지나가는 8월의 한가운데에서, 최윤정

스파게티 신드롬

초판 1쇄 발행 | 2023년 9월 30일
3쇄 발행 | 2024년 5월 15일

지은이 | 마리 바레이유
옮긴이 | 최윤정
펴낸이 | 최윤정
만든이 | 김민령 김정빈 안의진 유수진
펴낸곳 | 바람의아이들
등록 | 2003년 7월 11일 (제312-2003-38호)
주소 | 03035 서울특별시 종로구 필운대로 116 (신교동) 신우빌딩 501호
전화 | (02) 3142-0495   팩스 | (02) 3142-0494
이메일 | barambooks@daum.net
인스타그램 | @baramkids.kr
제조국 | 한국

www.barambooks.net

Le Syndrome du spaghetti
by Marie Vareille
© 2020 by Editions Pocket Jeunesse, imprint of Univers Poche, Paris
Korean translation copyright: © 2023 by barambooks

ISBN 979-11-6210-212-1 [44800] SET ISBN 978-89-90878-04-5